大师读书与做人

巴金 ◎ 著

巴金

读书与做人

国际文化出版公司
·北京·

图书在版编目（CIP）数据

巴金读书与做人／巴金著. —北京：国际文化出版公司，2017.9
（大师读书与做人）
ISBN 978-7-5125-0983-2

Ⅰ. ①巴… Ⅱ. ①巴… Ⅲ. ①随笔－作品集－中国－现代 Ⅳ. ① I266.1

中国版本图书馆 CIP 数据核字（2017）第 196362 号

巴金读书与做人

作　　者　巴　金
总 策 划　葛宏峰
责任编辑　潘建农
统筹监制　闫翠翠
策划编辑　孟卓晨
美术编辑　秦　宇
出版发行　国际文化出版公司
经　　销　国文润华文化传媒（北京）有限责任公司
印　　刷　阳谷毕升印务有限公司
开　　本　710 毫米 ×1000 毫米　　　16 开
　　　　　17.5 印张　　　　　　　　266 千字
版　　次　2017 年 9 月第 1 版
　　　　　2020 年 1 月第 2 次印刷
书　　号　ISBN 978-7-5125-0983-2
定　　价　56.00 元

国际文化出版公司
北京朝阳区东土城路乙 9 号邮编：100013
总编室：（010）64271551 传真：（010）64271578
销售热线：（010）64271187
传真：（010）64271187-800
E-mail：icpc@95777.sina.net
http://www.sinoread.com

代序 　文学的作用

现在我直截了当地谈点有关文学的事情。我讲的只是我个人的看法。

我常常这样想：文学有宣传的作用，但宣传不能代替文学；文学有教育的作用，但教育不能代替文学。文学作品能产生潜移默化、塑造灵魂的效果，当然也会做出腐蚀心灵的坏事，但这二者都离不开读者的生活经历和他们所受的教育。经历、环境、教育等等都是读者身上、心上的积累，它们能抵抗作品的影响，也能充当开门揖"盗"的内应。读者对每一本书都是"各取所需"。塑造灵魂也好，腐蚀心灵也好，都不是一本书就办得到的。只有日积月累、不断接触，才能在不知不觉间受到影响，发生变化。

我从小就爱读小说，第一部是《说岳全传》，接下去读的是《施公案》，后来是《彭公案》。《彭公案》我只读了半部，像《杨香武三盗九龙杯》之类的故事当时十分吸引我，可是我只借到半部，后面的找不到了。我记得两三年中间几次梦见我借到全本《彭公案》，高兴得不得了，正要翻看，就醒了。照有些人说，我一定会大中其毒，做了封建社会地主阶级的孝子贤孙了。十多年前人们批斗我的时候的确这样说过，但那是"童言无忌"。倘使我一生就只读这一部书，而且反复地读，可能大中其毒。"不幸"我有见书就读的毛病，而且习惯了为消遣而读各种各样的书，各种人物、各种思想在我的脑子里打架，大家放毒、彼此消毒。我既然活到七十五岁，不曾中毒死去，那么今天也不妨吹一吹牛说：我身上有了防毒性、抗毒性，用不着躲在温室里度余年了。

我正是读多了小说才开始写小说的。我的小说不像《说岳全传》或者《彭公案》，只是因为我读得最多的还是外国小说。一九二七年四月的夜晚我在巴黎拉丁区一家公寓的五层楼上开始写《灭亡》的一些章节。我说过："我有感情必须发泄，有爱憎必须倾吐，否则我这颗年轻的心就会枯死。所以我拿起笔，在一个练习本上写下一些东西来发泄我的感情、倾吐我的爱憎。每天晚上我感到寂寞时，就摊开练习本，一面听巴黎圣母院的钟声，一面挥笔，一直写到我觉得脑筋迟钝，才上床睡去。"

那么"我的感情"和"我的爱憎"又是从哪里来的呢？不用说，它们都是从我的生活里来的，从我的见闻里来的。生活的确是艺术创作的源泉，而且是唯一的源泉。古今中外任何一个严肃的作家都是从这唯一的源泉里吸取养料，找寻材料的。文学作品是作者对生活理解的反映。尽管作者对生活的理解和分析有对有错，但是离开了生活总不会有好作品。作家经常把自己的亲身见闻写进作品里面，不一定每个人物都是他自己，但也不能说作品里就没有作者自己。法国作家福楼拜说爱玛·包瓦利（今通译包法利。编者注）是他自己；郭老说蔡文姬是他。这种说法是值得深思的。《激流》里也有我自己，有时在觉慧身上，有时在觉民身上，有时在剑云身上，或者其他的人身上。去年或前年有一位朋友要我谈谈对《红楼梦》的看法。他是红学家，我却什么也不是，谈不出来，我只给他写了两三句话寄去。我没有留底稿，不过大意我可能不曾忘记。我说："《红楼梦》虽然不是作者的自传，但总有自传的成分。倘使曹雪芹不是生活在这样的家庭里，接触过小说中的那些人物，他怎么写得出这样的小说？他到哪里去体验生活，怎样深入生活？"

说到深入生活，我又想起了一些事情。我缺乏写自己所不熟悉的生活的本领。解放后我想歌颂新的时代，写新人新事，我想熟悉新的生活，自己也作了一些努力。但是努力不够，经常浮在面上，也谈不到熟悉，就像蜻蜓点水一样，不能深入，因此也写不出多少作品，更谈不上好作品了。前年暑假前复旦大学中文系，有一些外国留学生找我去参加座谈会，有人就问我："为什么不写你自己熟悉的生活？"我回答："问题就在于我想写新的人。"结果由于自己不能充分做到"深入"与"熟悉"，虽然有真挚的感情，也只能写些短短的散文。我现在准备写的长篇就是关于十多年来像我这样的知识分子的遭遇。我熟悉这种生活，用不着再去"深入"。我只从侧面写，用不着出去调查研究。

去年五月下旬我在一个会上的发言中说过："创作要上去，作家要下去。"这句话并不是我的"创作"，这是好些人的意见。作家下去生活，是极其寻常的事。不过去什么地方，就不简单了。我建议让作家自己去选择生活基地。一个地方不适当，可以换一个。据我看倘使基地不适合本人，再"待"多少年，也写不出什么来。替作家指定和安排去什么地方，这种做法不一定妥当。至于根据题材的需要而要求创作人员去这里那里，这也值得慎重考虑。

话说回来，文学著作并不等于宣传品。文学著作也并不是像"四人帮"炮制的那种朝生暮死的东西。几百年、千把年以前的作品我们有的是。我们这一代也得有雄心壮志，让我们自己的作品一代一代地流传下去。

（本篇最初发表于一九七九年二月二十一日香港《大公报·大公园》。）

目录
CONTENTS

第一部分

读书

第二部分

做人

巴金

读书与做人

第一部分

读书

《我底自传》[1]译本代序

我的小弟弟：

自从几个月前得到你的信叫我译著点书给你读以来，我就无日不在思索想找出一本适当的书献给你。经过了长期的选择之后我终于选定了现在的一本书。你要读它，你要熟读它，你要把它当作你的终身的伴侣。

我为什么选择这一本书呢？你把这本书读过以后就可以明白。在你这样的年纪，理论的书是很不适宜的，而且我以为你的思想你的主张应该由你自己去发展，我决不想向你宣传什么主义。不过在你还没有走入社会的圈子接触实际生活以前，指示一个道德地发展的人格之典型给你看，教给你一个怎样为人怎样处世的态度；这倒是很必要的事。——这是你在学校里修身课本上找不到的，也是妈妈哥哥所不能告诉你的。

固然名人的自传很多，但是其中不是"忏悔录"，就是"成功史"；不是感伤的，就是夸大的。归根结底总不外乎描写自己是一个怎样了不起的人。

然而这本自传却不与它们同其典型。在这本书里著者把他的四十几年的生活简单地、毫无夸张地告诉了我们。在这里面我们找不出一句感伤的话，也找不出一句夸大的话。我们也不觉得他是一个高不可攀的伟人，他只是一个值得我们同情的朋友。

巴尔扎克在童年时代常常对他的妹妹说："你的哥哥将来要成一个伟大人物"，这样的野心并非那位法国大小说家所独有，大部分的人都有。然而克鲁泡特金从来就没有这样的野心，他一生只想做一个平常的人，去帮助别人，去牺牲自己。

从穿着波斯王子的服装站在沙皇尼古拉一世的身边之童年时代起，他做

[1] 《我底自传》：初版时名《一个革命者的回忆》（上下集）。克鲁泡特金著。一九三〇年四月上海启明书店出版；一九三九年五月改由上海开明书店出版。

第一部分 读书

过近侍；做过军官。做过科学家，做过虚无主义者，做过囚人；做过新闻记者，做过著作家，做安那其主义者。他度过贵族的生活，也度过工人的生活；他做过皇帝的近侍，也做过贫苦的记者。他舍弃了他的巨大的家产，他抛弃了亲王的爵号，甘愿进监狱、过亡命生活、喝白开水吃干面包、做俄国侦探的暗杀计划之目的物。在西欧亡命了数十年之后，终于回到了俄罗斯的黑土，尽力于改造事业，到了最后以将近八十岁的高龄在乡间一所小屋里一字一字地写他的最后的杰作《伦理学》。这样地经历过了八十年的多变的生活之后，没有一点良心的痛悔，没有一点遗憾，将他的永远是青春的生命交还与"创造者"，使得朋友与敌人无不感动，无不哀悼。这样的人确实如一个青年所批评"在人类中是最优美的精神，在革命家中有最伟大的良心"。所以有岛武郎比之于"慈爱的父亲"，所以王尔德称之为有最完全的生活的人。这个唯美派的诗人曾说："我一生所见到的两个有最完全的生活的人是凡岑和克鲁泡特金……后者似乎是俄罗斯出来的有着纯白的基督的精神的人。"

弟弟，我现在把这样的一个人介绍给你了，把他的生涯毫无夸张地展现在你的眼前了。你也许会像许多人那样反对他的主张，你也许会像另外许多的人那样信奉他的主张，然而你一定会像全世界的人一样要赞美他的人格，将承认他是一个纯洁、伟大的人，你将爱他、敬他。那么你就拿他做一个例子，做一个模范，去生活，去工作，去爱人，去帮助人。你能够照他那样地为人，那样地处世。你一生就绝不会有一刻的良心的痛悔，绝不会有对人对己不忠之事。你将寻到快乐，你将热烈地爱人，也将为人所爱，那时候你就知道这本书是青年们的福音了。你会如何地宝爱它，你会把它介绍给你的朋友们，你会读它，你会熟读它，你会把它当作终身的伴侣。

自然这里面有些地方是小小的你所不能够理解的，（但你将来长大成人的时候，你就会知道这些地方的价值。）然而除了这些地方之外，你读着这一本充满了牧歌与悲剧，斗争与活动的书，你一定会感动，一定会像我译它时那样，流下感激之眼泪，觉得做人要像他这样才好。那时候你会了解你的哥哥，你也会了解你的哥哥的思想，你会爱他，你也会爱他的思想。你更会爱他所爱的人。那么我的许多不眠的夜里的劳苦的工作也就得着酬劳了。

1930年1月。

《夜未央》[1]小引

　　大约在十年前罢，一个十五岁的孩子，读到了一本小书。那时候他刚刚有了爱人类爱世界的理想，有一个孩子的幻梦，以为万人享乐的新社会就会与明天的太阳一同升起来，一切的罪恶就会立刻消灭。他怀着这样的心情来读那一本小书，他的感动真是不能用言语形容出来的。那本书给他打开了一个新的眼界，使他看见了在另一个国度里一代青年为人民争自由谋幸福的奋斗的大悲剧。在那本书里面这个十五岁的孩子第一次找到了他梦景中的英雄，他又找到了他的终身事业。他把那本书当作宝贝似地介绍给他的朋友们。他们甚至把它一字一字地抄录下来；因为那是剧本，他们还排演了几次。

　　这个孩子便是我，那本书便是中译本《夜未央》。

　　十年又匆匆过去了。现在回想起来，十年前的事还和在昨天发生的差不多。这十年中我的思想并没有改变，社会科学的研究反而巩固了它，但是我的小孩的幻梦却消失了。这一本小小的书还保留着我的一段美妙的梦景，不，它还保留着与我同时代的青年的梦景。我将永远珍爱它。所以我很高兴地把它介绍给我同时代的姊妹兄弟们。

1930年2月。

第一部分
读书

---

[1] 《夜未央》：廖·抗夫著。初版时书名作《前夜》。一九三〇年四月上海启智书局出版。

信仰与活动[1]

你的美丽的信和抱朴同志[2]的信上星期到了我的手里。我不能够对你说出我是怎样深地受了你的感动，而且你的话又是怎样地鼓舞了我。我知道我对于一个如此年轻的学生居然会给了很大的影响，我是非常快活的，你才十五岁就读了我的文章，我常常梦想着我的著作会帮助了许多真挚的，热烈的男女青年倾向着安那其主义的理想，这理想在我看来是一切理想中最美丽的一个。

……你说你是从一个富裕的旧家庭里出来的。这没有什么关系。在资产阶级里面也常常产生出活动的革命家。事实上在我们的运动里大部分的领导者都是这样的一类人：他们注意社会问题，并非由于他们自己的困苦境遇，而是因为他们不能够坐视着大众的困苦。而且你生在资产阶级的家庭里，并不是你自己的错，我们并不能够自己选择出生的地方，但是以后的生活就可以由我们自己来处理了。我看出来你是有着每个青年叛逆者所应有的真挚和热情的。我很喜欢。这种性格如今更是不可缺少的，因为只为了一点小的好处许多人就会卖掉他们的灵魂——这样的事情到处都有。连他们对于社会理想的兴味也只是表面上的，只要遇着一点小小的困难，他们就会把它抛掉。因此我知道在你们那里你和别的一些青年真挚地思索着，行动着，而且深切地爱着我们的美丽的理想，我觉得十分高兴……

---

[1]　本篇最初发表于一九三五年五月十日《水星》第二卷第二期。发表时题为《信仰与活动——回忆录之一》。

[2]　一九二五年秦抱朴同志介绍我和高德曼通信，当时她在英国。

从爱玛·高德曼写给我的信函里我摘出了上面的两段，在这里借着她的话我第一次明显地说出了我的信仰。她的第一封信我在南京接到。

高德曼曾经被我称作"我的精神上的母亲"，她是第一个使我窥见了安那其主义的美丽的人。

当我在《实社自由录》和《新青年》上面开始读她的论文的时候，我的感动，我的喜悦，我的热情，……我真正找不出话来形容。只有后来我读到Roussanoff的《拉甫洛夫传》，才偶然找到了相当的话：

> 我们把这本读得又破又旧的小书[1]放在床头，每晚上拿出来读。一面读，一面拿眼泪来润湿它。一种热诚占有了我们，使我们的灵魂里面充满了一种愿为崇高的理想而生活、而死亡的渴望。我们的幼稚的心何等快乐地跳动着；同时我们的大师的影象又十分伟大地出现于我们的眼前。这位大师虽是我们所不认识的，然而他在精神上却是和我们非常接近，他呼唤我们前去为理想奋斗……

高德曼的文章以她那雄辩的论据，精密的论理，深透的眼光，丰富的学识，简明的文体，带煽动性的笔调，毫不费力地把我这一个十五岁的孩子征服了。况且在不久以前我还读过两本很有力量的小书，而我的近几年来的家庭生活又使我猛烈地憎厌了一切的强权，而驱使着我走解放的路。

我所说的两本小书是一个未会面的朋友从上海寄来的《夜未央》和《告少年》。我相信在五四运动以后的几年间，这两本小书不知感动了多少的中国青年。我和几个朋友当时甚至把它们一字一字地抄录下来。《夜未央》是剧本，我们还把它排演过。

当初五四运动发生的时候，报纸上的如火如荼的记载，就在我们的表面上平静的家庭生活里敲起了警钟。大哥的被忘却了的青春也被唤醒了：我们开始贪婪地读着本地报纸上的关于学生运动的北京通讯，以及后来上海的六三运动的记载。本地报纸上后来还转载了《新青年》和《每周评论》的文章，这些文章很使我们的头脑震动，但我们却觉得它们常说着我们想说而又

---

[1] 这里是指拉甫洛夫的《历史书简》。

不会说的话。

于是大哥找到了本城唯一出售新书的那家店铺，他在那里买了一本《新青年》和两三份《每周评论》。我们争着读它们。那里面的每个字都像火星一般地点燃了我们的热情。那些新奇的议论和热烈的文句带着一种不可抗拒的力量压倒了我们三个，后来更说服了香表哥，甚至还说服了六姊，她另外订阅了一份《新青年》。

《新青年》、《新潮》、《每周评论》、《星期评论》、《少年中国》、《少年世界》、《北大学生周刊》、《进化杂志》、《实社自由录》……等等都接连地到了我们的手里。在成都也响应般地出版了《星期日》、《学生潮》、《威克烈》……《威克烈》就是"外专"学生办的，那时香表哥还在"外专"读书。我们设法买全了《新青年》的前五卷。后来大哥甚至预先存了一两百块钱在"华阳书报流通处"，每天都要到那里去取一些新的书报回来。在那时候新的书报给人争先恐后地购买着（大哥做事的地方离那书铺极近）。

每天晚上我们总要抽点时间出来轮流地读这些书报，连通讯栏也不轻易放过。有时我们三弟兄，再加上香表哥和六姊，我们聚在一起讨论这些新书报中所论及的各种问题。后来我们五个人又组织了一个研究会，在新花园里开第一次会，就给六姊的母亲遇见了。三姊那时正和继母大哥两个闹了架，她便禁止六姊参加。我们的研究会也就无形地停顿下去了。

当时他们还把我看作一个小孩子，却料不到我比他们更进一步，接受了更激进的思想，用白话写文章，参加社会运动，认识新的朋友，而且和这些朋友第一次在成都大街上散布了纪念五一节鼓吹"社会草[1]命"的传单。

从《告少年》里我得到了爱人类爱世界的理想，得到了一个小孩子的幻梦，相信万人享乐的社会就会和明天的太阳同升起来，一切的罪恶都会马上消灭。在《夜未央》里，我看见了在另一个国度里一代青年为人民争自由谋幸福的斗争之大悲剧，我一次找到了我的梦景中的英雄，我找到了我的终身事业，而这事业又是与我在仆人轿夫身上发见的原始的正义的信仰相合的。

如今我的信仰并没有改变，社会科学的研究反而巩固了它，但是那个小孩子的幻梦却已经消失了。

---

[1] 这里的"草"字是"革"字之误，传单上印错了的。

《面包与自由》[1]前记

《面包与自由》是克鲁泡特金的最被人广读的著作，甚至被人称为社会革命文学之古典的名著。在十九世纪的末叶和二十世纪的初期中没有一本书有过这样巨大的影响。它的雄辩的论据和热情的话语在今天还会激动着我们的心。

在《面包与自由》中我们深切地感到了作者对于理想的自由社会的憧憬和对于不合理的现社会制度的憎恶，对于正义的爱和对于罪恶的恨。一个伟大的革命者的热情在字里行间燃烧着。这的确是一本热情的书。但是单用"热情的"这个形容词在这里是不够的。同样重要的，这是一本诉于理性的书。作者不仅是一个革命者，他还是一个科学家。无论研究学理或观察生活，他没有一个时候离开过自然科学的方法。正因为他能够证实他的理论之真确性，他把他的理想放在事实的基础上，他才能够那么深地爱这理论和这理想。

《面包与自由》就是科学家的头脑与革命者的热情之结合的产物。它是克鲁泡特金的社会思想之综合的表现，其实也可以说是他的全部知识之一个明确的纲领。每一章节都可以发展为一本大书，一个专门的研究。作者的其后的更伟大的著作的根基已经星光似的在这书中闪耀了。

克鲁泡特金在这书里阐明了他的经济学说，他甚至建立了真正的经济学（经济的科学）之最初的基础，他将经济学称作社会生理学，并且给它下了这样的一个定义：人类欲求（需要）及以人类精力之可能的最少耗费来满足此种欲求的方法之研究。这就是面包的Conquête（略取，征服之意），不过面包这名词在这里应该解释作"安乐"。他依着科学方法（自然科学的归纳

[1] 《面包与自由》：克鲁泡特金著。一九四〇年八月上海平明书店出版，一九八二年十二月北京商务印书馆重排新版。

第一部分
读书

的演绎法）在实生活中搜集了千千万万的事实来证明这是可能的，而且有大的效果的。这里说的"科学方法"是用着它的严格正确的意义，克鲁泡特金的观察和搜集例证的范围是很广大的，他的眼光不曾遗漏过任何一个角落。瑞士的村落，英国的矿坑，巴黎郊外的市场园艺，泽西岛和格恩西岛的农业，比利时的工人区，马德里的美术馆……都是这个虚心精细的研究者的观察停脚的地方。这是科学的工作。这又是他的社会学的基础。

克鲁泡特金的社会主义是综合的，这是政治的自由与经济的平等之综合的表现。所以在他看来，社会主义必须是自由的。人对于人的支配应该跟着人对于人的榨取一起消灭，权力的独占也应该随着财产的独占消失。不是征服国家，而是消灭国家。中央集权的机关应该让位给自治的公社（或共同社会）之自由联合；自由合意与相互了解会来代替法律的力量。在自由合作与自由创意上面展开了未来社会的全景。这就是克鲁泡特金的安那其主义的要义。

"面包（安乐）与自由，"这似乎是两个简单的名词，但我们可以用它们来概括克鲁泡特金的安那其主义。这两个名词甚至可以作为未来的自由社会的两大标语。另一个标语"各尽所能，各取所需"只是完成这两大目标的手段。

这两大目标是不可分的。缺少一个，则其他一个也不能实现。经济的平等保证着政治的自由，政治的自由促成经济的平等。这是互相依赖着的。没有万人的面包（安乐），则没有万人的自由；没有万人的自由，则不能获得万人的面包。

在现在社会里，面包与自由只是为着极少数的人而存在的。我们有着谬误的政治机构，我们也有着不合理的经济组织。因此我们的生产事业是朝着完全错误的方向进行的。这不是人类精力的经济，这简直是人类精力的浪费了。

然而这个错误是必须纠正的，因为正如克鲁泡特金所说，"社会是不能这样生存下去的；它必须回到真理的路上去，不然就会灭亡。"这样的话也许还有人会不明了，我再加添一点解释：人类社会是不得不前进的。它可以一时落后，它不能永久踌躇不前，或者不停地倒退，除非它已经落了在灭亡的命运里面。但是甚至在今日的社会生活中也有着千千万万的事实（我们应该感谢克鲁泡特金为我们把它们全搜集起来），它们指明出来： 我们的社会还不停地在往前进，虽然脚步不快，但它总是向着真理的路进行的。有一天它会达到它的目标。

那时候克鲁泡特金在本书中为我们描绘的保证万人的面包与自由的未来社会就会实现了。自然未来的发展常常会超过现今的预料与推论。但克鲁泡特金在这里所描绘的只是一个轮廓，而且还是绘在坚实的科学的背景上面。它是不会错误的。至于上色加工，那却是后人的事了。

《面包与自由》可以说是克鲁泡特金立下的一个不朽的纪念碑。万人的面包（安乐）与自由！真，美，善之正确的意义都包括在这里面了。克鲁泡特金把个人间的自由合意、自由联合的理想，"各尽所能，各取所需"的理想，安那其主义的理想，把未来社会的轮廓表现得如此真实，如此美丽，如此活泼，如此完满！法国的伟大的小说家左拉称这书为"一首真正的诗"（un vrai poème），我想把它称作"一首真理的诗"。它是值得这个名称的。

巴金　1940年3月25日。

第一部分
读书

克鲁泡特金的《伦理学》之解说

像《资本论》是马克思的经典那样，《伦理学》也就是克鲁泡
特金的经典。不，它不仅是经典，它是克鲁泡特金的遗言，它是克
鲁泡特金的预言。

——八太舟三（《克鲁泡特金全集月报》，一九二八年十月号）

一　执笔之前

克鲁泡特金在一八八〇年就开始研究道德问题了。然而他特别注重于这
种研究，却是一八九〇年以后的事。一八九一年他的最优美的论文《安那其
主义的道德》出版。据说他写这论文的动机是这样：一个英国同志开设了一
家商店，有些同志以为他们有权利去取用各种东西，不付代价，他们认为这
就是所谓"各取所需"，那个同志便诉于克鲁泡特金。克鲁泡特金不仅反对
那种主张，并且还有感而写了这篇论文。[1]

这论文是克鲁泡特金的最优美，最重要的著作之一，——不管在量一
方面是薄薄的一小册。它虽是克鲁泡特金动笔写《伦理学》以前三十年的著
作，但实际上它可以算是那部未写完的著作《伦理学》的结论，可以来补足
《伦理学》一书的。

其实，在《安那其主义的道德》之前，大约在一八八九或一八九〇年，
克鲁泡特金还写了一篇叫做《正义与道德》的讲演稿，一八九〇年讲演于曼
奇士脱恩考特同胞会，后来又扩充内容，再讲演于伦敦伦理学会。这篇讲演
稿并未发表过，一直到一九二〇年前后（或较早一点）克鲁泡特金写《伦理

---

[1]　见Roger N. Baldwin编辑的"Kropotkins Revolutionary Pamphlets"，第七九页（一九二七年，纽
约版）。

学》时，才找出了它，便把它译成俄文，决定先印作小册。后来由莫斯科劳动之声社出版（一九二一年）。那时克鲁泡特金已经去世了。[1]

克鲁泡特金写《正义与道德》之动机，正如他自己在俄文本序言中所说，是来反驳赫胥黎的主张"道德并无自然地发生于人类间之痕迹，自然界只给人以恶的教训"之讲演（一八八八年在牛津大学讲演，后在《十九世纪》二月号发表）。在这小册子里他所表示的见解与他后来在《伦理学》中所表示的并无多大差异。我现译出其中的一节：

> 事实上，道德乃是在人类间慢慢地发展而且至今还在发展的感情与观念之复杂的组织。人必须将道德分类为三要素：1.本能，即社会性之习惯；2.正义之概念的表象；3.理性所支持的感情……我们所称为自己牺牲，自己剥夺者。[2]

倘使我们不曾读过原文，单看这一段，我们也可以知道《正义与道德》与《伦理学》二者在基本思想上是如何地一致了。

我们读了这两本小册以后便可以明白克鲁泡特金的《伦理学》的轮廓早在一八八八年就已构成了，其后一八九一至九四年间发表的《互助论》，就是他的道德学说的一个绪论。在一九二〇年他在致奈特劳的信中就正式表示创造一种新伦理学之必要。他说："现在我们就遇着一个问题了，这是今日以前所不曾发生的：一个绝对自由的平等人的社会之伦理学，基督教的伦理学是抄袭佛教、老子等等的伦理学，不过把它们用水浸过而且缩小罢了。我们要创造一个社会主义的未来社会之新伦理学。工人安那其主义者之群已在动手创造这个伦理学了。……"[3]

克鲁泡特金之所以有最后的一句话，我想洛克尔告诉他的一件事情对他一定有影响。洛克尔说："有一次犹太工人罢工。这次真苦极了……我将这事告诉这个'老头子'，他非常用心听，并且记录下了许多话。我又告诉他，犹太工人自己已经穷得不堪，还能设法去帮助英国码头工人，设法去养

[1] 见《正义与道德》俄文本第三至五页（一九二一年莫斯科，彼得格勒劳动之声社版）。

[2] 见《正义与道德》，俄文本，第五一页。

[3] 见《克鲁泡特金的一封论个人主义的信》，载"Plus Loin"月刊二三号（一九二七年二月）。

活好几百个他们的小孩。克鲁泡特金的两眼湿了，他一声不响地紧握着我的手。我说：'这是《互助论》的好材料了。'克鲁泡特金说：'一定的，一定的，在民众中只要还有类此的力量存在，我们对于将来是没有理由可以失望的。'……"[1]

这一类的事情克鲁泡特金一定见得太多了。他的这种心情在他后来写《伦理学》时，甚至就在他临死时，也依然没有丝毫的变更。

我在我的解说的开始，所以要写一节"执笔之前"者，为的是证明克鲁泡特金的《伦理学》是他最后三十多年间的思想之表现，并且在执笔之前三十年就完成了它的轮廓。

二 执笔之动机

要了解克鲁泡特金的《伦理学》，对于他写此书之动机是应该知道的。他写此书之动机有三：（1）证明安那其主义者并不是无道德论者，而一种指导的道德原理，一种崇高的道德理想乃是社会革命中所必需的；换言之，人类的道德感情与正义之概念对于人类解放的运动并不是无意义的。（2）然而那些基础在宗教的启示或者形而上学上面的道德不但不能使人营正当的生活，反而只能束缚人们，使人陷于完全的虚伪之中，真正的道德之起原与支持只能求之于自然科学中，博物学中。（3）解放论者之二倾向（强权共产主义与个人主义）都不能了解道德之真义。

第一，打破过去一切传统的十九世纪社会主义运动在历史上打开了一个新纪元。对于以前一切的东西如今全都要加以一番新的评价。于是"不要道德"的呼声就起来了。俄国的虚无党青年，法国的安那其个人主义者，哲学家尼采之类都自称为无道德论者。

> 我要做不道德的人，为什么我不做呢？难道因为《圣经》要我不做吗？然而《圣经》不过是巴比伦与希伯来的传说，像荷马的史诗那样地搜集起来编在一起的传说，现今巴斯克人的诗歌、蒙古人的传说也是这样搜集起来的。我难道必须回到东方半开化人的精神

---

[1] 见J. Ishill编印的 "P. Kropotkin, Rebei, Thinker and Humanitarian"，据诚言的译文。

状态去吗?

难道因为康德告诉过我一个至上命令，一个从我自身的存在之深处来的神秘的命令，我就必须行道德吗？然而为什么这个"至上命令"是比较别的有时叫我去喝酒的命令更有威权地管理着我的行动呢？这也不过是像"上天""运命"之类那样的发明出来掩饰我们的无知的空话罢了。

或者我行道德是听从边沁的话吗？他要我相信如果我看见一个过路人落下河里，我为着救他而溺死，却比我袖手旁观更快乐些。

或者因为我的教育要我去行道德吗？或者因为我的母亲教我以道德吗？难道只因为我们的母亲，我们的无知识的母亲教了我们许多无意识的东西，我们就要去跑到教堂里跪着祷告，去尊敬皇后，去在那个我们明明知道是一个无赖之徒的法官面前低头行礼吗？

我和其余一切的人一样，都有着成见。我要试来去掉成见！虽然现今不道德算是可厌的，我也要极力做不道德的人，恰如我做小孩时极力不要害怕黑暗、墓地、鬼和死人——这一切都是别人教过我要害怕的。

去打碎宗教所滥用的武器，这就是不道德的行为，然而只要这行为是对于借着所谓道德之名来欺骗我们的伪善之反抗，我便要去做它！[1]

这是一个俄国虚无党青年的热烈的反抗的呼声。他的话是有理的，然而他因为受压制太深，所以一旦起来反抗，就不免走到极端了。

克鲁泡特金却看出来这一般人的错误，基础在科学上面的道德是不应该被排斥，而且也不能够被排斥的。伦理学的本来目的应该是去鼓舞人类中的实际的活动。而且人群解放运动中确实需要着一种崇高的道德理想。过去的革命之所以不能达其预料的目的，皆由缺乏此种道德理想所致；俄国革命之不能完成其目的，而走上独裁与强权之路，更是因为没有一种道德理想作革命之指导原理所致。

第一部分 读书

---

[1] 见"Anarchist Morality"，第四页（一九〇九年。伦敦版）。

因此克鲁泡特金想把道德的真正面目显露出来，以他的伦理学来"鼓舞后代的青年去奋斗，把对于社会革命的正义之信仰深植于他们的精神中，而且燃起他们心里的自己牺牲之火"。

然而这并不是说克鲁泡特金发明或创造一种理想教别人去相信，去实行。不，决不是如此。克鲁泡特金自己说过伦理学要求决定而且说明几个根本原理，没有此等原理则无论动物或人都不能够在社会中生活。……伦理学更说："去看自然本身罢！去研究人类的过去罢！它们会告诉你实际上这是如此的。"[1]

自然克鲁泡特金的道德学说是那般以为除经济学之外无科学，除辩证法的考察以外无无产者之思维形态，除机械的必然力以外无社会动态的人是不能了解的。然而如果他们能放下书本去观察民众生活，去观察大自然，或者去饮一滴从那巢居在大森林中的无数群鸟，造穴于大自然怀抱中的哺乳类之互爱社会里流出来的互助之道德的清流，那么他们的被一些抽象的符号缠昏了的脑筋也许可以清醒一点罢，那时候，他们就可以了解克鲁泡特金的学说的真正价值了。克鲁泡特金著述《伦理学》之第一动机，就在证明"社会主义中有着一个绝大的伦理潮流，离了它我们再也不能够创造出任何新的伦理学体系来"。

第二，然而基础在宗教或形而上学上面的道德却是完全虚伪的。宗教家宣传说，人是完全邪恶的，他之所以营道德的生活全出于神的启示。他们又造出什么天堂地狱之说以威吓人民，使人们屈服于现社会制度之下做忠顺的奴隶。这种宗教的道德完全束缚着人类精神使之不得开展，而且阻碍了社会进步。

同时又有所谓形而上学的哲学家，他们用了什么"至上命令"，什么"良心"等等名词来代替宗教家的神，然而他们依旧在自然界以外去寻求道德之起原，有的甚至依旧去求神的保护。结果，他们把道德说得非常玄妙含糊，令人堕入云雾之中，莫名其妙。在这种情形之下，克鲁泡特金就感到改造伦理学是刻不容缓的工作了。克鲁泡特金写《伦理学》之第二个动机，就是要把伦理学从天上，从云里带下来，带到日常生活中。

---

[1] 见克鲁泡特金的"Ethics: Origin and Development"，第二章（一九二四年，纽约版）。

第三个动机是从解放论者中对于道德之两位对立的倾向来的。其中一个倾向就是个人主义者的无道德主义。这是对于宗教与形而上学的虚伪道德之反动。个人主义根本否定了道德，以为个人超于一切。上面所述的虚无主义的青年也就是属于这一派的。他的错误乃在忽视了自然界的事实，不免陷于独断与形而上学的病癖。

而另一方面又有一种与个人主义相对立的倾向。这就是强权共产主义之阶级斗争的伦理学。他们以为既然有了阶级斗争之事实，就有两种不同的对于正义之认识，从而就有所谓资产阶级的道德与无产阶级的道德——两种相对立的道德。然而克鲁泡特金是反对这种主张的。他以为道德是整个的，从在大森林大原野结群而生活的动物以至于人，只有一个一贯的道德。无论资产阶级的或无产阶级的伦理学，总是建立在共同的人种学的根基上面，有一个共同的基础，因为不管我们属于何阶级何党派，我们总是人，总是所谓Homó Sapiens（智人）一类，社会本能是人所必有的。那么阶级的区分（这只是一时的现象）绝不能完全剥夺掉人（就一般地说）的社会本能的。

然而克鲁泡特金的这主张是从生物学、人种学来的，与普通人道主义不同，他是鼓舞着无产阶级进行解放的战斗的。而且他要把他的伦理学当做社会革命之指导原理。

个人主义重视个人，而强权共产主义又蔑视个人，抑制个人。二者皆走极端，实有纠正之必要。在这种情形之下，研究人类的道德之起原，其发达与其归结，而建设新的实在论的，自然科学的伦理学，真是当今之急务了。不幸死亡阻止了克鲁泡特金，使他不能完成他的《伦理学》第二卷，即论道德基础与目标的一部分。

然而最大的动机还是：克鲁泡特金带着垂死的老躯和热烈的希望回到俄国，去参加俄国革命的建设事业，而结果在那里他不能够做一点事情，连他和一些经济学的专家组织团体，调查俄国经济力量，以便帮助俄国进行改造的工作，也受到了革命政府的干涉。团体被解散了，材料被没收了。他的家中还受着两次搜查。他只得迁居到乡村里从事《伦理学》的写作。[1]他明白自己"在世的日子已不多了"，所以想在未死之前纵不能全部地完成新伦理

---

[1] 见E. Goldman: "The Crushing of Russian Revolution"。第十节。

学，至少也应该把它的基石预备好，"指出一条路给大家看"。于是这个老革命家便幽居在一个冷僻的乡村中，在俄国民众啼饥号寒苦苦挣扎的时候，开始一字一字地写他的《伦理学》。他无时不感觉到自己的"心跳快要停止了"，然而心里又怀着崇高的人类爱，恨不得尽全力来为人类，为困苦的俄国人民服务，但他的生命力已经竭尽了。在这样的情形下，他便一方面不顾自己的健康工作着（我想如果不写《伦理学》，他也许可以多活一两年），一方面又在极力寻求一个能将他的理想表现于实际行动的人，所以他在这时候曾打电报给奈斯脱·马哈诺（南俄农民革命军的领袖，克鲁泡特金的一个信徒）说："希望你好生保重，因为在俄国像你这样的人不多了。"[1]在这种情形下面写成的《伦理学》真是一字一滴血泪了。

三 伦理学的目的和基础

人们常常不了解伦理学的目的，因此便发出一些奇特的议论。有的人把伦理学视作法律一类的东西。对于这种人，克鲁泡特金的答复是："最好不要把伦理问题和法律问题混为一谈。……事实上有多数伦理学的著作家否定任何立法之必要，而直接诉于人类的良心。伦理学要求决定，而且说明几个根本原理，没有此等原理则无论动物或人都不能够在社会中生活。……伦理学说，只有树立个人与其他万人间之某种和谐，才有接近这样完满的生活之可能。伦理学更说：'去看自然本身罢！去研究人类的过去罢！它们会告诉你，事实上这是如此的。'"

伦理学丝毫不含有强迫的性质。德国哲学家包尔生说得好："伦理学并不来告诉他：'你应该这样做；'它不过来讯问他：'你所实际地，明确地愿望的东西是什么？'"克鲁泡特金更说得好："当个人依此种或彼种理由踌躇着，不知道在某种特别的情形中应采取的最好的道路时，伦理学便来帮助他，而且向他指明，他希望在同样的一个情形中，别人对他应如何行为才好。然而就在这时候，真正的伦理学也不来指出一个严格的行为准则，因为这应该由个人自己评定那些影响着他的种种动机之比较的价值。"克鲁泡特

---

[1] 见Hazeland："La Révolution Russe en Ukrane"，载"Plus Loin"月刊第四十号（一九二八年七月，巴黎）。

金又明明白白地说：“本来对于不能忍受灾祸的人，是不必去劝他冒险的；对于充满了精力的青年，向他说老年人的谨慎也是没有用的。”（均见本书第二章）

又有人否定了自达尔文到克鲁泡特金所说的社会本能（互助），并且否认了克鲁泡特金所说的道德之三要素：互助、正义、自己牺牲。他的理由是：“因为我们在某种生活的情形之下，完全是漠不相关，而且还如仇敌，总是要将我的快乐建筑在你的痛苦上面。”但事实上我们知道一个阶级把它的快乐建筑在其他一个阶级的痛苦上面，这并不是生活的常态，这种情形是应该去掉，而且完完全全可以去掉的。社会革命第一就要去掉这个。而且一切伦理学体系都是反对“将我的快乐建筑在你的痛苦上面”的这种情形的。其实据一般伦理学家说，美满的幸福生活是不能够由损人利己的道路达到的。而克鲁泡特金还说：“它（伦理学）又告诉人说，如果他希望过着一个美满的生活，在其中他能够完全发挥所有他身体的、精神的，和情操的力量，则他必须永久抛弃‘此种生活可以由不顾他人的道路来达到’之概念。”

然而伦理学的主要目的还不是在个别地去劝告人们，而且与其说是劝告，不如说它是放一个更高的目标，一个理想在全体的人类之前，此种目标，此种理想会引导人，而且使人本能地依着正当的方向去行为。“……伦理学的目的也是要在社会中创造出一种空气，使人类中大多数都全然依着冲动地，即毫不踌躇地，去完成那些最能产生万人的福利及每个单独的个人的完全幸福之行动。”（本书第二章）

如此，则伦理学不但不束缚个人的自由，拘束个人的发意性，妨碍创造理想社会之努力；反之，伦理学正是去鼓舞人为着真理与正义奋斗，创造理想社会的。实则没有崇高的理想，则理想社会之创造实是不可能的事。并且“近代伦理学体系所必须满足的条件，乃是它不应该拘束一切的‘个人的发意性’，而且甚至为着像共同社会之福利或种之福利那样崇高的目的，来拘束‘个人的发意性’，也是不应该的。”

这样，伦理学便不是人们所畏惧的，而是人们所愿望的了。“事实上如果道德的生活会使人得着不幸，那么，世间一切道德便早已消灭了。”（本书第七章）而且"无论我们如何地行为，或是第一寻求快乐与个人的满足也好，或是甘愿为着某种更好的东西而抛弃即时的欢乐也好，我们都是向着在一定的时间会使我们得着最大满足之方向而行为的。"（本书结论）不过克鲁泡特金更进一步说："这样的概括是不够的。"亚里斯多德说，我们追求欢乐，名誉，尊敬等等，不只是为着它们自身的缘故，而且主要地还是为着它们所给与我们的理性之满足的感觉的缘故。（本书第七章）于是克鲁泡特金便说："如果理性的职务在这个形式中被人承认了，那么，又生出了下面的一个问题：在我们的理性中有什么东西在这样的情形中会得着满足的呢？"克鲁泡特金的答复必然是："正义之需要（即公平之需要）。"他又更进而自问道："为什么一个更发达的精神却在那些最有利于万人的利益之解决中，找到了最大的满足呢？这个事实难道还有某种根深的生理学的原因么？"

克鲁泡特金先举出了培根与达尔文二人的答案：在人类中与在一切群居动物中一样，社会性之本能是发达到了如此高的程度，以致变成了一个比较那些类集在"自己保存之本能"这一个名称下面的其他本能更为强固，更为恒久的本能了。（本书第三章及第七章）

达尔文的结论："社会本能是一切道德所从出的共同的泉源，"是不错的。他又给社会本能下了一个定义道：社会本能是一种特殊的本能，与其他的本能是不同的。自然淘汰为其自身之故，而使此种本能得以发达，因为此种本能对于种之福利与种之保存都是有利的。他还说，此种本能"恐即亲子间的感情之扩大"（《人类由来》）克鲁泡特金更附加道："在许多下等动物中……此种本能倒不如说是兄弟或姊妹的关系或友伴的感情之扩大。"达尔文说："丝毫没有此种本能的人，便是怪物。"（本书第三章及《人类由来》）

达尔文在日常生活中举出一个实例来：譬如有一个人顺从了自己保存之意识，不曾冒危险去救一个同胞的性命；或者因迫于饥饿而偷窃食物。在这两种情形中，这个人是服从着一个十分自然的本能。然而为什么他过后又感着不安呢？为什么他现在又觉得他应该服从其他一种本能，不应当这样做呢？达尔文回答道，因为在人类天性中，"更能永续的社会本能战胜了较不

能持久的本能。"（《人类由来》及本书第三章）

在另一方面，人的欲望（如饱足饥饿，发泄愤怒，逃避危险，或占有他人的东西等），就其本性讲，只是暂时的。此欲望之满足常较欲望本身为弱。……因此假使一个人为着要满足这样的欲望，违反了他的社会本能而行为，过后他对于这行为又加以反省（我们常常这样做），他就会不得不"拿过去了的饥饿，满足了的复仇，牺牲了他人来逃避自己的危险等等印象来和那差不多永在的同情之本能，而且和自己关于别人所视为可赞赏或可责备的事物之最初的知识等比较一番"。这时他便会觉得"好像他误从了一种眼前的本能或习惯，这在一切动物便会生出不满足，而在人甚至会生出不幸来。"（本书第三章及《人类由来》）

既然证实了社会本能之存在，而且此种本能是更永续恒久的。培根与达尔文对前述问题之答案又继续论下去：而且在人类中，如在数万年来，就营着社会的生活之一个合理的生物中一样，理性助长了此等风俗、习惯及生活规则之发达与遵守，而导引到社会生活之一个更完全的发达，——其结果，各个别的个人的发达就生出来了。（本书第七章）

然而"根据我们的个人的经验，我们便知道如何在互相冲突的冲动间的斗争中，狭隘的利己主义的感情屡屡占着上风，而把带有一个社会的性质的感情克服了。这样的事实，不仅发生于个人中，而且也同样发生于全社会中间"，因此，克鲁泡特金便说："这个答案不能使我们完全满意了。"克鲁泡特金便达到了下面一个结论："如果人类理性没有'把一个矫正的社会的要因采纳入它的一切决定中'这样的一个固有的倾向，则狭隘的利己主义的决定一定会永远支配着那些带有一个社会的性质之判断。"然而事实上"这样一个矫正的要因果真是被应用了的。……一方面，它从我们的根深的社会性之本能中，以及从对于那些与我们共同运命的人的同情中发生出来；而在另一方面，它又来自我们的理性中所固有的正义之概念"。（第七章）在本书第八章以下所讨论的道德学说之发达史便把这个结论完全证实了。

四　第一卷内容

第一章《决定道德的基础之现时的需要》。十九世纪一百年间科学与技术之空前进步，新学问之发达，使得超出人们需要以上的丰富的物质之生产成为可能。万人的安乐便不再是梦想，而人类把他的全社会的生活改建在正义之基础上，这也是可能的了。于是伦理的观念也就不得不根本改变。在此时以前的伦理学不是宗教的工具，便是形而上学的玩物。然而十九世纪中产生了不少的伦理学体系。其中有两大体系（孔德的实证论与边沁的功利论）对于同代的思想尤其有大的影响。靠了过去一百年间各种伦理学体系之成就，伦理学已经能够脱掉宗教与形而上学之羁绊，而改建在自然科学上面了。

达尔文的生存竞争说完全被人误解了。达尔文所说的生存竞争并不是指同种间的。实则生存竞争并不是自然界之根本事实。自然界之根本事实乃是互助。自然界并不是无道德的。人类最初得到的道德教训，还是从自然界中得来的。因此目前之最大急务就是用科学的方法来决定伦理学之基础。

第二章《新伦理学之渐次进化的基础》。新伦理学之基础就是互助本能之事实，即从社会生活发源来的社会的感情，它渐次发达而进化。最后发达到三个连续的递升的阶段：互助——正义——道德。这三者就构成自然主义的伦理学之基础。

第三章《自然界中的道德原理》。自然界并不以生存竞争、以恶、以无道德教人，反之自然界教人以道德。自然界乃是人类的第一个道德教师，原始人民就从自然界中演绎出他们的最初的道德规则来。本章中又论到达尔文的道德学说。达尔文的著作并不仅限于博物学一方面，在道德科学一方面，他也有很大的贡献。他的结论是：社会本能是一切道德所从出的泉源。

第四章《原始人民的道德概念》。原始人并不是像野狼猛虎一般的东西。他们有着很好的伦理与社会。他们的部族间的道德要求有着两重性质：某种要求之履行为义务的，其他一种之履行则仅为可愿望的。个人若不履行义务的规则时，则以社会的强制的手段对付。克鲁泡特金举出许多事实来说明蒙昧人与野蛮人的道德概念。

第五章《古希腊道德学说之发达》。本章研究古希腊哲学家的道德学说。先论诡辩学派，其次苏格拉底，其次柏拉图，其次亚里斯多德，再其次伊壁鸠鲁，最后斯多噶学派。不管他们这一辈人有种种不同的道德观，然而他们却有一个共同点：人的道德之泉源是在他的自然的倾向及其理性中。人靠了他的理性及其社会生活样式，便自然地发展而且巩固了他的道德倾向，此等倾向对于维持他所需要的社会性一层，是有用的。

第六章《基督教的伦理学》。基督教乃是作为对于罗马帝国支配阶级的邪恶之反动而产生的贫民的宗教。它的根本特征乃是1. 提倡对于被压迫者之爱；2. 以社会的幸福作为人生之中心原理；3. 主张万人平等；4. 主张对于危害之宽恕。但此等特征后来就逐渐软化而消灭，基督教染上机会主义之色彩而逐渐堕落。后来基督教教会非但抛弃了宽恕之原理，而且对异教徒实行空前绝后的大惨杀，在历史上留了一个大污点。

第七章《中世纪与文艺复兴之道德观念》。在中世纪中教会的黑暗的势力下，道德学说之更进的发达差不多成为不可能的了。不过中世纪的自由都市中也有很好的伦理与社会。在其中互助之事实非常发达。到了文艺复兴时期，随着一切学问之复兴，道德学说也就大大发达起来。培根的道德观中的主要点乃是：便在动物中间，社会性之本能也会较自己保存之本能更为强烈，更为稳固这一个事实。其后格劳宿斯又将这个观念确定地表现出来。

第八章以后便叙述近代道德学说之发达。所有伦理学家都不能够说明人类的伦理感情之起原。我们可以把他们大体分类为二大派。一派是在社会的和个人的利害之考量中看出了道德之起原的功利论者。另一派是把道德当作本有的，固有的神秘力之直观派。前者至小弥尔而完成；后者到康德而达于极致。然而两方面都陷于错误。克鲁泡特金将每个哲学家的道德学说一一加以周密的检讨，他发见了一部分思想家企图在这两大体系之外另建立新的实在论的伦理学之努力。对于蒲鲁东与达尔文有很高的评价，对于斯宾塞有详细的论述，对于居友有充分的赞赏。

第十六章批判无道德论者，而下最后的结论，但本章没有写完，其中批评斯丁纳、尼采诸人的学说之部分来不及写，克鲁泡特金就逝世了。

五　中心思想

　　人并不是单有着非常强烈的利己倾向的生物，他的天性并非除了自身的利害以外就不会想到别的一切。因为如果事实真是这样的，那么人决不会营着社会生活了，社会的进步也成为不可能了。然而克鲁泡特金也不是一个相信性善说的乐观派。他并不否定人的利己的倾向。人的行为之动机总含有多少的利己的倾向乃至功利论的倾向。无论何种行为，如果它不能给人以某种满足，人决不肯去做。不管自己牺牲也好，献身也好，以及其他一切可称为利他的行为也好，在其中总含有利己的要素。我们都是向着在一定的时间会使我们得着最大满足之方向而行为的。

　　然而在人类中间，除了这种利己的本能外，还有一种社会的本能。因为人类不营社会生活，则不能生存，所以社会本能就逐渐发达到一种高度，甚至于比较利己的本能还要更强固，更长久。此种社会的本能乃是亲子间感情，乃至兄弟或姊妹的关系或友伴的感情之扩大。这种本能我们又可以称为伦理的本能，没有它，则人类社会之发展成为不可能。所以伦理生活与社会生活二者是分不开的。

　　然而这种社会生活并非人类的特有现象。差不多全动物界也都营着社会生活。动物并不是无道德的东西。"强嘴利爪的血战"并不是自然界中常有的现象。动物也有它的社会与伦理。凡不结成社会，不营伦理生活的物种必不能残存于对自然之生存竞争中，而陷于灭亡。动物界中的伦理生活有时甚至是非常美满，原始人最初还是从它们那里得着道德教训的。

　　虽然我们常常轻视动物，以为它们不知道伦理与社会，但是动物也决不是单独地生活着的。它们也是密集群栖。不管珊瑚也好，软体动物也好，昆虫也好，哺乳类也好，总之一切动物未有不结成社会而生活，从而也各有各的伦理。蚁有蚁的伦理，蜂有蜂的伦理，猿有猿的伦理。然而因为它们的社会生活之形态不同，所以它们的伦理也各异。不过虽然社会生活之样式不同，从而伦理之形态也各异，但其为社会生活，其为伦理则一。而且事实上一切的动物都有社会的感情或社会的本能。从这共通的社会生活与社会本能，便生出了共通的一个伦理，这就是互助。不管蜂受了它们的社会生活之影响，身体之构造就因分工而变化（如工蜂、雄蜂、蜂王等分类），不管千万匹的猿有着同一的身体之构造，然而它们的社会本能，从而伦理之本质都是同一的，皆依着互助之法则而行为。营着这样的道德生活的动物在抗拒自然、抵抗异种之侵害时，便能得胜而生存而传种至于今日。

我们若在动物之后更进而考察到原始人，则发见出霍布士的把原始人视作互相吞噬的野狼之主张乃是大错特错。实则狼对于狼也实行互助。至于原始人则已经有了十分优美的社会样式与伦理形态了。

原始人有着固有的社会本能。这种本能在长时间的进化中伴着社会生活而发达起来。在这种本能之外，他们又从当时与他们生活在一处，而且有密切的交接的动物中间，学到了社会生活之方法及其伦理。这样一来，他们的道德便适应着他们的知识与生活样式而向前发达：虽然在各时代各部族中道德概念是不同的，但在原理上却是一致。原始人的伦理在大体上可以区分为两大类：第一种是义务的；第二种则单是可愿望的。第一种是对于他们的社会生活最有重要性的道德，所以便带着义务的性质；第二种是在日常生活中随着各人的自由意志而行的。这二者都是从原始人的社会本能，即互助之原理中生出来的。固然各种原始人的生活样式与知识之不同便产生出道德概念之差异，但此等道德概念在根本原理上是同一的，他们总是本着互助之原理来树立，保存那些有利于社会生活的习惯。这一件事实是共通的。

人类的历史中有进步的时代，也有退后或停滞的时代，而事实上，人的天性中利己的倾向也有变成强烈的时候，所以有时人的道德本能之表现不免常为利己的本能之表现所蔽。然而事实上无论何时代，总有社会存在的，离开了合作、协力，则人便不能够生存。现代社会的一切优越的知识、发明、便利，无一非社会的生活之结果，都是社会全体分子之合作、协力造成的，而且社会愈进化，则个人之孤独的生存愈成为不可能，人们间的关系愈加密切，彼此依赖愈深。这其间社会的感情，即互助之本能当然愈加发达，于是道德又发达到一个更高的阶段。这个阶段便以社会本能当作基础而发展于其上，而且当同情与仁慈之感情逐渐自行发展时，这阶段也以同比例地向前进化，遂引起许多道德规则之创造，在此等规则的根基上便存在着正义与公平之概念。这是初步的道德，日常的道德，为各个人类社会之存在所不可缺少的。

固然各时代中的道德概念是因各民族的生活样式之不同而差异，然而正义之概念总是存在于其中的。公平，自己与万人的一视同仁之原理在各时代各民族中并无大的差异。自古希腊以来有许多著书论述伦理学之思想家，有的在功用（即对于个人的与社会的利害关系之考量）中看到正义，有的以为正义乃是人所固有的神秘力。然而事实上前者根本不懂正义之概念，即道德之概念；而后者又不知自然界之事实。第一，道德概念所从出的道德感情是比较一切功利之打算高得多，深得多，广得多，丰富得多，——故正义之概念不存在于功用之考量中。第二，人类的道德感情与动物的道德感情是同质的，只有程度之高低而已。固然它是固有的本来的东西，然而并不是上天给与的，它并无宗教的或形而上学的起原；它是动物从长期社会生活之间自然地积蓄而遗传下来的固有感情。它的活动的方式就是平等之要求，自己与万人的一视同仁。——故正义又不能是人所固有的神秘力。

其次在互助——正义之外，还有一个道德的第三要素，这就是所谓"大量"、"宽宏"或"自己牺牲"。我们各人都有着过剩的活力，除了满足自己的需要外，还可以无报酬地给与他人，这种行为，就可以归列在这第三个要素之内。居友说得好："我们单为自己是不够的：我们有着更多的眼泪，为我们的苦痛所流不尽的；我们有着更多的快乐，为我们的生存所享不完的。"这种"自己牺牲"乃是生命之满溢。

在人类中间有着两种倾向。一方面人要求着尊重个人的自由、权利与发意性；另一方面人又倾向着共同的善与万人的福祉。这两个倾向都是不可忽视的。种族忽视了此等个人的要求，则此种族衰灭；个人忽视了共同的善，则此个人衰灭。现社会中宗教、强权、资本等等把这两个倾向皆忽视了，所以现社会之衰灭乃是不可避免的事。

在现今如果不将这两种倾向调和在一起，则决不能创造一个可以鼓舞人类的崇高的道德理想。在科学与技术发达、生产力大增的现代，新伦理学之建立已成为可能，而且更是不可延缓的工作了。要把成就这巨大发达之知识与丰富的物质之生产力应用到万人的安乐上，而不供少数特权者享乐之用，非求助于新伦理学不可。没有崇高的理想则革新为不可能。而这样的理想又不是宗教、形而上学、强权共产主义，被错误解释了的达尔文的"生存竞争说"，或尼采之流的无道德论所能给与我们的。这样的一个使命，只有那个基础在社会本能上面的、科学的、实在论的伦理学才能够给我们带来。克鲁泡特金的新伦理学确实给我们证明了"幸福并不在个人的快乐，也不在利己的或最大的欢喜；真正的幸福是在民众中间与民众共同为着真理和正义的奋斗中得来的"。[1]

六 伦理学与安那其主义

俄文本编者莱伯代甫在他的序言中说过："许多人以为克鲁泡特金的伦理学一定是特别'革命的'或'安那其主义的'伦理学。假若有人向他说起这样的话时，他总是答复道：他所欲著述的是人的伦理学。"

这一段话是常常被人误解的。有的人真正以为克鲁泡特金的伦理学不是安那其主义的了。这是一个很大的错误。事实上伦理学并非为个别的个人而存在的，它是为人类全体而存在的，正如安那其主义是以追求人类全体的幸福，促成人类全体的解放，扶助人类人格之完全的与自由的发展为其最大目标。所以克鲁泡特金的伦理学正是安那其主义的。而且他的伦理学是他最后三十年间科学的、哲学的、社会学的思想之结晶。这还是像克鲁泡特金那样伟大的安那其主义理论家所能够制出的唯一的伦理学体系。他的伦理学和他的世界观一样，都是建立在坚实的自然科学的基础上面的。凡是头脑明晰，观察深透，永远信赖着自然科学的方法（归纳的演绎法）的科学家，纵然他会攻击安那其主义的社会学说，但是他也不得不承认安那其主义的世界观。对于安那其主义的伦理学也是如此。

安那其主义者的克鲁泡特金，与其说是唯物论者，不如说是实在论者。他常常称他的伦理学为实在论的伦理学。实在论者排斥一切形而上学与神秘主义。实在论者的克鲁泡特金便把伦理学与生物学、人类学、社会学打成一片，而且完全用自然科学来作他的伦理学之支持。他的伦理学正是从安那其主义的立场制成的一个伦理学体系。因为在这方面，安那其主义的立场就是实在论的立场。

而且我们从安那其主义者的眼光看来，便知道对于我们，克鲁泡特金的

---

[1] 这一节中有不少的话句是从八太舟三的《伦理学解说》中引来的。见日译本《克鲁泡特金全集》第十二卷。

《伦理学》有着一个独创的特征，这并不是在他的书中解说与批评伦理学诸体系的地方，这在别的哲学著作中，如克鲁泡特金引用过的约道尔、包尔生等人的伦理学史中我们也可以见到。克鲁泡特金的书中的特点乃是他将哲学思想和社会思想打成一片。在他，学者与战士是分不开的。他并不单是一个学者，也不单是一个战士。在他的精神中，这二者成了一个和谐的整体。我们倘使把他的伦理学体系略微研究一下，便可以知道这个社会性（社会的本能）的问题正是对于那些把社会视作一个强制之事实，而非基础在自由合意上面的人的一个自然科学的回答。正义之概念不就是立在一切过去民众运动的根基上吗？社会主义不就是劳动群众对于社会的正义与公平之追求的表现吗？[1]就因为这个缘故，克鲁泡特金在他的书中便把社会主义视作伦理学说之一部分，还特别详细地讨论过蒲鲁东的学说。而且也因为这个缘故，他在批判各家的道德体系时，便随时指出来，多数哲学家的遗漏，就在不曾充分地反对（或者竟然完全不曾反对）当时的社会的不义（奴隶制度、农奴制度、工钱制度）。而且更因为这个缘故，他就把正义之观念与平等之观念连结在一起，从而他的伦理学也和他的自由社会主义（安那其共产主义）连在一起。他的社会主义之原理是"各尽所能，各取所需"，他的伦理学之一原理也就是"无报酬地给与他人"。他的伦理的公式，"无平等则无正义，无正义则无道德"也就由此构成了。

七　克鲁泡特金与个人主义

还有人从个人主义的立场来批评克鲁泡特金的《伦理学》，对它发出不满的言论，如英国安那其主义者奥因[2]一九二五年在伦敦《自由月刊》（Freedom）上发表的主张。奥因的意见，我觉得是应该纠正的，因为他似乎不明了克鲁泡特金平日对于个人主义的态度，再不然就是他的个人主义的偏见使他不能了解克鲁泡特金的主张之故。

我深深感觉到《一个反抗者的话》的著者与《互助论》的著者

[1] 参看M.G.对《伦理学》的批评，载"La Voix du Travail"第二年第九号（一九二七年四月，巴黎）。
[2] 奥因（W.C.Owen）已经在一九二九年七月病故了，这位七十五岁的老革命家的人格却是值得我们敬仰的。

虽同是克鲁泡特金，却是两个极不相同的人。前者只想到打碎奴隶制度的镣铐需用打击，后者乃是宣传安诺尔德所谓"温柔与光明"之使徒。……

我自己的个人自由之伦理是和集团的伦理完全对立的；而且不管许多的相互同情，我愈加觉得那个个人主义的反抗者的见解与老年克鲁泡特金的见解之间有着一条很深的鸿沟，也许现代哲学并不能在这二者中间建造一道桥梁。

据说克鲁泡特金在晚年常常害怕个人主义学说在安那其主义运动上的影响；而别的人却深觉得安那其主义的主力便是从那些个人主义学说来的。我们相信此等学说供给了安那其主义之伦理的，智的脊骨。

在我们与克鲁泡特金中间有着重大的伦理学的差异，——这差异只能够由不妥协的，无畏的斗争来解决。为了这个理由克鲁泡特金的最后的一部大著就应该慎重仔细地研究才行。……[1]

然而奥因并不了解克鲁泡特金。不错，克鲁泡特金（不仅在晚年）非常憎厌个人主义；他说这是spurious（假的，虚伪的）个人主义。甚至纠正个人主义之错误，也是他著述《伦理学》之一个动机。并且早在一九〇二年致奈特劳（Max Nettlau）信中他就猛烈地攻击过这种虚伪的个人主义了。

从孟特微尔以至于尼采与法国青年安那其主义者所提出的狭义的利己的个人主义，是不能够感动任何人的。它丝毫不曾含有伟大的，动人的东西！……

人们至今所谓"个人主义"，只不过是使个性减少之愚蠢的利己主义而已。它是愚笨的，因为它决不是个人主义；它不会达到人们所提出作为目标的东西——即人格之可能的最完全而广泛、完满的发展。在我看来除了易卜生而外，没有一个人能够懂得真正个人

---

[1] 见Freedom月刊第四三〇号（一九二五年十至十一月）。奥因指出克鲁泡特金的书中一个遗漏，就是完全不曾论到巴枯宁的学说，只把他的名字提过一次而已。奥因的话是不错的，特别在克鲁泡特金知道巴枯宁曾有创造新伦理学的企图以后，这个遗漏更使人觉得可惜了。

主义之概念，而且易卜生也不过靠了天才的视力瞥见了它，还不能用浅明易解的方法把它表现出来使人明了。

……我所懂得的个人主义乃是：个性由于在某一些最大的需要方面以及在个人与一般的他人之关系中最高的社会性之实行，而达到可能的至高的个体的发展。资产阶级主张要成就个性之繁荣便需要着奴隶，因此就应该牺牲他人，而不牺牲自己，……其结果却使近代资产阶级社会所提倡的个性反而减少了。——这就是个人主义吗？……这样的个人主义会使歌德笑煞！就拿歌德这一个如此显著的个性来说罢。如果他有一件工作需要共同来做的，他会把它抛开吗？——不。他一定会给他同社会的人谋幸福的！这样他会带来生活之快乐、欢喜、精神、社会的共同的兴趣。而同时他又不会失掉他的个人的诗，他的哲学；他在那里还因学得人类天才之新的一面，而得着一个共同工作中的自然之享受的快乐，他的个性就这样地发展了。……我又知道在俄国共同生活中的那些人物，他们一方面是俄国人所谓"mirskoi tcheloviek"（共同生活者）中最完全的人物，而一方面又是或为了个人之政治的反抗，或为了个人的习俗之叛逆，或为了反宗教的，恋爱的，以及其他的叛逆，——而甘愿破除他们的乡村的成见，孤独地走自己的路。

这就是为什么我觉得法国青年安那其主义者从前向我们说过的个人主义是无价值的，渺小的，虚伪的，因为它并不能达到它所提出来的目标。而且正因为有过那些在高声主张了个人人格之后明白地为公共事业而登断头台的人，所以这种个人主义在我便觉得更是虚伪了。就只因为个人主义的概念还是混同的缘故，以致那些自称为个人主义者的人还相信与此等牺牲的人属于同一的政治的、精神的阵营的。实则那些自称为个人主义者（资产阶级之所谓个人主义者）和基督教徒一样，都没有权利把此等牺牲的人算做"他们的"一边的。……

从这里可见克鲁泡特金对于现代所谓个人主义是如何地憎恨了，因为它是虚伪的个人主义。"在破坏基督教教义上尼采是壮伟的"，然而"尼采的金发野兽就使得我发笑了"。[1]

说安那其主义的主力是从个人主义学说来的，这是不明瞭实在情形的话。奥因如果把法国运动研究一下，就可以知道所谓安那其个人主义对于纯正安那其主义运动曾经有过何等的妨碍了。我自己和克鲁泡特金一样，觉得虚伪的个人主义之侵入乃是安那其主义运动之大害。资产阶级出身的安那其主义者受个人主义的毒颇深，所以结果他们常常不能把他们的精力用在共同工作上。在法国安那其主义运动之意见分歧，未始不是受着虚伪的个人主义之赐。现在各国的运动的新倾向就是扫除个人主义的影响。而克鲁泡特金在一九〇二年就大声疾呼地提示过了。

> 有人以为几个人的有力的推动便可以使革命爆发，这是梦想：应该依赖着一切革命前的预备运动。而且革命需要一个理想，资产阶级的个人主义可以做革命的理想吗？——不！

这种理想已经由工人安那其主义者在创造了。"为了逐渐造成各种利益间的连带性，为了造成各民族间的连带性，为了扩大连带性之观念使国际劳工协会得以建立，"劳动者的力量是不可少的。

> 我所知道的是，劳动者至少习惯于一些不适意的工作（这不是愉快的工作），这对于将来是一个重要之点；劳动者因为习惯于工作，那么在他的将来之梦想中就不会去找一个治人者的位置；他因为今日被人掠夺，受人压迫，所以有权利要求平等，他从来不曾停止要求过；他为平等而战斗，将来也要为平等而战斗的；而贪婪愚笨的资产阶级却相信维持不平等乃是他的利益。为了这个，他就造出他的科学，他的政治，他的权力。每一次别人为平等而战斗的时候，资产阶级总是为不平等而战斗，为统治权而战斗，但民众总是立在他的反对的一面。……[2]

[1] 见《论个人主义的信》。
[2] 同上

在写了上面的话十八年以后，即在他逝世前一年，在一封信里他又写道：

> 我深信于将来。我相信工团主义运动（即在最近一次会议里有着二千万工人的代表参加的职工组合运动）在近五十年间将成为一个巨大力量，来建立无国家的共产社会之基础。如果我是在这个运动之中心地法国，如果我是健壮的话，我就马上投身于这运动中来拥护第一国际的原理。[1]

在写这一封信的前一月，在《致西欧劳动者的信》末尾他又写道：

> 然而这改造之成功，大部分是要靠着各民族之密切的合作之可能性。要达到这个目的，就需要各民族间劳动阶级密切地联合起来，而全球工人的一个大的国际协会之思想又应该重新采用。……[2]

这样的主张并不与《一个反抗者的话》中所说相差，可是与奥因的个人主义就差得远了。在我看来，写《一个反抗者的话》的克鲁泡特金与写《互助论》乃至写《伦理学》的克鲁泡特金依然是一个人，这其间只有表现的方法之差异，而根本思想依然是同一的。我可以说这是克鲁泡特金的两面，犹如他的两重性格一样：他在讨论《互助论》时使人觉得"恰如柔顺的小孩在老亲的膝下静听慈爱的训言"[3]，而"他骂俄皇政府的时候，他的平时面孔上的可爱的温和表示已没有了，两眼像出火似的，他的灰色的长须抖得很厉害"。[4]难道我们能说在这两个克鲁泡特金之间有一道鸿沟么？

如果说写《一个反抗者的话》的人是一个个人主义的反抗者，那么写

---

[1] 见文字宣传团的出版物《克鲁泡特金纪念刊》第二号，二三页（一九二一年，法国 Robinson）。

[2] 见 Les Temps Nouveaux 月刊，《克鲁泡特金纪念集》第十六页（一九二一年，三月，巴黎）。

[3] 见有岛武郎的《克鲁泡特金访问记》（原文载《新潮》），从森户辰男的《克鲁泡特金的片影》书中转引来（东京版，一四九页）。有岛武郎自述道："谈话时，我向他问起关于他的《互助论》的话，他为了要回答我的质问，便把我引到楼上书斋中——他让我坐在长椅上，他坐在旁边，详细给我说明，我忘记了是在英国，也忘记了自己是日本人，更不知道这书斋是在何处，恰如柔顺的小孩在老亲的膝下静听慈爱的训言。"

[4] 见 Ishill 编的书中洛克尔的文章。借用诚言的译文。

《互助论》、写《安那其主义的道德》、写《伦理学》的人又何尝不是呢？实则正如哥尔斯德密斯所说"克鲁泡特金是把他的道德建筑在个人上面，在个人的肉体的与精神的本性上面"，而且又如加巴诺夫所说"只有克鲁泡特金才特别提出了人类人格之进化的广泛的理想……他还论到'保证个人及其意志的行动之表现有完满的自由'的社会生活之理想……"事实上只有在克鲁泡特金的学说中，个人的发意性与创造力才找到真正完满的表现。至于虚伪的个人主义只有促成种之衰灭而已。

八　克鲁泡特金的道德性

这一节只是以上两节的补充。我从那个被称为社会主义的权威的历史家奈特劳那里为我的见解找到了有力的证据。的确克鲁泡特金的道德性是一致的，一贯的。思想家，科学家，伦理学者，革命者的克鲁泡特金是和谐的，是一致的。

日本自由主义者森户辰男在他的论文《克鲁泡特金的伦理学》中说过这样的话：

> 我会见安那其主义的博学的学者奈特劳时，曾听到一段可注意的话。……我以下面的问题问他："照克鲁泡特金特别用英文写的著作看来，他是一个所谓天生的和平主义者，暴力的革命好像是与他不相调和的；请你根据你平日与他的个人的交际下一个判断。"奈特劳对我的质问，大体以下面的话来回答：第一，克鲁泡特金用英文著的书，特别如《俄国文学》与《自传》，是为着极其保守的美国一般教养阶级写的，为了不致使他们恐惧起见，便完全避开一切露骨的描写，因此，仅仅靠着这些书，到底难窥见克鲁泡特金的全人格，全思想。第二，奈特劳和克鲁泡特金在伦敦会面之际（大概是在本世纪的初年代，克鲁泡特金每周出外练习射击。某一天他抚着枪欢喜地向奈特劳说："一旦俄国革命爆发，我一定马上回去参加，……"[1]

[1]　见《我等》第七卷，第一号（大正十四年，东京）。

　　我对于奈特劳的回答之第一点，甚觉奇怪，故在某一次寄他的信中，曾将此事质问过他，我并引证了一些事实，证明森户所转述的他的话是错误的，——如果这真是他的意见。

　　奈特劳这样回答我道：

　　要做一个真正的好人，难道不该一生一世都做一个好人么？一个人能够接收或抛弃一种学说，然而道德性却是生了根的，不能随时抛弃的。因此我们在克鲁泡特金的任何著作中所看见的道德性，必定是属于同样性质的。

　　然而克鲁泡特金生活在各种不同的环境中，遇着各种不同性质之公众的，一般的生活，这必然地影响了他的悠长生涯的各时代中之见解。

　　当他还是一个哥萨克队军官旅行西伯利亚时，他把他的全副精力与热诚完全用在考察上面，为着俄国与西伯利亚的利益——恰与后来他把他的全副精力用在《反抗者》上面；用在"互助"与法国大革命研究上面；或者用在观察合作，集约农业上面；或者更后用在他所理解的欧战的主张上面。……他每做一件事，便专心一意地，极其忠实地做去，然而这种环境的变迁便免不掉使他在悠长生涯之各时代中生出了各种不同的意见，评价，进化等等。

　　我在我的用德文写的《从蒲鲁东到克鲁泡特金的安那其主义》（1859—1880）[1] 中，曾将克鲁泡特金的著作，从一八六二年到一八八〇年的，详细地讨论过，在以后的一册中还要继续讨论下去。[2] 我在我写的德文《邵可侣传》[3] 中，也曾将克鲁泡特金的生涯之一部分详细讨论过——这使得我看见他的生活之"节奏"——环境，人格，事实对于他的影响，而且这个又如何反映在他的著作之中。

　　我相信，以这样的方法，我便发见在一八七九年到一八八二年

---

[1]　《安那其主义的思想史》的第二卷，共三一一页，一九二七年，柏林版。

[2]　《安那其主义者与社会革命》，《思想史》第三卷，共四〇八页，一九三一年，柏林版。

[3]　Elis e Reclus, Anarchist und Gelehrter, 共三四四页，一九二八年，柏林版。

之间的各种影响使他在那些年代中看见革命的事实，一个民众的革命快要到来了，而且就近在目前了！——这个见解便产生了他写出《一个反抗者的话》当时的精神。

过后，监狱的生活便开始了，这是一八八三年到一八八五年；在那时期中，他写了一些东西，这些东西是存在着的，但至今尚未刊行。在我未考察过这著作之前，我不能够断言：这些年代是一八七九至一八八二年的收场，或是一八八六年起到九十年代或较后一点之英国时代的开幕。接着"俄国革命"及"法国大革命的研究"之时期就开始了。一九〇五年以前，一九〇五年，一九〇六年及较后一些年代中，一直到一九一二年左右反对社会民主党的时期以及欧战时期（战前及战争当时），及其后的时代。

我确实觉得他在一八七九年到一八八三年之间所抱的，在法国及拉丁诸国，一个新的革命，一个新的公社之一切希望都消失了，后来在英国看见了英国的巨大工业组织之奇观，以及关系着战争与海上霸权时在英国常常讨论的粮食问题；又看见英国工人的真正广大的有组织的努力，而且在那里分配合作社之普及，并且他又看见英国的社会党与急进党的人物和环境，在其中（至少在当时）讨论，辩驳，宽容都是极平常的，没有暴力，激情，狂信等等，——上述的这一切不免使他大大地注意到创造的努力及进步之一切形式（只是在志愿的，而非在强迫的路线上），那么对于单纯的破坏与一个对于自发的改造之多少带点狂信的信仰，他便不十分注意了。

因此这时代的克鲁泡特金的著作，便有了一个不同的性质。他的英国的读者与听众希望被事实与论证所说服，并不愿为热情的话语激动了感情。而且在著作或讲演俄国政治犯的惨苦生活、俄国政府对于革命党人的迫害时，可以多用热情的语句来激励人，然而在讨论安那其主义，搜集材料证明互助、小工业等等时，他便不得不用教育的而非用感情的方法了。

当森户君和我会面的时候（我想是在一九二二年），我还不曾作上述的，特别的研究，然而大部分的事实我是早知道了的。因此我告诉他的话决不能和我现在所告诉你的不同。

如果克鲁泡特金在他的一生的任何时期中，果真遇着一个革命的情形，他一定会是一个极其活动的，非常完全的革命者。他不会在著作上那样努力了。然而这样的革命情形是不曾发生的。一九〇五至一九〇六年俄国革命爆发时，他还在伦敦；在一九一七年他又老了，而且被欧战问题扰乱了，他虽然回到俄国去想为革命尽一点力，可惜太迟了： 因为他所不满的马克思派的革命者已经得势了。

意大利同志波尔基最近在美国出版的意大利文刊物上说过，他在一九二〇年九月在莫斯科会着克鲁泡特金时，克鲁泡特金曾告诉他，他去见过列宁，劝他不要摧残俄国合作社，只要利用这个分配的器具——然而没有用，列宁是不听人劝的。

至于你说你读过的关于"练习射击"的文章，一定是我在一九二四年替美国出版的一本书[1]写的那篇东西，如果我把这件事告诉森户君了，我的话一定会是这样：

在一九〇五年十月，或十一月，或十二月（不会早，也不会迟，因为只有在这几个月内，我才在伦敦；到了一九〇六年十月我又到伦敦，但那时俄国的革命已经完结了），克鲁泡特金在大英博物院附近住了一两个星期，因为他正在博物院中从事研究。有一天晚上他告诉我他曾在射击场中练习过一两次射击来服枪，因为他很想知道在长久荒废以后，他是否还能够打中鹄的，他居然打中了，他因此甚为满意，他说如果他回到俄国（已在一九〇五年大赦之后），革命爆发，需要巷战时，他虽然老了，也有一点用处。……

奈特劳的信函便打碎了奥因和森户的论据，（我想，森户或者受到奥因的文章的影响，也未可知，虽然他们两人的主张并不相同。森户有一个时期还想拿列宁的《国家与革命》来补足克鲁泡特金的《伦理学》，希望"这两

[1] 就是易细尔（J. Ishill）编的那本书，一九二四年，新杰稷州版，限定本七十五册。

个伟大的灵魂互相握手"）使我们更加明白地了解了克鲁泡特金的真面目和他那构成他的全人格全著作的基础之道德性。

在克鲁泡特金与安那其主义者或自由社会主义者之间并没有像奥因所说的什么"伦理学之差异"。而克鲁泡特金遗留下来的一切著作将永久是我们在正义之恶斗中的指导原理。

1929年6月14日写成，
1940年6月15日改作。

第一部分

读书

《黑暗之势力》之考察[1]

一

　　托尔斯太[2]逝世的时候，教会的当局把他认作他们一道的人。他们说："他是我们中人。"这一件事情便使我联想起一篇关于苍蝇和耕牛的俄国寓言。牛拼命地耕田，苍蝇休息在牛角上，一事不做，然而牛弄得精力竭尽回家的时候，苍蝇却夸大地说："我们耕了田了。"教会的当事人对于托尔斯太的举动恰和寓言中的苍蝇一样。诚然，托尔斯太把他的人类关系之概念基础在《福音书》之新的解释上面。然而他和现在的基督教是离得很远很远的。

　　托尔斯太是最后的真正基督教徒，因为他是一个真正的基督教徒，所以他把教会的要塞及其一切恶毒的黑暗之势力，一切罪恶，一切残酷的暴行完全摧毁了。

　　因为这个缘故，他便受着"圣公会"（宗教议会）的迫害，被处以破门罪而逐出教会；因为这个缘故，他便为沙皇及其刽子手所嫉恨；因为这个缘故，他的著作在俄国曾被禁止。

　　托尔斯太之所以能够逃脱其他伟大的俄罗斯人的命运，其唯一的理由是他的力量要超过于教会，要超过于贵族，甚至要超过于沙皇，他是俄罗斯伟大的良心，他把她的罪恶展现在文明世界之前。

　　托尔斯太对于当时诸大问题的感受是何等地深切，他对于人民的关系是何等地密切，这在他的各种著作中都曾明白地指示出来的，然而未有比在《黑暗之势力》一剧中描写得更为有力者。

---

[1]　本篇最初发表于一九二九年四月二十五日《自由月刊》第一卷第四期，署名芾甘。

[2]　即托尔斯泰。

以上是高德曼批评托尔斯太的一段话。

二

《黑暗之势力》是贫困和愚昧之悲剧。它描写一群浸在贫乏与黑暗中的农民的生活情形。这种可怕的情形，特别是关系女人的情形，已被剧中的一个人物明白地说出来了。

> 密特里：你们女人和姑娘有数百万，然而你们都是和森林里的野兽一样。她那样地生，她也那样地死。她连什么也不知道，也不曾听说过。一个男子是多少会学得一点东西的；如果没有别的地方可学，那么至少在酒店里，或者因偶然的机会，进得监牢，再不然像我这样在军队里学到一点东西。然而一个女人呢？关于上帝的事她一点也不知道——不，她连日子也分别不出。她们乱爬着像瞎眼的小狗一般，把她们的头贴在粪堆里。

富农彼得病得快死了。然而他非常爱钱，而且奴使着他年轻的妻子阿尼西，他底前妻所生的两个女儿，和他雇用的长工尼其泰。他不愿意他们有一点儿休息，因为他既怕死，又非常爱金钱。阿尼西恨她的丈夫，因为他强迫她作苦工，而且他又老又病。她爱尼其泰。年轻的尼其泰是不能够拒绝女人的，女人便是他的主要弱点，他在女人面前是毫无力量的，他未到彼得田庄上来的时候，已经和一个孤女马林发生了关系，那女儿有了孕，便求助于尼其泰的父亲阿奇姆。阿奇姆是一个单纯而诚实的农人。他逼着他的儿子娶那女儿，"因为骗一个孤女是一件罪恶。"他向他的儿子说："尼其泰，当心！一滴犯罪之泪不会白白流过去的，它会流在一个人的头上。当心，否则你自己也会遇着这样的报应。"阿奇姆的良善和朴实处处受着他妻子玛德邻的贪心和恶念的反对。结果尼其泰依然留在彼得的田庄上。而阿尼西受着玛德邻的指使竟毒死了老彼得，偷了他的钱。

阿尼西的丈夫一死，阿尼西便嫁与尼其泰，把彼得的金钱让给尼其泰挥霍。尼其泰做了一家之长，不久便变成了一个浪子，一个专制者。他本来所有的好处都被这种有闲而有钱的生活消灭得干干净净。金钱本来足以毁灭人性败坏良心，何况又加上一种自觉，一种悔恨，明白他自己曾经间接地参加过阿尼西的罪恶呢？这样一来，尼其泰对于阿尼西便由爱而变到深恶痛恨了。他把彼得前妻的十六岁的女儿，又聋又笨的阿库林作为情妇，而强迫阿尼西来服侍他们。阿尼西有力量来反抗她的前夫彼得，然而对于她所爱的尼其泰，她便无力反抗了；她爱他，这爱情就使她变成弱者，而甘愿屈服于他。"我一看见他，我的心就软了。我没有勇气反对他了。"

老阿奇姆因为家里的马死了，要另外买一匹马，便跑来向他的新近发了财的儿子要一点钱。他很快地便明白他儿子沉在罪恶的沼泽里。他要救他，他要使他觉悟过来，他要唤起他的好心。然而他的努力毫无用处。

阿奇姆不能留在罪恶丛中。他离开了尼其泰，甚至于他先前向尼其泰要来购买一匹马的钱也退还了。

> 阿奇姆：罪孽是互相连结的，做了一个，便要做第二个。尼其泰，你是被罪孽缠住了。我明白你是被罪孽缠住了。你被罪恶缠得非常之紧。我听说现在他们连父亲的胡子也要拔了，——然而这只是向着毁灭的路上走的……你的钱在这里。我要去乞食，不愿拿你的钱。……让我去。我决不留在这里！我宁可在篱边过夜，不愿意留在你的污秽丛中。

阿奇姆之为人及其性格在下面一段对话中被托尔斯太表现得非常活灵活现。

> 密特里：比方你有钱，我的田地正荒芜着；春天，而我没有种子；或者我没有钱完纳粮税。我便跑到你这里来，说："阿奇姆，请借十个卢布给我。我等到秋天收获的时候，还给你，另外还加上十分之一的利息。"比方，你看见我还有一匹马或者一头牛，可以被榨取，你便说："我要两三个卢布做利息。"绳子已经套在我颈项上了，没

有它，我是不能够进行的。我说："很好，我愿借这十个卢布。"到了秋天，我卖出了一点东西，把钱还给你，你另外榨取了我三个卢布。

阿奇姆：然而这是一件不公道的事。一个人要是忘记了上帝，是不行的。

密特里：等一会儿，且等我说完：你把我的钱榨取了。比方阿尼西也有钱放着不用。她没有存放的地方，而且因为是一个女人，又不知道拿钱来做什么事。所以她便跑来找你："我能够用我的钱生点利吗？"你便回答道："是，你能够的。"那么我便等着。第二年夏天我又来找你，我说："再借给我十个卢布，我还要付利息的。"你便注意着，看我的皮剥下来没有，还可不可以在我身上弄出一点钱，如果我还可以被榨取的话，你便把阿尼西的钱借给我，然而要是我连饭也没有吃的了，你晓得我是无法被你榨取了，你便说："兄弟，愿上帝与你同在！"你便去另找一个可以被你榨取的人，把阿尼西的钱借给他。如今银行做的事情便是这样。它就是这样维持下去的。朋友，这真是一件非常聪明的事。

阿奇姆：这算做什么？这是龌龊的行为。如果一个农人做了这样的事，农人们便会把这当做一件罪孽。这是不合天理的，这是不合天理的。这是坏事。有学问的人怎么能够做出——……据我看来，没有钱固然有苦恼，然而有了钱苦恼更增加一倍。上帝叫人作工。然而你却把钱放在银行里，自己舒舒服服地躺下来睡着，让钱来养活你。这是坏事，——不合天理的。

密特里：不合天理吗？朋友，如今的人是不管什么天理不天理的。他们只想着怎样才能够抢别人的钱。

当阿库林有孕的事还不显著的时候，她和尼其泰的关系也不曾被邻人们知道。然而到后来她生下孩子来了。这时候阿尼西便又回复到了主人的地位。而阿库林却由主人的地位变成奴隶了。她对于阿库林的憎恨，她的被蹂躏了的对于尼其泰的爱情，以及对尼其泰的母亲（马德邻）的恶念联合在一起，便使得她变成了一个恶妇。阿库林被赶进仓里躲起来，因为那一天媒人正到尼其泰家来看人。她的婚事就由她继母和马德邻定夺了。外面客人正在饮酒的时候，她一个人被关在仓里。她"不愿嫁人"，然而别人却把她嫁了。不仅是这样，她的小孩子，她和尼其泰的私生子，她也不能够留着养育，竟被人生生地拖了去，去活埋了。

阿库林在仓里生了孩子，而马德邻和阿尼西却骗尼其泰说这小孩已经死了，而且强迫他去埋在地窖里。尼其泰最初是不愿意的。

尼其泰：你们真缠死我了。我要走。你们要怎样做，你们去做好了。

阿尼西：〔自门内出〕他挖好了坑吗？

马德邻：他不愿意呢。

阿尼西：〔大怒奔出〕不愿意！坐在监牢里喂虱子愿意吗？我立刻就到警察那里去说。要失败就失败，就一块儿失败。我全都说出来。

尼其泰：〔战栗〕你说什么？

阿尼西：什么？全部说出来？谁拿的钱？你！谁下的毒？我！可是你早也晓得，晓得，是和你商量好了的……

果然"罪孽是互相连结的，做了一个，便要做第二个"，尼其泰到底不得不答应去埋小孩了。他接过小孩预备埋葬的时候，他才明白小孩"还活着。还在动"。他"怎么能够下这个毒手呢"？

然而阿尼西能够，她"从他的手里夺下小孩，抛进地窖里去，"还说："赶快埋好了，就不活了。"

不过要把一个活着的小孩生生地活埋，究竟是一件可怕的事，何况这小孩又是自己的孩子呢？这个可怕的打击使得尼其泰的神经昏乱了。在暂时的疯狂之中他用木板盖着小孩，自己坐在板上，口里还在说："还活着！我不能！……他还哭着。"其实小孩已经被他压成肉饼了。

迷信，恐怖以及良心之悔恨，使得尼其泰陷于疯狂的状态中，他的神经受了很大的刺激，被他压死的孩子的哭声好像时时长留在耳边。在这种心理状态中，他只有两条路可走：一是继续着从前的罪恶生活以至于灭亡；一是忏悔过去的罪孽而改营新生活。尼其泰走了后面的一条路。所以第五幕就开始了。

这最后一幕是描写阿库林的婚礼。所有相识的农人都到了场，而家主尼其泰却躲开了。他跑到稻草院内，躲在草堆上。他想自己勒死，但没有实行，最后决定去当众忏悔自己的恶孽。

　　尼其泰：父亲，听我说！最先马林请你看着我！我对你犯了罪了：我允许娶你为妻，我引诱了你。我欺骗了你，我又抛弃了你；为了基督的缘故，饶恕我罢！

　　马德邻：呵，他着了魔。他怎样了？有魔鬼附着他的身。起来，不要胡说了。

　　尼其泰：……〔向阿库林〕我杀了你的父亲，我这条狗又玷污了他女儿。我有力量压制她，我又杀了她的孩子……〔向父〕亲爱的父亲！请你饶恕我这一个罪人！当我开始放荡的时候，你对我说："鸟爪一旦被人擒着，全个鸟便逃不掉了。"然而我这条狗并不注意你的话，一切的事如今果然照你的话实现了。为了基督的缘故，请饶恕我。

这果然是上帝的感化，上帝的启示么？不，绝对不是，尼其泰的觉悟忏悔，乃是他杀了小孩以后所必选择的两条路之一。

尼其泰觉悟了，忏悔了。然而他也就被捕了。他的结局吗？不消说是西伯利亚的惩役。我想他的结局大概和《罪与罚》里的拉斯可尼科夫，《加拉玛左夫弟兄》里的狄米特里二人差不多（二书均杜斯朵夫斯基[1]所作）。他的情人阿库林会像《罪与罚》里的松尼亚，《加拉玛左夫弟兄》里的格鲁秦加那样，跟着他跑到西伯利亚去。靠了她的力量，他是会终于被得救的。据我看来，阿库林很有做松尼亚和格鲁秦加之可能。而且从最后一场看来，阿库林已经"护"过尼其泰，又"走过来和他站在一起"要求和他共享苦难

[1]　即陀思妥耶夫斯基。

第一部分

读书

了，在这一点我们可以看出俄国文学的特点，也可以认识俄国女性之伟大的力量。

　　总之《黑暗之势力》是贫穷，愚昧，迷信之一幅真实的，可怕的绘图。正如高德曼所说："要写出这样的一部著作，单单做一个创造的艺术家是不够的，还需要一个具有深切的同情的人。"而托尔斯太兼此二者。所以他的第一部剧本便是杰作。他是深能了解俄国农民的。他明白农民的生活中之悲剧并不是由于他们自己的坏处，这实实在在是从那个支配了农民之一生的黑暗之势力而生出来的。这种黑暗之势力压着农民，使他们一生一世抬不起头来，使他们永远陷于污泥之中，使他们永远过着猪狗般的生活。

　　谁读了本剧所描写的农民生活之惨状能不为他们流一滴同情之泪？ 能不怜悯这些可怜的生物？ 而事实上养活我们的，正是这般人，靠了他们我们才得生活至今。所以读了本剧的人一定要对现社会制度表示反抗，一定要主张铲除这种黑暗之势力。本剧的使命是在每个人的心中激起正义之感情。因此本剧并不能说是"一部宗教的戏剧"，而是一部描写社会黑暗之革命的剧本，也许著者的本意并不是这样，然而这本戏剧所给与读者的印象确是如此。

关于《复活》[1]

病中，有时我感到寂寞，无法排遣，只好求救于书本。可是捧着书总觉得十分沉重，勉强念了一页就疲乏不堪，一本《托尔斯泰：人、作家和改革者》念了大半年还不到一半。书是法国世界语者维克多·勒布朗写的。这是作者的回忆录。作者是托尔斯泰的信徒、朋友和秘书。一九〇〇年他第一次到雅斯纳雅·波良纳探望托尔斯泰的时候，才只十八岁，在这之前他已和老人通过信。在这里他见到那个比他年长四十岁的狂热的女信徒玛利雅·席米特，是老人带他到村子里去看她的。书中有这样一段话：

> 晚饭很快地吃完了，我们走进隔壁的小房间。
>
> 不曾油漆的小桌非常干净，桌上竖着托尔斯泰的油画小肖像，看得出是高手画的。……
>
> 靠墙放着一张小床，收拾得整整齐齐。
>
> "你看，他们把《复活》弄成什么样了！"她说，拿给我莫斯科的新版本，书中夹满了写了字的纸条。"审查删掉四百九十处。有几章完全给删除了。那是最重要的，道德最高的地方！"
>
> 我说："我们在《田地》上读到的《复活》就是这样！"
>
> 她说："不仅在《田地》上。最可怕的是在国外没有一个地方发表《复活》时不给删削。英国人删去所谓'骇人听闻'的地方；法国人删去反对兵役的地方；德国人除了这一点外还删掉反对德皇的地方。除了契尔特科夫在伦敦出版的英文本和俄文本以外，就没有一个忠实的版本！"

---

[1] 本篇最初连续发表于一九八四年三月三、四日香港《大公报·大公园》。

我说："可惜我没有充足的时间。我倒想把那些删掉的地方全抄下来。"

她说："啊，我会寄给你。把你的通讯处留给我。我已经改好了十本。……以后我会陆续寄新的给你。"……

引文就到这里为止。短短的一段话引起了我的一些回忆，一些想法。

一九三五年我在日本东京中华青年会楼上宿舍住了几个月，有时间读书，也喜欢读书。我读过几本列夫·托尔斯泰的传记，对老人写《复活》的经过情况很感兴趣，保留着深刻的印象。五十年过去了，有些事情在我的记忆中并未模糊，我把它们写下来。手边没有别的书，要是回忆错了，以后更正。

托尔斯泰晚年笃信宗教，甚至把写小说看成罪恶，他认为写农民识字课本和宣传宗教的小册子比写小说更有意义。他创作《复活》是为了帮助高加索的托尔斯泰信徒"灵魂战士"移民到加拿大。过去在沙俄有不少的"托尔斯泰主义者"，"灵魂战士"[1]（或译为"非灵派教徒"）是其中之一，他们因信仰托尔斯泰的主张不肯服兵役，受到政府迫害，后来经过国际舆论呼吁，他们得到许可移民加拿大，只是路费不够，难于成行。于是有人向托尔斯泰建议，书店老板也来接洽，要他写一部长篇小说用稿费支援他的信徒。老人过去有过写《复活》的打算，后来因为对艺术的看法有了改变，搁下了。这时为了帮助别人就答应下来。书店老板还建议在世界各大报刊上面同时连载小说的译文。事情谈妥，书店老板预付了稿费，"灵魂战士"顺利地动身去加拿大，托尔斯泰开始了小说的创作。据说老人每天去法院、监狱……访问，做调查。小说揭露了沙俄司法制度的腐败，聂赫留朵夫公爵的见闻都来自现实的生活。

小说一八九九年三月起在《田地》上连载，接着陆续分册出版。《田地》是当时流行的一种有图片的周报。每月还赠送文学和通俗科学的附刊。《复活》发表前要送审查机关审查，正如席米特所说，删削的地方很多，连英、法、德等国发表的译文也不完全，只有契尔特科夫在伦敦印行的英、俄

---

[1] "灵魂战士"：或译为"非灵派教徒"。

两种版本保持了原作的本来面目。但它们无法在帝俄境内公开发卖，人们只能设法偷偷带进俄国。

契尔特科夫也是托尔斯泰的一个热心的信徒（他原先是一个有钱的贵族军官），据说老人晚年很相信他，有些著作的出版权都交给了他。

维·勒布朗离开雅斯纳雅·波良纳后，拿着老人的介绍信，去匈牙利拜访杜先·玛科维次基医生。杜先大夫比勒布朗大二十岁，可是他们一见面就熟起来，成了好朋友。勒布朗在书中写道：

> 杜先一直到他移居托尔斯泰家中为止，多少年来从不间断地从匈牙利寄给我契尔特科夫在伦敦印售的《自由言论》出版物，包封得很严密，好像是信件，又像是照片。靠了他的帮助，靠了玛利雅·席米特的帮助，可恶的沙皇书报审查制度终于给打败了。

我不再翻译下去。我想引用一段《托尔斯泰评传》作者、苏联贝奇科夫的话："全书一百二十九章中最后未经删节歪曲而发表出来的总共不过二十五章。描写监狱教堂祈祷仪式和聂赫留朵夫探访托波罗夫情形的三章被整个删去。在其他章里删去了在思想方面至关重要的各节。小说整个第三部特别遭殃。第五章里删去了一切讲到聂赫留朵夫对革命者的态度的地方。第十八章里删去了克里尔左夫讲述政府对革命者的迫害情形的话。直到一九三三年在《托尔斯泰全集》（纪念版，第三十二卷）中，才第一次完整地发表了《复活》的全文。"（吴钧燮译）以上的引文、回忆和叙述只想说明一件事情：像托尔斯泰那样大作家的作品，像《复活》那样的不朽名著，都曾经被审查官删削得不像样子。这在当时是寻常的事情，《复活》还受到各国审查制度的"围剿"。但是任何一位审查官也没有能够改变作品的本来面目。《复活》还是托尔斯泰的《复活》。今天在苏联，在全世界发行的《复活》，都是未经删削的完全本。

1983年11月20日。

《论语》[1]的功劳[2]

据说"自《论语》提倡语录体以来，小品文之风遍天下，一洗五四以后鲁里鲁苏的白话文音调的恶习。……这未始非《论语》的一点小小功劳。"（见《论语》第四十九期第二十七页）

一个《论语》的同志在今年新年节得到"至友×君"的信，他"读后不懂，赶紧复信，委婉地劝他熟读《论语》，到了暑假来书，便大大不同。"这是一件真事，我们有下面的两封信作证。

一封是未读《论语》时写的：

> 别的没有比这更重要，开始就祝你光明，——一九三四年时间带走了我一切，——快乐与惨痛。啊！人谁不惋恋过去，怅惘目前！也许你更达观些？超越了这两种情绪？但是，一个被环境波动的人，怎么摆脱得了……所谓要做人的一些烦难？自然我是这样。
>
> （第一段开头）
>
> 过去现在英文枷锁着我。（第二段节录）
>
> 元旦日没有什么赐福，仅仅送来一些呻吟声，目前是黯淡的。
>
> （第三段节录）

另一封却是读了《论语》后写的：

> 近领手书，非不想复，实则天气困人，有所偷懒。比日起居何似？张奶妈来，得平安之音甚慰也。夏日悠哉！想有佳作。每念

---

[1] 此《论语》为林语堂主编的半月刊杂志，创刊于1932年9月。

[2] 本篇最初发表于一九三四年十一月二十日《太白》第一卷第五期。署名余一。

昔日北海之游，诚不可忘，今仍居旧地，但没有去年那般乐趣。罋石西城婴病，莹苦功课羁身，虽风清月白，亦只随便度去。有时闲暇，即至屋外草园中，与莹燕坐，莫孤明月也。假中生活，无值告你。摇扇而外，常与麻雀为朋，晨间清凉，乃温英语数张，午中炎热，坐以呻吟：如此现象，故人得毋笑我无聊乎？

把这两封信拿来比较一看，我们就知道那位×君的确有了很大的进步。半年前他写信还写不通，半年以后他就可以写出像明朝人所写的那样漂亮的信札了。

不过有一层是那位《论语》的同志忘记了提说的。×君在未读《论语》时，虽然写不通文章，但他还知道"光明"，还知道时间给他带走了什么，还知道什么东西"枷锁着"他，还知道"元旦日没有什么赐福"，还知道"目前是黯淡的"。至少他还是一个现代的人。可是等到他读过《论语》以后，情形便不同了，他现在只知道"天气困人"，只知道"偷懒"，只知道"夏日悠哉"，只知道"风清月白"，"莫孤明月"，只知道"常与麻雀为朋"，只知道"无聊"。试问我们能够从这些话句里嗅出一点现代人的气息么？

把一个现代的人变做过去的人，这也是"《论语》的一点小小的功劳"罢。

以上是我三四个月前读《论语》半月刊的什么纪念号时写下的一段小杂感。本来早已忘掉了，因为最近无意间见到《论语》五十五期里"《论语》戒条第十一决不回骂想以骂我们而成名或推销其刊物的人……"等话，才又记起它来，把它编进这小书里。倘使骂《论语》就可成名或推销刊物，则《论语》是什么样的东西，也就可想而知了。我到现在还未成名，但既然骂了《论语》，也许不久就会成名。不过不知道成名以后我是现代人呢？还是变做了明朝人？这一层《论语》戒条中未提及。也许《论语》不理，就会使我不成名也未可知。

读书杂记[1]（四则）

陆凡的第二部小说

德塞沙尔的诗集里面有一首题作《陆凡的第二部小说》的诗。这陆凡便是罗曼罗兰的剧本《爱与死的搏斗》中的瓦勒。

陆凡是法国大革命时代的一个吉隆特党人，吉隆特党失败后，党员有的被捕受刑，有的逃亡。陆凡和三个朋友一块儿离开了波多。在途中一个朋友往南方去了，只剩下他们三个。没有人肯款待他们。天落着雨，道路泥泞着，饥饿和疲倦折磨着他们。他们去叩一个朋友的家门，那朋友竟然不肯接纳。他们连避雨的地方也找不着，只得站在树下淋雨。这一天是一七九三年十一月十五日。

陆凡这时候忽然下了决心：回到巴黎去！他知道人家正在那里悬赏缉拿他，他知道断头机正在那里等候他，但是在那里也有他的洛多意斯加，想起那个女人，他仿佛在黑暗中看见了灯光。他说：他愿意让他的头落在断头机的筐子里，只要他的嘴唇能够在头落之前和他的爱人接一次最后的吻。

于是他辞别了两个朋友，动身走向那虎狼穴去。经过了许多次危险和困难以后，第二年四月六日他公然进了巴黎的城门，见着了他的爱人，然后两个人安全地逃到瑞士去。而和他同路的三个朋友却先后地被捕受刑了。

这便是陆凡的第二部小说，这是用他自己的血和泪写成的。他的第一部书是"Faublas"。关于这件事情他自己也写了一本回忆录。

因此历史家米席勒在他的《大革命史》第六卷中便说道："爱把陆凡救了。"

[1] 本篇最初连续发表于一九三四年四月一日、七月一日《文学季刊》第一卷第二、三期。署名马琴。

龚多塞的最后

米席勒说过："爱救了陆凡。爱却断送了德木南（因为它鼓舞、坚定了他的英勇气概）。对于龚多塞的死，爱也有同样的责任。"

四月六日陆凡进巴黎来看他的爱人，龚多塞也在那一天离开了他的隐匿处，为了保全他的妻子。

哲学家龚多塞当时正藏匿在卢森堡监狱旁边一间阁楼上写他的最后的杰作《人类精神之进步》。他的年轻的妻子苏非住在市外，每天要步行到巴黎来，她要维持她丈夫和家人的生活，她开了一家洗衣店，在楼上她还留着一个小房间替人画像。生意自然不会好。她的情形是很苦的。她没有一天不为她的丈夫的安全担心。有时候在晚上她偷偷跑到丈夫那里去，和他见一面，她虽然极力掩饰她的困苦的情形，但这无论如何瞒不过龚多塞。她爱他，他也爱她，但在这种情形下她是一天天衰弱下去了。

龚多塞知道他的妻子的巨大牺牲，他不能忍受这个。他爱她比爱生活更甚。然而在他的面前却横着一个更重大的工作，那历史和科学的著述。历史和科学是什么？这是攻击死的战争。他的书也是为征服死而著述的，为拯救人类而著述的。他整日整夜地忙碌着，为了要早日完成他的工作。在四月六日他写下了最后的两句话："科学要征服死。那么以后就不会再有人死了。"

就在这天早晨他把帽子压着额，穿着他的工衣，一个袋里放着毒药，另一个袋里放一本拉丁文的诗集，他昂然地走下楼跨了门限出去。

他想从此他便可以使他的苏非安宁了。

两个女人

一七九四年埃伯尔、德木南等相继上断头台以后，他们的妻子也被逮捕了，囚禁在一个囚室里面。

埃伯尔夫人是个尼姑，自小就在修道院里度寂寞的生活，她后来爱上了埃伯尔，和那个人在一起的生活也是很不幸的。德木南夫人却是另一种典型的女性，德赛沙尔的诗里说她是："小孩儿，小鸟儿，母亲的心，芦苇的身"。

第一部分

读书

有一天这两个年轻女人在囚室里谈起话来。埃伯尔夫人悲哀地说："革命不过给了我一线的自由和不幸。爱上一个全世界都憎恶的人，这是可怕的。我记念他，别人决不会宽恕我，我会死，也许会拿死为我所最惋惜的放肆行为赎罪。至于你呢，夫人，你是幸福的。你不能有什么罪名。人家不会把你和你孩子分离开。你会活着。"

德木南夫人回答说："那些胆小的人会杀死我，然而他们还不知道一个女人的血会激起人民的心灵里的愤怒。在罗马把十大行政官推倒的，难道不就是一个女人的血吗？让他们杀死我罢，那暴政会跟着我倒的。"

然而几天以后这两个女人都在断头台上消灭了。

塞西尔·莲诺

诗人拉玛丁的两千余页的大著《吉隆特党人史》，诚如它的题名所暗示，是一部有偏见的书，它不能够给我们解释自一七八九年开始的法国革命之发展的阶段。但也自有它的长处，它不是一部历史家的著作，它是诗人的著作，那文字的优美常常使读者不忍释手。

关于塞西尔·莲诺的事，米席勒的书里面只提到一个皇党女郎在罗伯斯庇尔家中被捕，而英国加莱尔的《法国革命史》和拉玛丁的书都说得比较详细。

莲诺是一个纸商的女儿，一个充满着好奇心的，二十岁的漂亮姑娘。有一天她瞒了父母偷偷去见罗伯斯庇尔，罗伯斯庇尔是不能让普通人看见的。她便嚷起来，人家把她抓住加以搜查，在她的篮子里发见两把小刀，和一堆换洗衣服。于是他们便将她逮捕起来，她给牵连在行刺罗伯斯庇尔的案件里。

受审的时候，她天真地回答道，她想见罗伯斯庇尔，不过是受了好奇心的指使，她想看看所谓暴君（tyran）究竟像个什么样子，是否能够引起她的爱或恨。她说那换洗衣服是预备着在监狱里用的，她知道人家会把她送到那里去，她甚至知道她会被送上断头台。

她的推测果然不错，她被判决了死刑，她的全家都陪着她上了断头台。在囚车里她还向她的父母谢罪，说她不该起那种奇怪的念头。

几段不恭敬的话[1]

无意间翻了改造社版的《芥川龙之介集》来看，又见到《长江游记》，久违了；还是八年前读过的呢。

"现代的中国有什么东西呢？政治，学问，经济，艺术，不是全都堕落了吗？尤其是艺术，嘉庆道光以来果真有一件可以自豪的作品吗？"

这是十年前芥川氏在芜湖唐家花园的露台上对着友人西村氏发表的意见，那时露台外的槐树顶正寂静地浸在月光里。再望过去，白壁的市街的尽处一定是扬子江的水罢。这水汪汪地流着流着，会流到那梦里蓬莱似的日本的可怀恋的岛山去。他因而起了快回日本去的念头。这是很自然的事情。但不知道聪明绝世的芥川氏回国以后也曾把这同样的问题中的"支那"两字换作"日本"来问过日本人么？芥川氏如今已成了文学史上的人物了，他是否曾怀疑过日本有着什么可以自豪的艺术作品的事，我们没法知道。那么就让我来发这个问题罢。

"你不要提日本音乐罢，日本人是没有耳朵的，"一个东京帝国大学的日本学生这样说。

绘画呢，第十五次帝国美术展览会的成绩堂堂皇皇地摆在人的眼前。花了一圆的代价我看遍了那无数的堆在纸上的各种颜料，千篇一律的笔致，景色，而且是那画匠手笔一般的细致的刻画，在我这门外汉的眼睛看来，和那颜料堆积起来的广告画是没有什么分别的。自然这话说得过分一点，我承认。但这里面就有什么可以自豪的作品吗？在罗浮尔宫里我认识了艺术的伟大，而在这集全国之视听的帝展中我倒感到艺术的渺小了。

文学罢，据说这在日本已经有了可惊的发达。就翻开眼前的报纸来看

[1]　本篇最初发表于一九三五年一月五日《太白》第一卷第八期。署名余一。

罢，那触目的巨幅广告：什么"堂堂的御出马"哪，文坛的什么什么哪；菊池宽，吉川英治，大佛次郎，加藤武雄这一类的通俗小说作家的名字；忠臣藏，加藤清正这一类的题材。侠客和恋爱代表了日本的通俗小说。这类小说的流行，许多作家的低头不是表现着日本文学已经堕落到了怎样可惊异的程度吗？

撇开现在的这种堕落的现象罢。我们随便翻翻几位在文坛上已有地位的作家的东西来看看。第一对于享过盛名而且被称为"现代日本文坛的鬼才"的故芥川氏的作品我就不能不抱着大的反感了。这位作家的确有一管犀利的笔和相当高的文学修养。但是此外又有什么呢？就是说除了形式以外他的作品还有什么内容么？我想拿空虚两个字批评他的全作品，这也不能说是不适当的罢。在这五百余页的大本《芥川集》里面，除了一二篇外，不全都是读了以后就不要读第二遍的作品吗？

手边又有一本长与善郎，久保田万太郎，室生犀星三人集的合本，也是改造社版的《日本现代文学全集》里面的。我想略略说几句关于长与氏的作品的话，因为许多中国读者曾经从《亡姊》和《山上的观音》两个短篇里认识过他。但我读了《长与善郎集》里面两篇戏曲的代表作（集中还有一部长篇小说《竹泽先生这人》，我还没有读）《陶渊明》和《五祖与六祖》以后对于长与氏在日本文坛上有着怎样的地位一事就根本怀疑起来了。这两篇用中国题材写成的戏曲，无论在技巧方面，思想方面都是很幼稚的作品。而且像《五祖与六祖》那样的短剧竟分成十三"出"，用了九幕不同的布景，每换一幕布景，只让剧中人说寥寥的几句对话，如在第一出里就只有一个老僧对一个乡下姑娘说的短短的两句话和一点呆板的动作。这样的戏剧能够上演，真是残酷地浪费了人的精力了。那么这么多的场面和布景究竟表现了些什么呢？其实并不会比中国所传述的那故事多一点。而在以"陶渊明万岁"声结束的《陶渊明》一剧中，却把陶渊明写成了一个极可笑的人物。这样的作品却堂皇地走上日本的文坛了。

最近也读过了所谓自然主义的划时代的名著《棉被》，不幸又感到了滑稽的心情。说是自然主义，但我们可以在这和左拉的作品中间找到什么共通点吗？读左拉的小说时总感到严肃的心情。左拉的主人公的悲剧常常是不可避免的。（其实左拉的悲剧与其说是那绝对不能摇动的命运之力所产生，毋宁说是被当时的支配阶级的社会组织力造成。）而竹中时雄的经历，如果可以说是悲剧，那么这悲剧就全是不必要的了。据说这是花袋氏自身的经验谈，又说这是大胆的作品，但实际上竹中时雄不是一个怎样胆小可怜的男子吗？而表现这种心理，全篇贯彻着这种心情的作品，这是多么怯懦的作品啊！在实生活里像一个胆小的人的样子而行为过了。却又将这行为"重温旧梦似地"在作品中表现出来。这与其说是大胆地分析自己，不如说是再一次"暂时的将那女子完全占有"而满足自己的欲望罢，这满足的方法也是怯懦的。但是一个女子将因这文章受到怎样的影响，这该是很容易明白的事实罢。

假若《棉被》是可信赖的话，那么把竹中时雄作为明治时代（甚至大正时代及其后）的文学家的影子看，总是不错的罢。同样岛崎藤村的《新生》又把岛崎氏的真面目表现出来了。仿佛《文化集团》对岛崎氏就有过极其严厉的攻击。

将自己和女人的关系真实地写在小说里，这风气在日本文学家中间很流行。武者小路实笃就写过了好些，而久米正雄和松冈让这一对情敌甚至拿小说做武器又一次开始了他们间的情场的战斗。胜利者的松冈氏曾因为鲁迅氏不写恋爱小说便吃惊地发过怨言。但事实上松冈氏贬责过的鲁迅氏的某几篇作品和所谓日本文学的精华比起来也不见得有什么愧色罢。关于这方面我在所谓"巨匠"岛崎藤村身上找到了最坏的例子。

和自己的侄女暗地发生了关系，又为这关系，感到了良心的责备，而痛悔，于是为避免这苦痛而远游法国。结果为求自己良心的慰安终于不顾自己的哥哥（即侄女的父亲）的劝阻，不顾念到侄女的将来，而将这关系毅然地向世人公布了。岛崎氏固然因《新生》增高他在文坛上的地位，但那位节子姑娘一生的幸福却从此断送了。岛崎氏大概仿托尔斯太题名《复活》的意思，将这忏悔录之类的东西叫做《新生》。但这哪里是新生呢？托尔斯太的伟大正和岛崎氏的怯懦成了比例。而《复活》的主人公和《新生》的主人公的行为也就大相径庭了。一个是历尽千辛万苦去对那自己所损害过的女人做一点补偿的事情；一个是坚持着将和侄女的关系向世人公布，以求自己心

第一部分
读书

境的安宁。这《新生》的主人公是一个多么自私多么怯懦的人啊，然而岛崎氏却浪费了那么多的笔墨企图将自己表现作一个很伟大很大胆很真挚的人物了。这企图自然是失败了的。

总之，真正的艺术，它的重要使命是在把人类联合起来，而不是将人类分离的，这是大家应该承认的一点罢。那么日本文学实在是无足观的了。个人的悲欢离合，英雄侠士的超人事业，我们不是有着太多了么？故意雕琢刻画，在文字上玩尽了巧妙的把戏。这样穿着漂亮服装的死骸不是到处都有的吗？

以上不过是一点个人的感想。并不是什么文艺评论，所以不觉放肆地说了许多不恭敬的话。

可惜这样不恭敬的话不能给故芥川氏听见了。

“在门槛上”[1]

前两天我翻译了屠格涅夫的散文诗《门槛》（Porog），这首诗使我想起好些事情。

知道屠格涅夫写过一首叫做《在门槛上》的散文诗，是好些年前的事了，大概是从高德曼的一篇文章里知道的。我当时买过一本屠格涅夫散文诗的英译本，但我翻遍全书却找不着“On the Threshold”这一个题目。问朋友，也没有人知道。

后来我终于找着了这首诗的法文译文，第一次是在比安斯托克的《俄国革命运动史》内的一个注里发见的。那时的快乐和激动，现在回想起来，还叫我的心发颤。接着我又在司特普尼亚克的《沙皇政治与革命》里读到它，我如今记不起了比安斯托克是否从司特普尼亚克的书里转引了这首诗，但我却记得帕夫洛夫斯基关于屠格涅夫的书里也有《在门槛上》，而且说明是从司特普尼亚克那里转引来的。

我那时正和两个朋友在法国玛伦河上一个小城里度那安静的幽长的夏日，我正开始写我的一本俄国女革命家的传记，在那书的序言里我引用了《在门槛上》的译文，是我自己翻译的。

我为苏菲亚·柏洛夫斯加亚作传这是第三次了。去法国的途中，在 Angers 轮船的三等舱里，我伏在床铺上参照着司特普尼亚克的《地底下的俄罗斯》（是宫崎龙介的日译本，名《地底の露西亚》，英法文译本后来才买到），金一的《自由血》和一篇从以前在日本发行的《民报》上抄来的无首君的《苏菲亚传》，写出了苏菲亚的生涯的轮廓，寄给上海的一份秘密刊物发表。第二次是在巴黎拉丁区的五层楼上，那时候我多读了几本书，而柏洛

[1]　本篇最初发表于一九三五年六月十日《水星》第二卷第三期，题为《在门槛上——回忆录之一》。

第一部分 读书

夫斯加亚的影象在我的脑筋里也变得更具体了。我差不多是带了感激的眼泪来写这文章的。

第三次我不仅给柏洛夫斯加亚作了传，我还绘出了妃格念尔，沙苏利奇，海富孟，布列斯科夫斯加亚，巴尔亭纳这些女人的面影。巴尔亭纳给与屠格涅夫的印象是很深的，据帕夫洛夫斯基说，屠格涅夫读了巴尔亭纳的法庭演说辞，曾俯下头去吻那张报纸，另一个诗人波龙斯基为她写了一首诗，我在狄科米洛夫的《政治的和社会的俄罗斯》里读到它，而且也译了出来，引用在上面说过的序言里面。狄科米洛夫后来转向了，做了一个保守派，但他从前的著作确实是有价值的。这书里有巴尔亭纳的演说辞，可惜不全。蒲烈鲁克尔的《俄罗斯的英雄与女杰》里有一篇巴尔亭纳的略传，这书是厚厚的一大册，还有好些插图，我非常喜欢它，但早绝版了，一个英国朋友，老Thomas Keell把它借给我，我曾托同住的一个友人把里面的一部分插图重摄下来，然而没有一张成功的。这书里没有薇娜·沙苏利奇的照片，我最近在东京早稻田一家旧书店买到的蒲氏的另一本小书里却有了它。沙苏利奇这个姓在十九世纪的七十年代里全欧美差不多没有一个人不知道。据说屠格涅夫的《处女地》中的玛利安娜就是她的写照，但写得太不像了。

最近买到一本威奈尔的论俄国人民的书，是二十年前的旧作了。里面有一章是《在俄国女人的地位和影响》，也曾引了巴尔亭纳的演说辞，自然不全，但至今读起来依旧很有力量。我很可惜，我托朋友从蒲烈鲁克尔书里复制的巴尔亭纳的照像没有成功，所以我只能够在四年前我自己印行的一本叫做《过去》的画册（只印了四十本送人）里印出一张手指头大小的巴尔亭纳的像，而且不甚清晰。

威奈尔的书里论述的俄国女人的地位和影响，我好些年前就在别的许多书里见到了。我一九二八年给那本传记写的两万多字的序言就全是建筑在这类材料上面的。实际运动者司特普尼亚克根据他的经验甚至说过俄罗斯女性点起了解放运动的圣火一类的话。雷翁·独逸奇的《西伯利亚的十六年》里列举了好些动人的事实。写出了两册《西伯利亚与流放制度》的佐治·克南在冰天雪地里会见了布列斯科夫斯加亚，他说是她鼓舞着他认识正义，为正义奋斗的。赫尔岑的回忆录《过去和思想》[1]里曾叙述过十二月党人的妻子姊妹们的勇敢的行为。尼克拉索夫更使跟着丈夫到西伯利亚矿坑去的除伯次奎王妃和伏尔恭斯基王妃永存在他的长诗《俄罗斯女人》里面。在这五年后一八三〇年塞瓦斯托颇叛乱中就有三百七十五个女人因参加叛乱被处死刑。

我当时还从《俄罗斯的英雄与女杰》里译出了《为了知识与自由的缘故》这一章，后来和司特普尼亚克的《三十九号》（我从《沙皇治下的俄罗斯》里译出）一起印了一本小册子。现在绝版了。这是俄国女人争自由求知识的故事。主要题材是假婚。俄国女人的环境原是很困难的，除非她结婚，她就没法脱离家庭的羁绊，她的父亲有着支配她的全权。她要是结婚，她父亲的权力就会移到她丈夫的手里了。许多女人因为读书问题不能解决而自杀。关于这父女间的斗争许多书里都有着惨痛的记载，克鲁泡特金的自传里也描写过。但是这种时候常常会有一些前进的青年出来设法和那女人结婚，做她的名义上的丈夫。他们夫妇一旦离开了丈人家，马上就成了没有关系的人。她可以自由进学校读书，而他呢，他也许以后永没有机会和她再见。这种假婚在当时是很普遍的，可以说这是革命团体的工作之一。布拉克美尔的关于布列斯科夫斯加亚的书里也曾说到这个。不过我译的那故事是后来弄假成了真的。新婚的晚上新郎睡在箱子里，没有问题。但分别以后他们居然有机会再见面，在一起工作，而且最后还来一个"爱情的自白"。以后两人同居了，可是不久男的被捕，被流放到西伯利亚，女的也跟了去，他们在那里的生活是很困苦的。

我以前喜欢读屠格涅夫的长篇小说，他的女主人公总是比男主人公强，她们有勇气，有毅力，而他们却能说不能行，没有胆量，没有决心。我常常想不透这是什么缘故。直到我预备写俄国女革命家传记的时候，我的疑问才得到了解答。对着那么多的事实，我还能有什么疑惑呢？

在我的那本书出版以后，我得到M. G. 编的《革命诗选》（英文），里面也有屠格涅夫的那首诗，不过是由M. G. 译成了韵文，而且题目也改作了《革命家》。我读了这译文很受感动，就写了一篇题作《在门槛上》的小说，后来收在《将军》集里。但这也是三年前的事了。

第一部分 读书

---

[1]《过去和思想》：现译《往事与随想》。

上星期我在一家旧书铺里买到几本《屠格涅夫集》（俄国丛书本），无意间在《布林与巴布林》里找到他的散文诗，其中也有这《门槛》。这一次我才有机会读到了屠格涅夫的原诗。

从第一次翻译《在门槛上》到现在，七年是白白地过去了。想着这七年中间的变化，我不能够没有一点感触。但是一想到我在前面所说过的那些女人的一生（她们里面有的在监牢里过了二十多年，出来时依旧是生龙活虎般的人），我的心又不觉强健起来了。这短短的七年算得什么呢?

以上的话全是凭着记忆写出来的。我提到那些书名，并没有卖弄的意思，因为现在读一本沙士比亚的戏剧或一本《袁中郎集》，才是光荣的事情；读我所说的那些书也许还是一个罪名，而且现在差不多没有人要读它们了。但是我喜欢它们，它们给我的印象是很深的。我爱读别人不读的书，这固然是我的怪脾气。然而那些书并不是古董，它们是用活人的血写成的。所以我七年前读过它们至今还能够清晰地记起来。

我们还需要契诃夫[1]

——纪念契诃夫逝世五十周年

听见人提起安东·契诃夫的纪念，我就想到五十年前停在莫斯科火车站的绿色货车，车厢里放着契诃夫的灵柩。车皮上用大字写着"蠔"。丹青柯说：这是契诃夫的最后的一次幽默。高尔基说：这一次"庸俗"对我们的诗人报了仇，把他的遗体用运蠔的货车运到莫斯科。

据说契诃夫生前给一个医生朋友写过一封诙谐的信："我惋惜的是没有可以……把我吞掉的蠔。"他的仇敌"庸俗"真想把他吞掉，可是它没有那种力量。契诃夫的名字今天还放射着万丈光芒，而那种肮脏的绿色货车早已在他的国内绝迹了。

在这个时候我很想谈谈契诃夫。可是拿起笔，想了半天，我又觉得我知道他太少。契诃夫写了那么多篇短篇小说（还不提他的中篇、独幕剧和多幕剧），他的作品接触到的面又非常广，早在一九〇四年就有人称他为"近二十年史的最有权威的历史家。"据说："社会学者单单根据契诃夫一个人的著作，也可以绘出（十九世纪）八十年代和九十年代的生活与其背景的一幅大画面。"因为契诃夫不仅写得多，而且他写得深，而且他写得真实。他留下来的是：十九世纪最后二十年的俄国社会的缩图（他描写得尤其出色的是当时的知识分子、中产阶级、没落的外省地主、小职员等等）。因此，在三十年前，我还不到二十岁的时候，我第一次接触到契诃夫的作品，我读过的不只一篇（那个时候他的短篇译成中文的为数也不少），我读来读去，始终弄不清楚作者讲些什么。我不能怪译者，本来要从译本了解契诃夫就不是一件容易的事，转述他的故事并不困难，难的是把作者那颗真正仁爱的心

---

[1] 最初发表于一九五四年七月七日《人民文学》七月号。发表时题为《纪念契诃夫的话》。

（高尔基称契诃夫的心为"真正仁爱的心"）适度地传达出来。要是译者没有那样的心，要是读者不能体会到那样的心，我们从译文里能得到什么呢？我在那个时候不能接受契诃夫的作品，唯一的原因是我不了解它们。这不是奇怪的事：一个年轻人第一次面对着茫茫大海，他什么也不会了解的。

以后我仍然常有机会接触到契诃夫的作品。于是又来了一个时期：我自以为我有点了解契诃夫了。可是读着他的小说，我感到非常难过。我读得越多，我越害怕读下去。我常常想：为什么那些人就顺从地听凭命运摆布，至多也不过唉声叹气，连一点反抗的举动也没有？我好像看见一些害小病的人整天躺在床上、闲谈诉苦、一事不做、等待死亡，我恨不得一下子把他们全拉起来。尽是些那样的人！尽是些那样的事！有时候我读得厌烦起来，害怕起来，我觉得一口气憋在肚子里头快要憋死我了，忍不住丢开书大叫一声。那个时候我已经开始写小说了，我也选择了这个职业。我的主人公常常是一些在学校内外的青年，他们明知道反抗会给自己带来更大的不幸，他们也要斗争到底。我的年轻主人公需要的是热情和行动。而这些东西我以为和契诃夫小说里的那种调子是不一样的。

从这里可以看出来当时我并没有了解契诃夫。有人把契诃夫看做一个厌世主义者，我当时或多或少也有这样的看法。我从C.嘉纳特的英译本读了契诃夫的大部分的作品，英译者并没有帮助我了解它们，更不用提热爱了。使我逐渐喜欢契诃夫作品的是我的长时期的生活。

现在我是一个契诃夫的热爱者。这是我读契诃夫作品的第三个时期了。我走过了长远的路才来到这里。我穿过了旧社会的"庸俗"、"虚伪"和"卑鄙"的层层包围才来到这里。我也曾跟那一切"庸俗"的势力斗争过，在斗争中我更痛切地感觉到它们那种腐蚀人灵魂的力量，同时跟庸俗斗争了一生的作家契诃夫的面貌也更鲜明地在我眼前现出来，我也就更了解高尔基那几句话的意义："他嘲笑了它（庸俗），他用了一支锋利而冷静的笔描写了它，他能够随处发见庸俗的霉臭。"固然契诃夫写的是当时俄国社会的面目，可是在他笔下出现的人物也常常在我们中国社会出现。像姚尼奇、阿伦加、阿希尼叶夫、别里科夫、库希金、宁娜（名字太多了，我只能随便举几个），过去我们在哪一个地方没有碰到过？契诃夫开始写作的时候，俄国反动势力的凶恶、残暴正达到高峰，据说亚历山大二世统治的末期和亚历山大三世在位的十三年是十九世纪俄国史上最黑暗、阴惨的时期。因此在我们这里特别是旧社会开始崩溃、反动统治把人压得透不过气来的时候，我到处都发见契诃夫所谓的"霉臭"，到处都看见契诃夫笔下的人物，他们哭着，叹息着，苦笑着，奴隶似地向人乞怜，侥幸地过着苟安的日子，慢慢地跟着他们四周的一切崩溃下去，不想救出自己，更不想救别人。他们只是闲聊过去的美好的日子，或者畅谈将来的美满的生活。我跟这样的人在同一张饭桌上吃过饭，在同一个戏园里看过戏，在同一家商店里买过东西，在同一个客厅里谈过天。我们的那些资产阶级，那些知识分子，那些小市民……我跟他们接触越多，我研究他们越深，我越无法制止我的厌恶，我好多次带着责备的调子警告他们："你们不能够再像这样地生活下去。"在这些时候我不能不想到契诃夫，不能不爱契诃夫。我翻开他的著作，就好像看见他带着忧虑的微笑在对一些人讲话，我仿佛听到他那温和而诚恳的声音："太太、先生们，你们的生活是丑恶的！"贯串契诃夫全部著作的就是这种忧虑，这种关心，这种警告，这都是从他那颗仁爱的心出来的。

契诃夫写那种人物，写那种生活，写那种心情，写那种气氛，不是出于爱好，而是出于憎厌；不是为了欣赏，而是为了揭露；不是在原谅，而且在鞭挞。他写出丑恶的生活只是为了要人知道必须改变生活方式。他本来是医生，医生的职责是跟疾病作斗争，医生的职责是治好病人。作为作家，他的武器就是他的笔，他的药方就是他的作品。一个人倘使相信疾病是不可战胜的，他就不会去念医学。契诃夫的主人公常常是厌世主义者，可是他本人绝不是，而且恰恰相反，他相信进步，他相信美好的生活是可能的，而且一定会实现的。有一次他给一个熟朋友写信，就明白地说："从做孩子的时候起我就相信进步，因为拿他们常常打我的时候跟他们不再打我的时候比起来，这中间的区别实在太大了。"

因此他不断地跟社会的一切疾病作斗争。对于庸俗的势力，对于不合理的制度和生活，对于一切丑恶、卑劣的东西，他不断地揭露，不断地嘲笑。他怜悯地然而严肃地警告人们：你们要不改变生活方式，就得灭亡。

时间证实了他的信仰。他战胜了他的仇敌。在他诞生的土地上应该灭

第一部分
读书

亡的已经灭亡了，美好的新的生活也已经出现了。今天重读契诃夫留给我们的东西，我还感觉到他那颗仁爱的心在纸上跳动，我感觉到他的爱与憎。他的爱与憎引起了我的共鸣。这个伟大的小说家并没有死，好像他就坐在我面前，用他那温和的眼光望着我，带着忧郁的微笑说："告诉他们，这样不行啊！"

我们不会忘记他的警告。我们今天还需要他那支笔，因为在我们这里今天还不能说已经完全看不到在他笔下出现过的人物。但是这些人物也终于会像肮脏的绿色货车那样地绝迹的：他们不得不把地位完全让给新的一代人！

1954年6月。

燃烧的心[1]

——我从高尔基的短篇中所得到的

高尔基的作品在中国有上千上万的读者，可是对他的作品，每个读者都有自己的看法，感受不一定相同。然而谁也躲不开他那颗"燃烧的心"的逼人的光芒。我翻译他的早期作品的时候，刚刚开始写短篇小说，我那个时期的创作里就有他的影响。所以二十年前得到他逝世的消息，我除了悲痛外，还有一种失望的感觉：作为读者，作为"初学写作者"，我有许多话要对他说，可是我永远失掉跟他见面的机会了。

我特别喜欢高尔基的短篇小说，不管在他早年的或者后期的作品中，我都清清楚楚地感觉到作者的心跟读者的心贴得非常近，作者怀着真诚的善意在跟读者讲话。读者会喜欢他，把他当作一个真诚的朋友，因为他的作品帮助读者了解生活，了解人，它们还鼓舞读者热爱生活，热爱人。在他的每一篇作品里，读者感染到作者的十分鲜明的爱憎。

我自己确实有这样的感觉：高尔基的每一篇作品里都贯串着作者的人格。他写了不少用第一人称叙述故事的体裁的小说。小说中的"我"并不一定是他自己。可是我每读完他的一篇作品，我就好像看见作者本人站在我的面前。他的人物喜欢发议论，可是他本人并不说教，他让你感染到他的强烈的爱和恨，他让你看见血淋淋的现实生活，最后他用他人格的力量逼着你思考，逼着你正视现实。他就像他的《草原故事》中的英雄丹柯一样，高举着自己的"燃烧的心"领导人们前进。

在作家中间有着各种不同的人，有些人写出好文章，却不让读者看见自己；有些人装腔作势地在撒谎；有些人用花言巧语把读者引入陷阱。但是有

第一部分 读书

[1] 本篇最初发表于一九五六年六月十五日《文艺报》第十一号。

更多的人，严肃地在创作的道路上追求真理。至于高尔基呢，他带着不可制服的锐气与力量走进文学界，把俄罗斯大草原的健康气息带给世界各国的读者。在列夫·托尔斯泰以后再没有一个俄国作家像高尔基那样地激动全世界的良心，也没有一个苏联作家像高尔基那样地得到全世界一致的尊敬。连他的"流浪汉"和"讨饭的"也抓住了资产阶级批评家的心，不管你喜欢不喜欢，你不能够掉转身把背朝着作者，因为他正在凝神地望着你，他的"燃烧的心"一直在发射正义的光芒。

高尔基的生活面很广，他徒步走遍了半个俄罗斯，他干过各种各样当时一般人认为卑下的职业，他亲身经历过当时贫苦人们所身受的痛苦和压迫。他深深了解人们的痛苦，而且看出了这些痛苦的根源。他作为被压迫阶级的代言人，昂然走进文坛，他受过多少次黑暗势力的迫害，可是他的控诉和抗议的声音越来越响亮，越来越有力。他不仅把他一生的精力贡献给人类解放的事业，他甚至把他文学方面的收入也用来帮助革命运动的发展。在他从事文学事业的几十年中间，他一直是一个万人景仰的巨大的存在。他的每一篇作品在反对旧制度的斗争中都起了战斗的作用，在培养新人的成长中都起了教育的作用。

一定有人不赞成我的看法。他也许在高尔基的一些早期作品中没有找到正面人物或者学习榜样，就低估那些作品的教育意义。我随便举一个例子，他可能认为《草原上》里的"兵"或《阿尔希普爷爷和廖恩卡》里的祖父和孙子不是正面人物，不能吸引读者，也值不得人同情。我不知道别人怎样看，我自己翻译这两个短篇的时候，我很难抑制我心里的激动。我关心廖恩卡和他爷爷的命运，我喜欢那个在草原上流浪的"兵"。小说中的人物一直在我的脑子里活动，我不能够摆脱他们。我闭上眼睛就看见流浪汉满身有劲地在草原上大步前进，讨饭的爷爷慈爱地抚摸孙子的脑袋。平凡人的命运竟然有如此震撼人心的力量！高尔基的艺术技巧是跟他的人格的力量分不开的。作者在他的每一篇作品里都高高地举起他那颗"燃烧的心"。我们大家都了解这样的说法：做一个好作家也必须做一个好人；做一个伟大的作家也必须做一个伟大的人。伟大的作家高尔基大声疾呼地在控诉：旧社会的罪恶逼着阿尔希普和他的孙子走向死亡！在这里，作者的爱憎是多么地鲜明。的确，我越读高尔基的小说，就越觉得人和生活都值得我们热爱，也越觉得自己应当献出一切力量来改变生活，使生活变得可爱，使人们不再受苦。高尔基即使把受苦的图画展开给我们看，我们也看得见那一根贯串整个画面的爱的红线。人们在受苦中相爱，互相同情，人们在受苦中保持着生活的勇气，人们在受苦中互相帮助、支持，共同前进。哪怕作者在《草原上》的最后写上一句"我们大家都一样地是——禽兽"，然而说这句话的"流浪汉"就是一个"善良的……家伙"，而且充满着对人们的同情。谁读了《因为烦闷无聊》，不同情麻子厨娘阿利娜呢？谁不愿意让她活下去，让她得到幸福呢？

不会有人讨厌小说或剧本中常有的一句话："活着是多么地好"，或者"多么美"，或者"多么幸福"。可是这所谓"好"，所谓"美"，所谓"幸福"，绝不是指"享受"美好的生活，而是指"有机会发挥和贡献自己力量创造或者帮忙创造美好的生活"。高尔基的短篇小说带给读者的正是这样一种感情。不必提爱自由胜过一切的茨冈左巴尔，为同胞挖出自己的心的勇士丹柯，到死也要飞上天空的苍鹰，就是那个在秋夜里给人赶出来的娜达霞，给自己写情书的杰瑞莎，为父母牺牲、自己跑到马蹄下去的小孩科留沙……也用他们那种任何黑暗势力所摧毁不了的爱的力量增加我们生活的勇气，鼓舞我们勇敢地投入生活的斗争。

我的这些解释也许是多余的。高尔基的作品里并没有一点晦涩的东西。别的读者的收获不一定就跟我的收获不同吧。其实谈到高尔基的短篇，甚至谈到高尔基的一切作品，我觉得用一句话就够了。这是他自己的话，这是他在小说《读者》中对一个陌生读者的回答："一般人都承认文学的目的是要使人变得更好"。

的确，在任何时候读高尔基的任何作品都会使人变得更好。每一个高尔基的读者，在他的作品中都会看到他那颗"燃烧的心"，而且从那颗心得到温暖，得到勇气——生活的勇气和改善生活的勇气。

1956年5月在上海。

第一部分

读书

永远属于人民的两部巨著[1]

一

　　今年世界各国人民怀着无限崇敬的心情纪念他们所热爱的两部伟大著作：《草叶集》和《堂·吉诃德》。三十几年前，中国的读者通过不完全的译本认识了这两部著作的不朽的价值。三十多年来中国报刊上陆续发表了介绍和研究它们的文章。郭沫若先生是惠特曼的爱好者和《草叶集》的最初的介绍者。林琴南在四十年前就翻译了《堂·吉诃德》的第一部。这两部著作出版的日期虽然相差两个半世纪，可是它们却有着相同的遭遇：它们出版以来一直到现在不断地受到本国统治阶级反动势力的迫害、诅咒和歪曲，它们的作者一生过着贫穷的生活，面对着来自各方面的攻击、责难和嘲骂。然而它们却在反动势力的"围剿"中放射出越来越强烈的夺目的光芒，冲破一重一重的障碍和封锁，终于成为全世界人民宝贵的文化遗产的一部分，被译成各种文字，拥有越来越众多的读者。今天它们不仅是为着自己美好前途奋斗的全体进步人类和为着和平、友好、团结奋斗的各国人民所喜爱的读物，它们对于正在向着社会主义前进的中国人民，也还有极大的鼓舞力量。

二

　　现在先来谈《草叶集》。

　　今年是美国大诗人瓦尔特·惠特曼的诗集《草叶集》出版的一百周年。

　　一八五五年印行的《草叶集》第一版只有十二首无题的诗，当时没有一

---

[1] 本篇最初发表于一九五五年十二月四日《解放日报》。作者曾自注为"在上海市纪念《草叶集》出版一百周年和《堂·吉诃德》出版三百五十周年座谈会上的讲话，也可以说是我的'读书笔记'"。

个出版家愿意印这本书，作者只好自费出版，自己排版，自己印刷。印出来的书没法传到读者的手中，却遭到资产阶级报纸不断的谩骂。像"疯子"、"色情狂"、"杂草"、"垃圾"这一类不堪入耳的攻击，并不能阻止诗人继续写作。他始终没有失去信心。在第二年印行的第二版《草叶集》中，就有了三十二首长短诗篇。这部诗集差不多每五年重版一次，经过作者不断地增订、改写、重编，到一八九二年诗人去世的时候，它已经是包含将近四百首长短诗篇的光辉灿烂的大诗集了。

《草叶集》虽然一开始就受到侮辱和谩骂，但是它也曾得到人们热烈的赞美和拥护。例如惠特曼同时代的作家爱默生就非常喜欢它，说它有"鼓舞人、加强人信心的最好的优点"。有一个批评家述说："惠特曼是人类编年史中最高贵的人物"。

一百年来，《草叶集》的影响不断地扩大，越来越多地得到人民的喜爱。赞美的声音压倒了一切的谩骂和诅咒。到今天，它的光芒已经照遍全世界，它的声音已经达到了每一个角落，正像诗人在《自己的歌》中所预言的那样：

哪儿有地，哪儿有水，哪儿就长着草。

惠特曼在他唯一的诗集《草叶集》中开门见山地写道：

同志，这不是书，
谁接触它，就接触到人。

《草叶集》的确是跟诗人惠特曼的生活分不开的。

瓦尔特·惠特曼是一个木匠的儿子，他是一个"人民中间的人"，他自己认为这是值得骄傲的事。他于一八一九年生在美国纽约州长岛的项丁敦。他四岁的时候，全家搬到了纽约附近的布落克林（当时是一个八千多居民的村庄）。他在那里念过五年小学，十一岁便到一家律师事务所当小杂役，第二年又到《长岛爱国者》报馆做排字学徒。在他的劳碌的一生中，他到处奔波，从事过好些职业。他做过排字工人，当过教师，做过木匠；他自己办过报，自己排字，自己印刷，自己骑着马到乡下去送报；他又做过新闻记者和报馆主笔；在美国内战期间，他在陆军医院当过三年护士，又在内务部当过小职员。这些时候，他一直在写诗。一八七三年他得了半身不遂症，从华盛顿迁到新杰西州坎姆顿[1]他弟弟乔治家里休养。他在那里过了将近二十年的隐居生活，最后穷困地死去，像他自己所歌唱的那样："把我自己遗赠给泥土，再从我所爱的草叶中生长出来。"

惠特曼诞生在资本主义正在美国发展的时期，他在一八九二年逝世的时候，美国已经成了资本主义的强国，站在帝国主义的门槛上了。在他的壮年时期，美国还是黑人奴隶制度的中心。美国的南部各州拥护黑人奴隶制度，在那里生产关系的落后是非常显著的，这种落后的生产关系严重地阻碍了国内生产力的发展。因此在当时美国人的面前就摆着下面一个具有历史意义的重大任务：结束南方奴隶主的统治，消灭对黑人的奴役。不用说，反对奴隶制度最坚决、最彻底的是美国的劳动人民。北部资产阶级最有势力的集团始终害怕对种植园主进行斗争，他们推行了"妥协"政策，这反而帮助了南部的奴隶主巩固了自己的地位。

但是"妥协"阻止不了社会的发展，解放黑人奴隶的南北战争终于爆发了。美国的工人、农民和手工业者担当了反对奴隶主斗争的主要力量。战争的结果是：奴隶制度被摧毁了。然而资产阶级夺去了胜利的果实。一八六五年四月美国的内战刚结束五天，发布解放黑奴宣言的美国总统林肯就被反动分子暗杀了。从此美国的资本主义得到迅速发展的机会，而且大踏步地走向帝国主义了。

惠特曼在这样的时期中生活了七十三年，他的作品忠实地、热情地反映了这个长时期中美国人民的生活与思想感情。当时发生的每一个重大事件在他的作品里都有反映。在他晚年发表的论文《民主的远景》中，他已经看到美国资产阶级所走的道路，而且提出严正的警告了。

惠特曼跟一般的美国劳动者一样，靠自己的两只手过活，靠自学提高自己的文化水平。他走遍了美国，熟悉美国的城市和乡村，田野和树林，河流

---

[1]　现一般译为新泽西州卡姆登。

和山陵。他始终跟劳动人民在一起。他后来对他的朋友说："我常常觉得我多么幸福，因为我自己是在普通的大地上出现——跟自己作斗争——在人民群众中（而不是在小集团中）生活；因为我始终跟普通人民一起亲密地生活。说实在话，我不仅在这中间受教育，而且在这中间生长。"

在人民中间生长起来的诗人惠特曼当然热爱生活，而且热情地投身在生活里面。他重视一切跟美国劳动人民的命运有关的社会事件和政治事件，毫无顾虑地参加进去，并且始终站在人民的一边。他拥护过"民主党"，可是他发现"民主党"并不代表人民利益的时候，他便拥护新成立的"自由土地党"（1847—1848），这是当时很大一部分农民和城市劳动者所支持的"自由土地者"的政党。惠特曼还担任了这个反对奴隶制度的政党[1]的报纸《布洛克林自由人》的编辑，一年多以后，"自由土地党"的领袖们同意在选举中和民主党联合行动，这种妥协政策使得他离开了报馆。美国发动对墨西哥战争的时候，惠特曼并没有马上看出这个战争的侵略性，可是他一旦认清楚了这个战争的性质，立刻在《布洛克林每日鹰报》上发表社论，要求："这个战争必须停止。"他后来终于因为在《布洛克林每日鹰报》上发表反对奴隶制度的文章被老板解除了主笔的职务。他在内务部工作的时候，又因为被发现是《草叶集》的作者而遭撤职。

他坚决地反对奴隶制度。美国内战爆发以后，他毫不迟疑地参加了主张释放黑奴的北部军队。他到过前线，后来又在华盛顿陆军医院服务，《草叶集》中的《鼓声集》就是在这个时期写成的。美国总统林肯被刺以后，惠特曼发表了好几首悼念这个反对奴隶制度的斗士的诗，在《啊，船长，我的船长啊！》中，他把美国比作一只船，把林肯比作"从可怕的旅程归来"的"胜利的船"的"船长"。

惠特曼不仅关心美国人民的命运，他还关心全世界劳动人民的命运。他始终密切地注意并且同情欧洲的革命运动。他写了许多歌颂欧洲革命的诗，他把一八七一年"巴黎公社"的起义看作自由浪涛的象征。通过他这一生，他是一个进步的民主主义理想的斗士。

惠特曼是一个非常独特的诗人，他用来表现自己思想感情的形式跟过去

[1] "自由土地党"反对在新并入美国的地区内允许奴隶制度的存在。

第一部分

读书

的诗体完全不同。他不仅尽量采用劳动人民的口语，他还把不少当时人们习用的外国字写入他的诗。那般习惯了传统的格律诗的人会把惠特曼的诗当作奇怪的散文，说它们无节奏、无韵律。惠特曼的确跟过去的诗人没有丝毫共同的地方，但是广大的读者却能够欣赏惠特曼的独特的复杂的韵律结构。作为一个诗人，惠特曼非常注意诗句的发音效果：他推敲韵律，选择能够最充分、最精确地表现他的思想感情的字眼。在他的诗里，他把诗人的最深、最真挚的感情传达给读者。

惠特曼喜欢在他的诗中写"自己"，而且一再指出他诗中的"我"或"惠特曼"只是一个普通人：积极、愉快、健康、活泼、豪迈、大度、正直、乐观……这都是他的主人公的特点。通过他的诗，我们看到了"人"的光辉的形象，我们听到了像这样的真可以使我们的血燃烧的句子：

> 我们活着，
>
> 我们鲜红的血液沸腾，
>
> 好像那消耗不尽的火焰。

惠特曼为了要表现美国劳动人民的思想感情和爱好自由的愿望，为了要从十九世纪美国现实生活的种种独特情况中去表现农民和城市劳动者，为了表现具有最重要意义的社会题材，为了使他的诗深入美国人民的心灵，把强有力的高尚的情感灌输给他们，他必须革新诗的表现方式。

他的诗的特色是语汇非常丰富，感情非常饱满，在他的诗里我们不断地看到生动、多采、鲜明的形象和画面，听到灵活的、充满生命力的语言，感到不屈不挠的战斗热情。

《草叶集》中最好的诗有《自己的歌》、《大斧的歌》和《大路的歌》等等。这些诗都充满着革命的乐观主义，充满着诗人对祖国和人民的热爱，对美国大自然的热爱。他的长诗《自己的歌》的最初的题目是《一个美国人华尔特·惠特曼的歌》。诗中的主人公其实就是一个普通美国人。他在这个形象中表现出正在准备为自由战斗的进步人民的愿望。在这首长诗中特别值得我们注意的是诗人对黑人的歌颂。他生动地描绘了黑人的"安静而庄严"

的形象。第十章最后一节所描写的诗人对逃亡黑奴的接待和兄弟般的友爱不仅表现了种族平等的思想，而且也体现了美国人民为解放黑人而斗争的愿望，更可以说是诗人对奴隶制度和种族歧视的挑战。在《大斧的歌》中，他用最响亮的声音歌颂劳动，歌颂劳动人民的友爱和睦的家庭，并且把工人与农民所用的大斧当作民主的象征。在《大路的歌》中，他歌颂了劳动人民的健康生活，而且用燃烧着怒火的语言揭发了上流社会的虚伪、腐朽和绝望。

惠特曼自己说过："我这些歌不单是忠诚的歌，而且是反抗的歌。"的确，一切举起革命旗帜反抗不合理制度的人都会在惠特曼的诗里面找到同情和鼓舞。在一首题作《欧罗巴》的著名诗篇中，诗人满怀热情地颂赞了一八四八年的欧洲革命。尽管当时的革命遭到统治阶级反动势力的血腥镇压而失败了，但是诗人却坚决相信革命还会再起，自由还会回来。诗人对那些在战斗中牺牲的革命烈士表现了无限的尊敬：

为了自由被杀害的人的坟墓，没有一座不生出自由的种子，从这粒种子又生长出新的种子，

风把种子带到远方再播种，雨和雪养育着它。

脱掉躯壳的灵魂是暴君的武器赶不走的，

它仍然无声无形地在大地上踏着大步，低语着、商议着、警戒着。

根据着这种相信人民终于会胜利的坚强的信念，诗人勇敢地唱出来大家所熟悉的响亮的歌声：

自由啊！让别人对你失望吧，我永远不对你失望！

后来在一八五六年写的《给一个遭到挫折的欧洲革命者》中，惠特曼首先宣布他的信念："我是永远为着全世界每一个不屈不挠的反抗者歌唱的诗人。"然后他用热情的诗句鼓舞欧洲的革命人民：

那么勇敢吧！欧洲的男女革命者！

除非一切都停止了，你们就不能够停止。

　　正如惠特曼在他的手记中所说的："诗人是一个招募兵士的人，他击着鼓走在前面。"他的诗是鼓舞人民，唤起人民进行斗争的战歌。

　　惠特曼称自己为"过分赞美生活的人"。他把他的一首长诗称为《欢乐的歌》。其实不单是这首诗，差不多所有惠特曼的诗里面都浸透了生活会带来幸福的这个深刻的感觉。《草叶集》的每个读者打开这本美丽的书以后，读了几页就会感到一种非常坚定而且是惊人地真诚的乐观主义。惠特曼熟悉大自然，是大自然的卓越的歌手。他的诗篇中所表现的大自然都是像春天那样地引人喜爱，不管是鸟或花，都充满了欢乐的生气；他的人物浸透了欢乐的朝气勃勃的精神，他们热爱祖国的一草一木，欣赏海洋、山岭、草原上的空气、明媚的阳光。他们都有健康的身体，丰富的生命力，遇到困难的时候，他们不会垂头丧气，他们对于未来和自己的力量充满着信心。

　　惠特曼的杰作《草叶集》中贯串着对民主和社会进步的热烈的追求，和对人类美好前途的坚强的信心。他的诗篇到今天还充满着无限的生气。我们今天摊开他的书，看到那些贡献出自己的血汗和智慧使大地美化的劳动人民的庄严的形象，看到使人类生活丰富的大自然的壮丽的景色，听到反抗社会压迫和种族歧视进行斗争的号召，听到人类友爱团结的祝望，听到赞美生活的欢乐的歌声，我们会深切地感到惠特曼并没有死去，他还活在我们中间，跟我们在一起，为着世界和平和社会进步奋斗。对于我们，《草叶集》永远保持着它们的鲜明的颜色和新鲜的气息，每一片草叶都像从前那样地青绿，每一句诗都使"我们鲜红的血液沸腾"。

三

现在再谈《堂·吉诃德》。

今年又是西班牙大小说家密盖尔·得·塞万提斯的长篇小说《堂·吉诃德》第一版出版的三百五十周年。

塞万提斯的《堂·吉诃德》不但是西班牙古典文学的最高峰，而且在世界文学的宝库中也占一个非常高的位置。这一部伟大的现实主义的作品，三百五十年来越来越深地打动人心。就是在今天，全世界千百万读者仍然怀着极大的兴趣阅读这部描写拉曼恰骑士的冒险事迹的、充满智慧与博爱精神的小说。在一般字典中，《堂·吉诃德》已经成为与单凭幻觉行动脱离现实的狂热家同意义的字了。

塞万提斯是一个乡下医生的儿子。一五四七年生在西班牙首都马德里附近阿尔卡拉·达·艾纳勒斯县。他是七个孩子中间的一个，自小就跟着父母到处流浪。他没法受到较高的教育，全靠自己勤苦自学，广泛地阅读书籍。

一五七一年塞万提斯参加了西班牙对土耳其的战争。在勒班多海战中，他英勇地扶病作战，战争胜利结束，土耳其舰队全军覆没，可是塞万提斯的左手却受了重伤，残废了。

塞万提斯残废以后并没有退伍，他甚至参加了一五七二年拉瓦列诺海战和第二年攻占突尼斯的战役。

一五七五年塞万提斯从拿波里坐船回西班牙。船快到西班牙海岸的时候，遭到三只土耳其船的袭击，他和其他的西班牙人全被俘掳到阿尔及尔去了。以后的五年中间他被卖作奴隶，过着痛苦、屈辱的生活。到一五八〇年，他靠了家属筹款和同乡商人的帮助，才能够回到他离开十年的祖国，在那里他开始了他的文学的生涯。他曾经写过小说和一些剧本，可是都没有得到成功。后来他为了糊口，又当过替政府收购麦、油、酒等等的采购员，却因为别人拐款潜逃，被判处徒刑。三个月的牢狱生活使他更清楚地认识了西班牙的真实的生活。据说《堂·吉诃德》的一些情节，就是他在监牢里想出来的。

一六〇四年塞万提斯写成了《堂·吉诃德》的第一部。这本小说在第二年年初出版，在西班牙得到了很大的成功，第一版在几个星期里面就销完了，这一年中间还重版了四次。正如十年后出版的小说第二部中那个年轻学士山孙·卡拉斯科所说，"孩子们拿着它不忍释手，年轻人读它，成年人了解它，老年人称赞它。总之，各种各样的人是这样地喜爱它，只要看到一匹瘦马，大家马上就说：'这是洛稷南提'……"而且在作者生前，《堂·吉诃德》第一部的英文译本（1612）和法文译本（1614）就已经出版了。

以后，塞万提斯又发表了一些别的作品。《堂·吉诃德》第二部一直到一六一五年才出版，可是第二年作者就病故了。

文学上的声誉并没有给塞万提斯带来安乐的生活，却反而引起了反动集团对作者的憎恨。塞万提斯一生受尽了嘲笑、辱骂和毁谤。一六一四年出现了一本冒牌的《堂·吉诃德》第二部，作者的署名是：阿伦索·费尔南德斯·德·阿维南勒达。这是站在天主教教会和贵族的立场写的。接着就有一些"批评家"出来捧场。甚至在一百多年以后（1732），还有人把这本冒牌作品再版，并且在序文里说，塞万提斯抄袭了阿维南勒达，又说，假桑却比真桑却写得好。西班牙天主教教会是那样地憎恨塞万提斯，一六一六年四月二十三日塞万提斯在马德里逝世（英国的莎士比亚也死在这一天），教会甚至不许人给他立墓碑。一直到一八三五年马德里人民才给这个伟大的作家建立了一座纪念碑。

在十五世纪末，西班牙发现了美洲，接着在十六世纪初征服了墨西哥、秘鲁和玻利维亚，它的势力伸展到南美、中美和北美洲的南部，而且越过太平洋到达了菲律宾群岛，它的舰队又在世界各大海洋横行，因此它曾经一度进入了富强、繁荣的黄金时代。可是到了十六世纪末，新兴的殖民主义的竞争者出现了，西班牙因此参加了一系列的战争，弄得国库枯竭，农业和工商业衰败，封建社会秩序开始崩溃，封建政权为了维持它的统治，便加紧它对人民的剥削和镇压，天主教的宗教裁判所继续跟统治阶级互相勾结，掌握着对全国人民的生死大权，更广泛地进行残害人民的活动。西班牙人民，尤其是农民，在这种残暴的统治下，在封建地主（就是大贵族和天主教教会）的压迫和榨取下，过着贫困、悲惨的生活。

这就是塞万提斯亲眼看见的，也就是他在小说《堂·吉诃德》中所描写的西班牙。

在当时西班牙的书刊市场上，还有一个奇特的现象：在那里泛滥着歌颂为国王和封建领主效忠、为美人争取荣誉的骑士文学，它那种虚伪、荒唐的惊险情节和装腔作势的恋爱场面把不少的年轻人引上了迷途。

我们知道，"骑士"是中世纪欧洲封建制度的一种特殊产物。所谓骑士是一种不参加生产劳动，专门为国王或封建领主效忠的职业武士。他应当是一个英勇的战士，同时还得挑选一位美女作他的"理想的情人"，这个美女就成了他的生命的主宰与生活的目标。他甘愿冒危险斩龙杀虎、参加战争，甚至牺牲性命争取光荣来献给她。常常有两个骑士为了争论自己美女的美貌和德行，不惜战斗到死……当时的实际生活中早已没有这样的骑士了，可是荒唐怪诞的骑士文学还一直在西班牙和欧洲社会中流行。《堂·吉诃德》的最初七章就是对骑士文学的露骨的讽刺。塞万提斯创作《堂·吉诃德》的一个动机可能是：消除这种文学在人民中间所产生的不好的影响，事实上他达到了这个目的。《堂·吉诃德》出版以后，西班牙就再没有出现过一部新的骑士文学作品了。然而这个并不是塞万提斯的主要目的。他的讽刺另有更重要的对象，还有更深的、更重大的意义。否则，塞万提斯绝不会受到反动集团的那样的憎恨，而他的小说也绝不会流传到今天了。我们都知道，小说《堂·吉诃德》中的丰富的世界是从堂·吉诃德带着桑却·判沙第二次出征以后开始的。这也就是作者的真正意图开始实现的地方。从此作者有机会发挥他的卓绝的天才和他对于西班牙社会的广博的知识了。

小说《堂·吉诃德》忠实地写出了当时的西班牙的整个面貌，也反映了西班牙社会生活中的矛盾，特别是广大人民（尤其是农民）和封建贵族中间的矛盾。小说反映了西班牙人民的思想感情，也提出了西班牙人民对封建政权的控诉。小说的内容是很严肃的。那无数荒唐的笑料中包含了作者的无限同情的眼泪。塞万提斯通过这个半疯狂的"堂·吉诃德"的形象，向西班牙的整个封建社会进行战斗。小说中的"磨坊风车"和"羊群"都是有所指的，盘剥农民的西欧企业主的磨坊和经营养羊业的豪门贵族的羊群不就是当时人民憎恨的对象吗？有些读者只看到半疯狂的"堂·吉诃德"，却没有想到在那个"游侠骑士"的背后，就站着头脑清醒的作者。（我常常想：疯狂、滑稽的形象和言行都只是外表。倘使堂·吉诃德不穿上一件滑稽可笑的铠甲，不干那些类似疯狂的傻事，那么塞万提斯早就给宗教裁判所抓去烧死了。）

《堂·吉诃德》的主人公堂·吉诃德是一个五十左右、又瘦又老的穷乡绅（有人说，他的相貌和作者的相貌相同，他的气质有时也跟作者的相近）。他成天读骑士小说，入了迷，下了决心要恢复早已衰落了的骑士制度。他找到祖先留下来的起锈的铠甲，又拼凑了一顶头盔，拿着一根长矛，骑着一匹瘦骨棱棱的老马，从后门溜出去。他偷偷地把邻村一个挤牛奶的姑娘当做他的"美女"；把小客栈的老板当做宫堡主人，跪在地下，要求老板正式封他为"骑士"。他得到"骑士"这个称号以后，就开始他的游侠生活，执行他理想中的骑士职务。他第一次碰了钉子，让人送回家去，可是伤一养好，他又说服了同村的帮工桑却·判沙做他的侍从，开始了第二次的出征。

堂·吉诃德幻想自己"命中注定要冒大险，成大业，立奇功"！他要"为受委屈的人报仇，为正义撑腰，惩罚一切不义的行为，征服所有为害的巨人，战胜天地间的怪物"。在他那种到了疯狂程度的幻想中，他把风车当成凶猛的巨人，羊群看作对敌的两边军队，把妓女当作闺秀，把上镣铐的犯人看作贵族，把理发师的铜盆当成魔王的头盔。他的幻想永远蒙住他的眼睛，造成他接连不断的错误，他受尽世人的辱骂和嘲笑，常常被人打得头破血流。可是他始终看不清楚事情的真相。他带着疯狂的幻想和疯狂的热情走遍他的祖国，等到他历尽千辛万苦疲惫不堪，从自己的疯狂的幻想中清醒过来，他马上就死了。

"堂·吉诃德"是世界文学史上一个光辉的典型。这个拉曼恰骑士的形象是极其复杂、极其矛盾的。他做那些疯狂的骑士行为的时候显得很可笑又很可怜，但是跟他生活在其中的庸俗无聊的社会对比他又显得很高尚了。例如，他们主仆两人在公爵家中作客的时候，虽然他们不断地受到公爵夫妇的愚弄，闹了好些笑话，可是在读者的眼里，他们却比公爵夫妇聪明而且高尚。别林斯基指出堂·吉诃德这个形象的二重性格的时候，这样说："堂·吉诃德深深了解真正骑士的要求，并且正确而艺术地论述了它。但是在自己充当骑士的时候，就显得荒唐而愚蠢，可是一谈到骑士制度以外的事情，他就是一个聪明人了。"的确每个细心的读者都会看见小说中的主人公时而是个不可救药的狂人，干些荒谬绝伦的骑士行为；时而他又是个令人惊服的聪明人，时常发表卓越的见解。特别是在第二部里面，当他觉得"一切的苦难都要去解救，一切的危险都要去经历"，必须跟他心目中的一切的邪恶作斗争、必须保卫真理与正义的时候，他看起来是那样地伟大、崇高；可是他平提着长矛、骑着马、向着风车冲上前去惩罚那些"可怕的巨人"的时候，他就变得愚蠢可笑了。在第二部中作者把堂·吉诃德身上的贤明的和伟大的特点写得更明显。所以屠格涅夫说："第二部中的堂·吉诃德已经不是在第一部尤其是在开头出现的那个古怪可笑、饱受打击的堂·吉诃德了。"他不单是一个"样子很悲哀的骑士，一个专为嘲笑骑士小说而创造出来的人物"，他是一个大热情家，是"理想"的忠实的仆人。固然他的"理想"是以他的疯狂的想象力从骑士小说的幻想世界中得来的，可是他完全为着自己利益以外的事情生活着，为了他人，为了同胞，想把"恶"铲除，他认为他是在对作为人类敌人的恶势力作战。他为了追求他的"理想"的实现，甘愿忍受千辛万苦。他还认为只为自己一个人生活是最无聊、最可耻的事。的确正如别林斯基所说："在所有一切著名的欧洲文学作品中，这样的把严肃和可笑，悲剧性和喜剧性，生活中的琐屑与庸俗和伟大的、美丽的东西交融在一起的例子，仅见于塞万提斯的《堂·吉诃德》。"

　　小说中还有一个重要人物，这就是堂·吉诃德的侍从桑却·判沙[1]。塞万提斯把这个来自人民中间的人物写得有声有色，非常动人。桑却·判沙是一个被生活的担子压得喘不过气来的西班牙农民。他有一大堆孩子和一个饭量不小的驼背老婆。堂·吉诃德答应将来让他做一个海岛的总督，许他种种的好处。他为了这些好处才肯跟随堂·吉诃德到各地去冒险。起初他一面咒骂主人的疯狂的幻想，一面希望随时碰到发财的机会。可是他渐渐地爱起他的主人来了。他重视堂·吉诃德的高尚的品质，重视主人的好心肠。虽然他始终没有得到半个工钱，而且陪着主人一路挨打、吃苦，可是他不肯抛弃主人。他那自私自利的打算和小心谨慎的态度都没有了。下面一个动人的例子把农民桑却·判沙的优良品质表现得非常突出： 那位把堂·吉诃德请到家中作客的公爵拿堂·吉诃德主仆两人开玩笑，定出一系列的计划来捉弄他们。公爵就派桑却·判沙做一个海岛的总督。所谓海岛不过是一个村子。桑却到任以后，非常认真地执行职务，审理案件，一切处理得十分公正。过了八天，由于公爵安排好的"敌人夜袭"的恶作剧，桑却辞职离开了"海岛"，临走的时候要他的下属去报告公爵："我来的时候没有带一文钱，去的时候

---

[1]　现一般译为桑丘·潘沙。

也不带走一文钱，跟别的海岛的总督完全不同。"他回去见到公爵夫妇也说："承蒙好意……派我治理巴拉达利亚海岛。我去的时候是光光的一身，现在还是光光的一身。……至于我治理得好或坏，有见证人在，他们高兴怎样说，就怎样说吧。"

这段话完全说出了劳动人民的正直无私、光明磊落的心地，也说明了西班牙人民对于腐败无能的封建统治的控诉以及对于正义和幸福生活的愿望。作者不但严厉地谴责了整个官僚制度，而且让我们看见在普通农民桑却·判沙的身上有着多少宝贵的善良品质，有着多少健全的见识！

通过堂·吉诃德主仆两人在西班牙各地的游侠旅行，小说的作者给我们提供了十六世纪末到十七世纪初西班牙生活的一幅真实的图画。小说中穿插了许多动人的故事。小说中先后出现了将近七百多个人物，包括贵族、官僚、神父、地主、农人、牧羊人、骡夫、客店老板、医生、理发师、女佣人、妓女、江湖艺人、囚犯、强盗等等，全面地反映出西班牙社会、政治和经济生活的各个方面：一面是宫廷贵族和教会人士的荒淫无耻，一面是农民和手艺人的贫困饥饿。作者用了高度现实主义的手法描绘了这一切。每个场面都很生动，每个人物都是有血有肉的活人，每个故事都强有力地打动读者的心。正如别林斯基所说："他的小说中所有的人物都是具体的、典型的。""他是在描绘现实。"的确，塞万提斯的《堂·吉诃德》是文艺复兴时代最初的一部现实主义小说。

这是一部西班牙人民的庄严的史诗，一部充满智慧和人道主义精神的伟大著作。它表现了广大人民对封建贵族和天主教教会的强烈抗议，对被压迫者和被侮辱者的无限的同情，对自由与正义的热烈的渴望。西班牙人民在争取自由和民主的斗争中，不止一次地受到这部作品的鼓舞；就是在今天对于为着社会的进步、为着民族的独立、为着和平与正义的事业而奋斗的各国人民，这部杰出的古典现实主义小说，仍然有强烈的感染力量。

塞万提斯的理想是一个普遍平等和幸福的"黄金时代"。他借堂·吉诃德的嘴，这样说过：

"幸运的时期，幸运的年代，古代的人叫它做'黄金时代'，并不是因为在我们这个铁器时代中看得非常珍贵的黄金在那个幸运时期可以不劳而获，而是因为那个时候的人还不知道什么叫做'你的'，什么叫做'我的'。

"在那些神圣的年代里，一切东西都是人们所共有的。

"在那时候，一切都是和平，都是和睦，都是融洽……"

塞万提斯所赞美的、所渴望的"和平"和"美好生活"，也就是今天全世界爱好和平的人民，全世界进步人类所共同追求的目标，所以这一部鼓舞人类前进的伟大的小说，将永远活在人民中间，与人类一同长寿。

1955年12月。

第一部分

读书

《父与子》（新版）后记[1]

俄国作家伊凡·谢尔盖耶维奇·屠格涅夫（1818—1883）在一八五五年开始的二十一年中间写了六部长篇小说（作者自己称为中篇小说）。其中影响最大的，最好的一部就是《父与子》。这是六部小说中的第四部。一八六○年冬天作者开始写《父与子》，到一八六一年七月完成。小说发表、出版于一八六二年。从来没有一部作品像它这样引起那么激烈的争论的。

作者怎样想起写这部小说呢？据他自己说：

我最初想到写《父与子》还是一八六○年八月的事，那个时候我正在怀特岛上的文特纳尔洗海水澡……[2]

主要人物巴扎罗夫的基础，是一个叫我大为惊叹过的外省医生的性格（他在一八六○年以前不久逝世）。照我看来，这位杰出人物正体现了那种刚刚产生、还在酝酿之中、后来被称为"虚无主义"的因素……[3]

那个典型很早就已经引起我的注意了，那是在一八六○年，有一次我在德国旅行，在车上遇见一个年轻的俄国医生。他有肺病。他是一个高个子，有黑头发，皮肤带青铜色。我跟他谈话，他那锋利而独特的见解使我吃惊。在两个小时以后，我们就分别了。我的小说完成了。我花了两年的功夫来写它……这不过是埋头去写一部已经完全想好了的作品罢了。[4]

---

[1] 本篇系为一九七八年《父与子》新版所作，后未用。
[2] 引自作者的《文学与生活回忆录》。怀特岛是英国南海岸外的海岛。文特纳尔是一个著名的疗养地。
[3] 转引自《俄国文学史》下册（蒋路、刘辽逸译）。
[4] 译自巴甫洛夫斯基的《回忆屠格涅夫》第六节。

标题《父与子》就说明小说的内容。作者写的是父亲一代和儿子一代之间的矛盾、冲突，写的是具有科学思想和献身精神的青年和标榜自由主义却不肯丢开旧传统的贵族之间的斗争。在新旧两代的斗争中，作者认为他的同情是在年轻人的方面。

可是完全和作者的预料相反，小说引起了那么多互相矛盾的批评和那么长久激烈的争论，小说给作者招引来那么多的误解。保守派抱怨他把"虚无主义者""捧得很高"，进步人士却责备他"侮辱了年轻的一代"。年轻人愤怒地抗议他给他们绘了一幅"最恶毒的讽刺画"。上了年纪的人讥笑他"拜倒在巴扎罗夫的脚下"，在彼得堡发生大火灾的时候，一个熟人遇见作者就说："请看，您的虚无主义者干的好事！放火烧彼得堡！"使作者感到最痛心的是："许多接近和同情我的人对我表示一种近乎愤怒的冷漠，而从我所憎恶的一帮人，从敌人那里，我却受到了祝贺，他们差不多要来吻我了。这叫我感到窘……感到痛苦。"[1]

作者痛苦地说："这部中篇小说使我失丢了（而且好像是永远地）俄国的年轻一代人对我的好感。"[2]这对作者的确是一个沉重的打击，一直到最后他始终没有恢复过来。他寂寞地死在法国。

我在一九七八年校阅我这个旧译本。[3]再过五年便是屠格涅夫逝世的一百周年纪念。一百多年前的激烈争论早已平息，对作者的种种误解也已消除。九十五年前作者在法国病逝，遗体运回彼得堡安葬的时候，民意党人曾散发传单，以俄罗斯革命青年的名义向死者致敬，这是最大的和解了。

说到《父与子》，我同意屠格涅夫的话。在平民知识分子巴扎罗夫的身上，作者的确"用尽了"他"所能使用的颜色"。他对自己创造的典型人物感到一种"情不自禁的向往"。他认为巴扎罗夫是"一个预言家，一个大人物，具有一定的吸引力"。固然他写了巴扎罗夫的死，但他是把巴扎罗夫看作一个生在时代之前的人[4]，因此把他放在和他格格不入的社会环境中，使他显得很孤单，还给他安排了一个过早死亡的结局。而且他写到巴扎罗夫死的

[1] 引自屠格涅夫的《回忆录》（蒋路译）。

[2] 同上。

[3] 《父与子》初译稿一九四三年在桂林完成。第二次的译稿于一九五三年在上海出版，一九七八年我只作了一些小的改动。

[4] 这个说法也值得考虑，因为十九世纪六十年代的所谓"旧虚无主义者"就是巴扎罗夫这样的人，他们存在的时间虽然不很长，但是他们并不孤单，而且他们给七十年代的新人开辟了路。

时候，还流过眼泪。他甚至说巴扎罗夫是他的"心爱的孩子"。这都不是假话。然而作者是一个资产阶级的自由主义者，是一个改良派，西欧派。他不会真正理解巴扎罗夫，也不可能真正地爱巴扎罗夫。他只是凭着自己对俄罗斯社会生活长期的观察和研究，凭着他的艺术的概括力量，看到了一代新的人，知道这新人——六十年代的平民知识分子一定要压倒过去的一代人物。他称巴扎罗夫为"虚无主义者"。他创造了这个词。他又在私人通信中解释道："虚无主义者——这就是革命者。"这个词在十九世纪后半期中普遍地被采用，用来称呼一切反对沙皇政治、地主和资产阶级的党派。民意党人司特普尼亚克在他的著作《地下的俄罗斯》（1882）的开头就说："俄国小说家屠格涅夫的名声自然将由他的著作而长存于后代，但是只靠一个词他也可以不朽了。他就是第一个使用'虚无主义'这个词的人。"

屠格涅夫发表《父与子》的时候，巴扎罗夫这个新人刚刚产生，一般人对他还很生疏。但是不久，这样的新人便大量出现，像"大自然是一座工厂"，"拉斐尔没有一点用处"这一类话已经成了"虚无主义者"常用的警句。他们是严肃地相信这一切，并且准备为它们献身的。这般六十年代的平民知识分子，"不服从任何权威的人"，到了七十年代，在巴黎公社革命之后，就让位给另一代新人了，那就是"到民间去"的"民意党的英雄"们。然后又出现了同工人紧密结合在无产阶级领导的革命运动中冲锋陷阵的战士……但是远在法国的衰老的屠格涅夫已经无法理解而且也来不及在新的作品中反映了。他的最后一部长篇是在一八七六年脱稿的。他把年轻的涅日达诺夫（《处女地》的主人公）几乎写成了像他自己那样的人。然而有一点是可以肯定的，就是我在《处女地》后记中写的那一段话："他不赞成革命，但是他知道革命必然要来；……而且要改变当时存在的一切。"也就是一八八三年民意党人在散发的传单上所说的："也许他甚至不希望发生革命，而只是一个诚恳的'渐进主义者'……对我们来说，重要的是他用他作品里的真挚的思想为俄罗斯革命服务过，他爱护过革命青年。"[1]

屠格涅夫"想通过主人公的形象把迅速嬗替中的俄罗斯社会文化发展的各个阶段加以典型的艺术概括，"[2]他的六部长篇小说完成了这个任务。

---

[1] 引自《俄国文学史》下册（蒋路、刘辽逸译）。
[2] 同上。

他"写出了数十年间[1]的俄罗斯社会生活的艺术编年史"。[2]一百多年前出现的新人巴扎罗夫早已归于尘土，可是小说中新旧两代的斗争仍然强烈地打动我的心。对于这个斗争屠格涅夫是深有体会的，他本人就同他的母亲（短篇《木木》中的地主婆）斗争了一生。但是她母亲所代表、所体现的一切在翻天覆地的大革命中已经化成灰烬，找不到一点痕迹了。旧的要衰老，要死亡，新的要发展，要壮大；旧的要让位给新的，进步的要赶走落后的——这是无可改变的真理。即使作者描写了新人巴扎罗夫的死亡，也改变不了这个真理。重读屠格涅夫的这部小说，我感到精神振奋，我对这个真理的信仰加强了。

1978年9月8日。

第一部分

读书

[1] 数十年间：三十年代到七十年代。

[2] 引自《俄国文学史》下册（蒋路、刘辽逸译）。

《往事与随想》[1]后记（一）

　　《往事与随想》是亚历山大·赫尔岑的回忆录。中译本将分五册陆续出版。现在先出第一册。第一册包含最初两卷，即《育儿室和大学》和《监狱与流放》。第二册尚在译述中，将收三、四两卷（《克利亚兹玛河上的弗拉基米尔》和《莫斯科、彼得堡和诺夫哥罗德》）。作者的俄罗斯生活的回忆到第四卷为止，一八四七年初他就远离祖国一去不返了。

　　回忆录的作者亚历山大·伊凡诺维奇·赫尔岑（1812—1870）是俄国革命民主主义者、政论家和作家。他的后半生是在国外，在西欧度过的。他在伦敦创办了"自由的俄语刊物"，成立了第一家"自由俄语印刷所"。他编印的《北极星》（丛刊，1855—1869）和《钟声》（报纸，1857—1867）在国内产生了很大的影响。他死在巴黎，葬在尼斯。他的著作，除了《往事与随想》外，还有《论自然研究的信》（1846）、《克鲁波夫医生》（中篇小说，1847）、《偷东西的喜鹊》（中篇小说，1848）、《谁之罪？》（长篇小说，1846—1847）、《法意书简》（1850）、《来自彼岸》（1850）、《俄国革命思想的发展》（1851）和《俄国的人民与社会主义》（1855）等书。《赫尔岑全集》共有三十卷。

　　关于赫尔岑，列宁在一九一二年赫尔岑诞生一百周年纪念日，写了《纪念赫尔岑》这篇光辉的著作，对他作了全面的评价。列宁写道：

　　　　我们纪念赫尔岑时，清楚地看到先后在俄国革命中活动的三代人物、三个阶级。起初是贵族和地主、十二月党人和赫尔岑。这些革命者的圈子是狭小的。他们同人民的距离非常远。但是，他们

---

[1]　《往事与随想》：赫尔岑著。一九七九年十月上海译文出版社出版。

的事业没有落空。十二月党人唤醒了赫尔岑。赫尔岑展开了革命鼓动。

响应、扩大、巩固和加强了这种革命鼓动的，是平民知识分子革命家，从车尔尼雪夫斯基到"民意党"的英雄。战士的圈子扩大了，他们同人民的联系密切起来了。赫尔岑称他们是"未来风暴中的年轻舵手"。但是，这还不是风暴本身。

风暴是群众自身的运动。无产阶级这个唯一彻底革命的阶级，起来领导群众了……无产阶级，一定会给自己开拓一条与全世界社会主义工人自由联合的道路，打死沙皇君主制度这个蟊贼，而赫尔岑就是通过向群众发表自由的俄罗斯言论，举起伟大的斗争旗帜来反对这个蟊贼的第一人。"[1]

列宁称赫尔岑为"在俄国革命的准备上起了伟大作用的作家"。

《往事与随想》是赫尔岑花了十五年以上的辛勤劳动写成的极其重要的文艺作品。它是一部包含着日记、书信、散文、随笔、政论和杂感的长篇回忆录。它也是从十九世纪二十年代一直到巴黎公社前夕俄罗斯和西欧社会生活和革命斗争的艺术记录。还有人说，它"是时代的艺术性概括"。作者自己说这是"历史在偶然出现在它道路上的一个人身上的反映"。在本书中作者把他个人的生活事项和具有社会历史意义的一些现象有机地结合起来了。

《往事与随想》的内容非常丰富。在它的前四卷中展开了十九世纪上半叶俄罗斯政治、社会、文化生活的景象。在这样一幅宽广的历史画面上活动着各式各样的人，从高官显贵、各级官员、大小知识分子、各种艺术家到仆婢、农奴。作者善于用寥寥几笔勾出一个人物，更擅长用尖锐的讽刺揭露现实生活中的怪人怪事，从各方面来反映以镇压十二月党人起家的尼古拉一世统治的黑暗、恐怖的时代。他以坚定的信心和革命的热情说明沙皇君主制度和农奴制度是俄国人民的死敌，它们必然走向死亡。

作者在后面四卷（即《巴黎—意大利—巴黎。革命前后》、《英国》、《自由俄语印刷所与〈钟声〉》和《断片》）中描写了西欧资产阶级社会

[1] 《列宁选集》，第二卷第四二二页，一九七二年，人民出版社。

各种生活景象和各个阶层的人物。家庭日常生活、大规模的历史事件和鲜血淋淋的革命斗争……十分鲜明地出现在这样一幅巨大的历史画卷上。把一八四七年后的二十多年间的人物和事件连在一起的仍然是作者这一根线。每一行文字都流露出作者的爱憎。书中散发着淡淡的哀愁，有时也发出怀疑的嘲笑和悲观的叹息，但横贯全书的始终是作者对未来的坚强信心。

赫尔岑是出色的文体家。他善于表达他那极其鲜明的爱与憎的感情。他的语言是生动活泼、富于感情、有声有色的。他的文章能够打动人心。和他同时代的俄国诗人涅克拉索夫说："它紧紧地抓住了人的灵魂。"

有一次俄国小说家屠格涅夫读完了《往事与随想》第五卷中叙述作者的家庭悲剧的那一部分手稿，他感动地说："这一切全是用血和泪写成的：它像一团火似地燃烧着，也使别人燃烧……俄罗斯人中间只有他能够这样写作……"

《往事与随想》可以说是我的老师。我第一次读它是在一九二八年二月五日，那天我刚刚买到英国康·加尔纳特夫人（Mrs.C.Garnett）翻译的英文本。当时我的第一本小说《灭亡》还没有写成。我的经历虽然简单，但是我心里也有一团火，它也在燃烧。我有感情需要发泄，有爱憎需要倾吐。我也有血有泪，它们要通过纸笔化成一行、一段的文字。我不知不觉间受到了赫尔岑的影响。以后我几次翻译《往事与随想》的一些章节，都有这样一个意图：学习，学习作者怎样把感情化成文字。现在我翻译《往事与随想》全书，也不能说就没有这样的意图，我要学习到生命的最后一息。当然学习是多方面的，不过我至今还在学习作者如何遣词造句，用自己的感情打动别人的心，用自己对未来的坚定信心鼓舞读者。

我最初把书名译作《往事与深思》，曾经用这译名发表过三四万字的"选译"。现在我根据一位朋友的建议将"深思"改译为"随想"，这样可能更恰当些。我们翻看全书，作者在叙述往事的时候常常夹杂了一些感想，这些感想与其说是"深思"或者"沉思"，倒不如说是"杂感"。作者随时随处发表的这一类议论，就在当时看，也不见得都正确。作者学识渊博，但他的思想是有局限性、甚至也有错误的。赫尔岑是和马克思、恩格斯同时代的人。马克思和恩格斯在著作中几次直接或者间接地提到赫尔岑，指出他的一些错误观点。[1]列宁也批判过赫尔岑"在民主主义和自由主义之间动摇不定"的立场。[2]我并不向读者推荐这些"随想",我颇想删去它们,但为了保持全书的完整,我还是把它们译出来了。我曾经对一位朋友讲过我想作一些删节,朋友不赞成,他说:"应当相信读者,读者不是小学生,他们是知道怎样取舍的。"

一九七四年九月我抄完《处女地》重译稿以后,便开始翻译《往事与随想》。到一九七七年四月,第一、第二两卷的译稿就完成了。我翻译这部被称为"史诗"的巨著的时候,并没有想到出版的事,我只是把它当作我这一生最后的一件工作,而这工作又只能偷偷地完成,因为"四人帮"要使我"自行消亡",他们放在上海的那条无恶不作的看家狗一直瞪着两眼向我狂吠。"四人帮"给粉碎以后,我在一九七七年五月发表的《一封信》里说:"我每天翻译几百字,我仿佛同赫尔岑一起在十九世纪俄罗斯的暗夜里行路,我像赫尔岑诅咒尼古拉一世的统治那样咒骂'四人帮'的法西斯专政,我相信他们横行霸道的日子不会太久……"有人认为拿尼古拉一世的统治来比"四害"横行的日子并不妥当,因为封建已在我国绝迹。我不想替自己辩解。反正书在这里,请某些人自己看看书中有没有他们的画像。我特别请读者注意皇位继承人扔在窗台上的一颗桃核,这难道只是一百四十年前的笑话吗?

我的译文是根据苏联科学院出版的三十卷本《赫尔岑全集》第八卷(1956)和康·加尔纳特夫人的英译本第一册(1942)翻译的,主要是依靠英译本。书中的注释除了注明"作者原注"或者"英译者注"的以外,都是译者增加的。

我以前做翻译工作,都是一个人单干。去年五月《文汇报》发表了我的《一封信》以后,特别是在新华社发了我翻译赫尔岑回忆录的消息以后,不少的读者来信表示愿意给我帮助。福建师范大学的项星耀同志把他译好的四卷译稿全部寄来供我参考。[3]我曾经请外国文学研究所的高莽同志根据原书

[1] 例如,恩格斯说:"身为俄国地主的赫尔岑……把俄国农民描绘成为真正的社会主义体现者、天生的共产主义者,把他们同衰老腐朽的西欧的那些只得绞尽脑汁想向社会主义的工人对立起来。"(《马克思恩格斯选集》,第二卷第六二三页,一九七二年,人民出版社。)

[2] 列宁还说:"赫尔岑已经走到辩证唯物主义跟前,可是在历史唯物主义前面停住了。"(《列宁选集》,第二卷第四一七页,一九七二年,人民出版社。)

[3] 辽宁新民县的刘文孝同志也寄给我他翻译的第二卷的译文。

替我校阅了第一册中的序文和第三、第六两章的大部分。今年北京大学的臧仲伦同志主动地替我校阅了第一册的全稿并且提出不少好的意见。最后，上海译文出版社的周朴之同志不仅校阅了我的全部译文，而且还做了技术性的工作。靠了这几位新、老朋友无私心的帮助，我才可以把这部十九世纪的名著照目前这个样子献给读者。我的译本还不能算是定稿，但是我相信，靠着大家的努力，这个译本一定可以修改得比较完善。这样的事只能发生在新中国，在今天的新社会！这是值得我们自豪的事情。我真诚地感谢给了我帮助的和来信给我以鼓励的一切见过面和未见面的朋友。

1978年9月17日。

谈《家》[1]

有许多小说家喜欢把自己要对读者讲的话完全放在作品里面，但也有一些人愿意在作品以外发表意见。我大概属于后者。在我的每一部长篇小说或者短篇小说集中都有我自己写的《序》或者《跋》。有些偏爱我的读者并不讨厌我的唠叨。有些关心小说中人物的命运的人甚至好心地写信来探询他们的下落。就拿这部我在二十六年前写的《家》来说罢，今天还有读者来信要我介绍他们跟书中人通信，他们要知道书中人能够活到现在、看见新中国的光明才放心。二十六年来读者们常常来信指出书中的觉慧就是作者，我反复解释都没有用，昨天我还接到这样的来信。主要的原因是读者们希望这个人活在他们中间，跟他们同享今天的幸福。

读者的好心使我感动，但也使我痛苦。我并不为觉慧惋惜，我知道有多少"觉慧"活到现在，而且热情地为新中国的建设在努力工作。然而觉新不能见到今天的阳光，不能使他的年轻的生命发出一点光和热，却是一件使我非常痛心的事，因为觉新不仅是书中人，他还是一个真实的人，他就是我的大哥。二十六年前我在上海写《家》，刚写到第六章，报告他去世的电报就来了。读者可以想象我是怀着怎样的心情写完这本小说的。

我很早就声明过，我不是一个冷静的作者，我不是为了要做作家才写小说，是过去的生活逼着我拿起笔来。我也说过："书中人物都是我所爱过和我所恨过的。许多场面都是我亲眼见过或者亲身经历过的。"的确，我写《家》的时候，我仿佛在跟一些人一同受苦，一同在魔爪下面挣扎。我陪着那些可爱的年轻生命欢笑，也陪着他们哀哭。我一个字一个字地写下去，我好像在挖开我的记忆的坟墓，我又看见了过去使我的心灵激动过的一切。在我还是

[1] 本篇最初发表于一九五七年七月《收获》第一期。发表时题为《和读者谈谈〈家〉》。

一个孩子的时候，我就常常被逼着目睹一些可爱的年轻生命横遭摧残，以至于得到悲惨的结局。那个时候我的心由于爱怜而痛苦，但同时它又充满诅咒。我有过觉慧在他的死去的表姐（梅）的灵前所起的那种感情，我甚至说过觉慧在他哥哥面前说的话："让他们来做一次牺牲品罢。"一直到我在一九三一年年底写完了《家》，我对于不合理的封建大家庭制度的愤恨才有机会倾吐出来。所以我在一九三七年写的一篇《代序》中大胆地说："我要向这个垂死的制度叫出我的 J'accuse（我控诉）。"我还说，封建大家庭制度必然崩溃的这个信念鼓舞我写这部封建大家庭的历史，写这一个正在崩溃中的地主阶级的封建大家庭的悲欢离合的故事。我把这个故事叫做《激流三部曲》，《家》之后还有两个续篇：《春》和《秋》。

我可以说，我熟悉我所描写的人物和生活，因为我在那样的家庭里度过了我最初的十九年的岁月，那些人都是我当时朝夕相见的，也是我所爱过和我所恨过的。然而我并不是写我自己家庭的历史，我写了一般的官僚地主家庭的历史。川西盆地的成都当时正是这种封建大家庭聚集的城市。在这一种家庭中长一辈是前清的官员，下一辈靠父亲或祖父的财产过奢侈、闲懒的生活，年轻的一代却想冲出这种"象牙的监牢"。在大小军阀割据、小规模战争时起时停的局面下，长一辈的人希望清朝复辟；下一辈不是"关起门做皇帝"，就是吃喝嫖赌，无所不为；年轻的一代却立誓要用自己的双手来建造新的生活，他们甚至有"为祖先赎罪"的想法。今天长一辈的已经死了，下一辈的连维持自己生活的能力也没有，年轻的一代中有的为中国革命流尽了自己的鲜血，有的作了建设新中国的工作者。然而在一九二〇年到一九二一年（这就是《家》的年代），虽然五四运动已经发生了，爱国热潮使多数中国青年的血沸腾，可是在高家仍然是祖父统治整个家庭的时代。高老太爷是我的祖父，也是我们一些亲戚朋友的家庭中的祖父。经济权捏在他手里，他每年收入那么多的田租，可以养活整整一大家人，所以整整一大家人都得听他的话。他认为钱可以解决一切问题，他想不到年轻人会有灵魂。他靠田租吃饭，却连佃户们怎样生活也弄不清楚。甚至在军阀横征暴敛、一年征几年粮税的时候，他的收入还可以使整个家过得富裕、舒服。他相信这个家是万世不败的。他以为他的儿子们会学他的榜样，他的孙子们会走他的道路。他并不知道他的钱只会促使儿子们灵魂的堕落，他的专制只会把孙子们逼上革命的路。他更不知道是他自己亲手在给这个家庭挖坟。他创造了这份家业，他又来毁坏这个家业。他至多也就只做到四世同堂的好梦（有一些大家庭也许维持到五代）。不单是我的祖父，高老太爷们全走这样的路。他们想看到和睦家庭，可是和平的表面下掩盖着多少倾轧、斗争和悲剧。有多少年轻的生命在那里受苦、挣扎而终于不免灭亡。但是幼稚而大胆的叛徒毕竟冲出去了，他们找到了新的天地，同时给快要闷死人的旧家庭带来一点新鲜的空气。

我的祖父虽然顽固，但并非不聪明，他死前已经感到幻灭，他是怀着寂寞、空虚之感死去的。我的二叔以正人君子的姿态把祖父留下的家业勉强维持了几年，终于带着无可奈何的凄凉感觉离开了世界。以后房子卖掉了，人也散了，死的死，走的走。一九四一年我回到成都的时候，我的五叔以一个"小偷"的身份又穷又病地死在监牢里面。他花光了从祖父那里得到的一切，又花光了他的妻子给他带来的一切以后，没有脸再见他的妻儿，就做了一个无家可归的流浪人。这个人的另一面我在《家》中很少写到：他面貌清秀，能诗能文，换一个时代他也许会显出他的才华。可是封建旧家庭的环境戕害了他的生机，他只能做损人害己的事情。为着他，我后来又写过一本题为《憩园》的中篇小说。

我在前面说过，觉新是我的大哥，他是我一生爱得最多的人。我常常这样想：要是我早把《家》写出来，他也许会看见了横在他面前的深渊，那么他可能不会落到那里面去。然而太迟了。我的小说刚刚开始在上海的《时报》上连载，他就在成都服毒自杀了。十四年以后我的另一个哥哥在上海病故。我们三弟兄跟觉新、觉民、觉慧一样，有三个不同的性格，因此也有三种不同的结局。我说过好几次，过去十几年的生活像梦魇一般压在我的心上。这梦魇无情地摧毁了许多同辈的年轻人的灵魂，我几乎也成了受害者中的一个。然而"幼稚"和"大胆"救了我。在这一点我也许像觉慧。我凭着一个单纯的信仰，踏着大步向一个目标走去：我要做我自己的主人；我偏要做别人不许我做的事。我在自己办的刊物上发表过几篇内容浅薄的文章。我不能说已经有了成熟的思想。但是我始终不忘记这个原则："不顾忌，不害怕,不妥协。"这九个字在那种环境里意外地收到了效果,帮助我得到了初步的解放。觉慧也正是靠着这九个字才能够逃出那个正在崩溃的家庭,找寻自己的新天地;而"作揖哲学"和"无抵抗主义"却把一个年轻有为的觉新活生生地断送了。

有些读者关心小说中的几个女主人公:瑞珏、梅、鸣凤、琴,希望多知道一点关于她们的事情。她们四个人代表四种不同的性格,也有两种不同的结局。瑞珏的性格跟我嫂嫂的不同,虽然我祖父死后我嫂嫂被逼着搬到城外茅舍里去生产,可是她并未像瑞珏那样悲惨地死在那里。我也有过一个像梅那样的表姐,她当初跟我大哥感情好。她常常到我们家来玩,我们这一辈人不论男女都喜欢她。我们都盼望她能够成为我们的嫂嫂,后来听说姑母不愿意"亲上加亲"(她自己已经受够亲上加亲的痛苦了),因此这一对有情人不能成为眷属。三四年后我的表姐做了富家的填房少奶奶。以后的十几年内她生了一大群儿女,而且胖得成了一个完全可笑的女人。我们有过一个叫做翠凤的丫头,关于她我什么记忆也没有了,我只记得一件事情:我们有一个远房的亲戚要讨她做姨太太,她却严辞拒绝了,虽然她并没有爱上哪一位少爷,她倒宁愿后来嫁一个贫家丈夫。她的性格跟鸣凤的不同,而且她是一个"寄饭"的丫头。所谓"寄饭",就是用劳动换来她的饮食和居住,她仍然有权做自己的主人。她的叔父是我们家的老听差,他并不虐待她。所以她比鸣凤幸运,用不着在湖水里找归宿。

我写梅,写瑞珏,写鸣凤,我心里充满了同情和悲愤。我庆幸我把自己的感情放进了我的小说,我代那许多做了不必要的牺牲的年轻女人叫出了一声:"冤枉!"

的确我的悲愤太大了。我记得我还是五六岁的小孩的时候,我在姐姐的房里找到了一本《列女传》。是插图本,下栏是图,上栏是字。小孩子喜欢图画书,我一页一页地翻看,尽是些美丽的古装女人。但是她们总带着愁容。有的用刀砍断自己的手,有的在烈火中烧死,有的在水上浮沉,有的拿剪刀刺自己的咽喉。还有一个年轻女人在高楼上投缳自尽。都是些可怕的故事!为什么这样的命运专落在女人的身上?我不明白!我问我那两个姐姐,她们说这是《列女传》,年轻姑娘要念这样的书。我还是不明白。我问母亲,她说这是女人的榜样。我求她给我讲解。她告诉我：那是一个寡妇，因为一个陌生的男子拉了她的手，她便当着那个人的面把自己的手砍下来；这是一个王妃，宫里发生火灾，但是陪伴她的人没有来，她不能一个人走出宫去，便甘心烧死在宫中。为什么女人特别是年轻的女人，就该为那些可笑的陈旧观念，为那种人造的礼教忍受种种痛苦，甚至牺牲自己的生命？为什么那本充满血腥味的《列女传》就应当被看作女人的榜样？连母亲也不能说得使我心服。我不相信那个充满血腥味的可怕的"道理"。即使别人拥护它，我也要反对。不久这种"道理"就被一九一一年的革命打垮了，《列女传》被我翻破以后，甚至在我们家里也难找出第二本来。但是我们家里仍然充满着那种带血腥味的空气。甚至在五四运动以后，北京大学已经开始招收女生了，两三个剪了辫子的女学生在成都却站不住脚，只得逃往上海或北京。更不用说，我的姐姐、妹妹们享受不到人的权利了。一九二三年我的第三个姐姐，还被人用花轿抬到一个陌生的人家，一年以后就寂寞地死在医院里。她的结局跟《春》里面蕙的结局一样。《春》里面觉新报告蕙的死讯的长信，就是根据我大哥给我的信改写的。据说我那个最小的叔父当时还打算送一副对联去："临死无言，在生可想。"灵柩停在古庙里无人过问，后来还是我的大哥花钱埋葬了她。

我真不忍挖开我的回忆的坟墓，那里面不知道埋葬了多少令人伤心断肠的痛史。

然而希望的火花有时也微微照亮了我们家庭的暗夜。琴出现了。不，这只能说是琴的影子。这是我的一个堂姐。在我离家的前两三年中，她很有可能做一个像琴那样的女人，她热心地读了不少传播新思想的书刊，我的三哥每天晚上都要跟她在一起坐上两个钟头读书、谈话。可是后来她的母亲跟我的继母闹翻了，不久她又跟着她母亲搬出公馆去了。虽然同住在一条街上，可是我们始终没有机会相见。我的三哥还跟她通过好多封信。我们弟兄离开成都的那天早晨到她那里去过一次，总算见到了她一面。这就是我在小说的最后写的那个场面。可是环境薄待了这个可爱的少女。没有人帮助她像淑英那样地逃出囚笼。她被父母用感情做铁栏，关在古庙似的家里，连一个陌生的男人也没法看见。我在小说里借用了她后来写的两句诗，那是由梅讲出来的："往事依稀浑似梦，都随风雨到心头。"她那一点点锋铓终于被"家庭牢狱生活"磨洗干净了。她后来成了一个性情乖僻的老处女，到死都没法走出家门，连一个同情她的人也没有。

我用这许多话谈起我二十七岁时写的这本小说，这样地反复解释也许可以帮助今天的读者了解作者当时的心情。我最近重读了《家》，我仍然很激动。我自己喜欢这本小说，因为它至少告诉我一件事情：青春是美丽的东西。

我始终记住：青春是美丽的东西。而且这一直是我的鼓舞的泉源。

1956年10月作，

1957年6月改写。

谈《寒夜》[1]

我前不久看过苏联影片《外套》，那是根据果戈理的小说改编摄制的。影片的确不错，强烈地打动了观众的心。可是我看完电影，整个晚上不舒服，总觉得有什么东西压在心上，而且有透不过气的感觉。眼前有一个影子晃来晃去，不用说，就是那个小公务员阿加基·巴什马金。过了一天他的影子才渐渐淡去。但是另一个人的面颜又在我的脑子里出现了。我想起了我的主人公汪文宣，一个患肺病死掉的小公务员。

汪文宣并不是真实的人，然而我总觉得他是我极熟的朋友。在过去我天天看见他，处处看见他。他总是脸色苍白，眼睛无光，两颊少肉，埋着头，垂着手，小声咳嗽，轻轻走路，好像害怕惊动旁人一样。他心地善良，从来不想伤害别人，只希望自己能够无病无灾、简简单单地活下去。像这样的人我的确看得太多，也认识不少。他们在旧社会里到处遭受白眼，不声不响地忍受种种不合理的待遇，终日终年辛辛苦苦地工作，却无法让一家人得到温饱。他们一步一步地走向悲惨的死亡，只有在断气的时候才得到休息。可是妻儿的生活不曾得到安排和保障，他们到死还不能瞑目。

在旧社会里有多少人害肺病受尽痛苦死去，多少家庭在贫困中过着朝不保夕的非人生活！像汪文宣那样的人实在太多了。从前一般的忠厚老实人都有这样一个信仰："好人好报"。可是在旧社会里好人偏偏得不到好报，"坏人得志"倒是常见的现象。一九四四年初冬我在重庆民国路文化生活出版社一间楼梯下面小得不可再小的屋子里开始写《寒夜》，正是坏人得志的时候。我写了几页就搁下了，一九四五年初冬我又拿起笔接着一年前中断的地方写下去，那时在重庆，在国统区仍然是坏人得志的时候。我写这部小说正

[1] 本篇最初发表于一九六二年六月《作品》新一卷第五、六期合刊。

第一部分

读书

是想说明：好人得不到好报。我的目的无非要让人看见蒋介石国民党统治下的旧社会是个什么样子。我进行写作的时候，好像常常听见一个声音在我耳边说："我要替那些小人物伸冤。"不用说，这是我自己的声音，因为我有不少像汪文宣那样惨死的朋友和亲戚。我对他们有感情。我虽然不赞成他们安分守己、忍辱苟安，可是我也因为自己眼看他们走向死亡无法帮助而感到痛苦。我如果不能替他们伸冤，至少也得绘下他们的影像，留作纪念，让我永远记住他们，让旁人不要学他们的榜样。

《寒夜》中的几个人物都是虚构的。可是背景、事件等等却十分真实。我并不是说，我在这里用照相机整天摄影；我也不是说我写的是真人真事的通讯报导。我想说，整个故事就在我当时住处的四周进行，在我住房的楼上，在这座大楼的大门口，在民国路和附近的几条街。人们躲警报、喝酒、吵架、生病……这一类的事每天都在发生。物价飞涨、生活困难、战场失利、人心惶惶……我不论到哪里，甚至坐在小屋内，也听得见一般"小人物"的诉苦和呼吁。尽管不是有名有姓、家喻户晓的真人，尽管不是人人目睹可以载之史册的大事，然而我在那些时候的确常常见到、听到那样的人和那样的事，那些人在生活，那些事继续发生，一切都是那么自然，我好像活在我自己的小说中，又好像在旁观我周围那些人在扮演一本悲欢离合的苦戏。冷酒馆是我熟习的，咖啡店是我熟习的，"半官半商"的图书公司也是我熟习的。小说中的每个地点我都熟习。我住在那间与老鼠、臭虫和平共处的小屋里，不断地观察在我上下四方发生的一切，我选择了其中的一部分写进小说里面。我经常出入汪文宣夫妇每天进出若干次的大门，早晚都在小说里那几条街上散步；我是"炒米糖开水"的老主顾，整夜停电也引起我不少的牢骚，我受不了那种死气沉沉的阴暗环境。《寒夜》第一章里汪文宣躲警报的冷清清的场面正是我在执笔前一两小时中亲眼见到的。从这里开始，虽然过了一年我才继续写下去，而且写一段又停一个时期，后面三分之二的原稿还是回到上海以后在淮海坊写成的，脱稿的日期是一九四六年十二月三十一日深夜。虽然时写时辍，而且中间插进一次由重庆回上海的"大搬家"，可是我写得很顺利，好像在信笔直书，替一个熟朋友写传记一样；好像在写关于那一对夫妇的回忆录一样。我仿佛跟那一家人在一块儿生活，每天都要经过狭长的甬道走上三楼，到他们房里坐一会儿，安安静静地坐在一个角上听他们谈话、发牢骚、吵架、和解；我仿佛天天都有机会送汪文宣上班，和曾树生同路走到银行，陪老太太到菜场买菜……他们每个人都对我坦白地讲出自己的希望和痛苦。

我的确有这样的感觉：我写第一章的时候，汪文宣一家人虽然跟我同在一所大楼里住了几个月，可是我们最近才开始交谈。我写下去，便同他们渐渐地熟起来。我愈往下写，愈了解他们，我们中间的友谊也愈深。他们三个人都是我的朋友。我听够了他们的争吵。我看到每个人的缺点，我了解他们争吵的原因，我知道他们每个人都迈着大步朝一个不幸的结局走去，我也向他们每个人进过忠告。我批评过他们，但是我同情他们，同情他们每个人。我对他们发生了感情。我写到汪文宣断气，我心里非常难过，我真想大叫几声，吐尽我满腹的怨愤。我写到曾树生孤零零地走在阴暗的街上，我真想拉住她，劝她不要再往前走，免得她有一天会掉进深渊里去。但是我没法改变他们的结局，所以我为他们的不幸感到痛苦。

我知道有人会批评我浪费了感情，认为那三个人都有错，值不得惋惜。也有读者写信来问：那三个人中间究竟谁是谁非？哪一个是正面人物？哪一个是反面的？作者究竟同情什么人？我的回答是：三个人都不是正面人物，也都不是反面人物；每个人有是也有非；我全同情。我想说，不能责备他们三个人，罪在蒋介石和国民党反动政府，罪在当时的重庆和国统区的社会。他们都是无辜的受害者。我不是在这里替自己辩护。有作品在，作者自己的吹嘘和掩饰都毫无用处。我只是说明我执笔写那一家人的时候，我究竟是怎样的看法。

我已经说明《寒夜》的背景在重庆，汪文宣一家人住的地方就是我当时住的民国路那幢三层"大楼"。我住在楼下文化生活出版社里面，他们住在三楼。一九四二年七月我头一次到民国路，也曾在三楼住过。一九四五年年底我续写《寒夜》时，已经搬到了二楼临街的房间。这座"大楼"破破烂烂，是不久以前将被轰炸后的断壁颓垣改修的。不过在当时的重庆，像这样的"大楼"已经是不错的了，况且还装上了有弹簧的镂花的大门。楼下是商店和写字间。楼上有写字间，有职员宿舍，也有私人住家。有些屋子干净整齐，有些屋子摇摇晃晃，用木板隔成的房间常常听得见四面八方的声音。这种房间要是出租的话，租金绝不会少，而且也不易租到。但也有人在"大楼"改修的时候，出了一笔钱，便可以搬进来几年，不再付房租。汪文宣一家人住进来，不用说，还是靠曾树生的社会关系，钱也是由她付出的。他们搬到这里来住，当然不是喜欢这里的嘈杂和混乱，这一切只能增加他们的烦躁，却无法减少他们的寂寞；唯一的原因是他们夫妇工作的地点就在这附近。汪文宣在一个"半官半商的图书公司"里当校对，我不曾写出那个公司的招牌，我想告诉人图书公司就是国民党的正中书局。我对正中书局的内部情况并不了解。不过我不是在写它的丑史，真实情况只有比汪文宣看到的、身受到的一切更丑恶，而且丑恶若干倍。我写的是汪文宣，在国民党统治下比什么都不如的一个忠厚、善良的小知识分子，一个像巴什马金那样到处受侮辱的小公务员。他老老实实地辛苦工作，从不偷懒，可是薪水不高，地位很低，受人轻视。至于他的妻子曾树生，她在私立大川银行里当职员，大川银行也在民国路附近。她在银行里其实是所谓的"花瓶"，就是作摆设用的。每天上班，工作并不重要，只要打扮得漂漂亮亮，能说会笑，让经理、主任们高兴就算是尽职了。收入不会太少，还有机会找人帮忙做点投机生意。她靠这些收入养活了半个家（另一半费用由她的丈夫担任），供给了儿子上学，还可以使自己过着比较舒适的生活。还有汪文宣的母亲，她从前念过书，应当是云南昆明的才女，战前在上海过的也是安闲愉快的日子，抗战初期跟着儿子回到四川（儿子原籍四川），没有几年的功夫却变成了一个"二等老妈子"，像她的媳妇批评她的那样。她看不惯媳妇那种"花瓶"的生活，她不愿意靠媳妇的收入度日，却又不能不间接地花媳妇的钱。她爱她的儿子，她为他的处境感到不平。她越是爱儿子，就越是不满意媳妇，因为媳妇不能像她那样把整个心放在那一个人身上。

我在小说里写的就是这样的一个家庭。两个善良的小资产阶级知识分子，两个上海某某大学教育系毕业生，靠做校对和做"花瓶"勉强度日。不死不活的困苦生活增加了意见不合的婆媳间的纠纷，夹在中间受气的又是丈夫又是儿子的小公务员默默地吞着眼泪，让生命之血一滴一滴地流出去。这便是国民党统治下善良的知识分子的悲剧，悲剧的形式虽然不止这样一种，但都不能避免家破人亡的结局。汪文宣一家四口包括祖孙三代，可是十三岁的初中学生在学校寄宿，他身体弱，功课紧，回家来不常讲话，他在家也不会引起人注意；所以我在小说里只着重地写了三个人，就是上面讲过的那三个人。关于他们，我还想声明一次：生活是真实的，人物却是拼凑拢来的。当初我脑子里并没有一个真实的汪文宣。只有在小说脱稿以后我才看清了他的面颜。四年前吴楚帆先生到上海，请我去看他带来的香港粤语片《寒夜》，他为我担任翻译。我觉得我脑子里的汪文宣就是他扮演的那个人。汪文宣在我的眼前活起来了。我赞美他的出色的演技，他居然缩短了自己的身材！一般地说，身材高大的人常常使人望而生畏，至少别人不敢随意欺侮他。其实在金钱和地位占绝对优势的旧社会里，形象早已是无关重要的了。要是汪文宣忽然得到某某人的提拔升任正中书局经理、主任，或者当上银行经理、公司老板等等，他即使骨瘦如柴、弯腰驼背，也会到处受人尊敬，谁管他有没有渊博的学问，有没有崇高的理想，过去在大学里书念得好不好。汪文宣应当知道这个"真相"。可是他并不知道。他天真地相信着坏蛋们的谎言，他很有耐心地等待着好日子的到来。结果，他究竟得到了什么呢？

我在前面说过对于小说中那三个主要人物，我全同情。但是我也批评了他们每一个人。他们都有缺点，当然也有好处。他们彼此相爱（婆媳两人间是有隔阂的），却又互相损害。他们都在追求幸福，可是反而努力走向灭亡。对汪文宣的死，他的母亲和他的妻子都有责任。她们不愿意他病死，她们想尽办法挽救他，然而她们实际做到的却是逼着他、推着他早日接近死亡。汪文宣自己也是一样，他愿意活下去，甚至在受尽痛苦之后，他仍然热爱生活。可是他终于违背了自己的意志，不听母亲和妻子的劝告，有意无意地糟蹋自己的身体，大步奔向毁灭。这些都是为了什么呢？难道三个人都发了狂？

不，三个人都没有发狂。他们都是不由自主的。他们的一举一动都不是出于本心，快要崩溃的旧社会、旧制度、旧势力在后面指挥他们。他们不反抗，所以都做了牺牲者。旧势力要毁灭他们，他们不想保护自己。其实他们并不知道怎样才能保护自己。这些可怜人，他们的确像我的朋友彼得罗夫所说的那样，始终不曾"站起来为改造生活而斗争过"。他们中间有的完全忍

第一部分
读书

受，像汪文宣和他的母亲；有的并不甘心屈服，还在另找出路，如曾树生。然而曾树生一直坐在"花瓶"的位子上，会有什么出路呢？她想摆脱毁灭的命运，可是人朝南走绝不会走到北方。

我又想起吴楚帆主演的影片了。影片里的女主角跟我想象中的曾树生差不多。只是她有一点跟我的人物不同。影片里的曾树生害怕她的婆母。她因为不曾举行婚礼便和汪文宣同居，一直受到婆母的轻视，自己也感到惭愧，只要婆母肯原谅她，她甘愿做个孝顺媳妇。可是婆母偏偏不肯原谅，把不行婚礼当作一件大罪，甚至因为它，宁愿毁掉儿子的家庭幸福。香港影片的编导这样处理，可能有他们的苦衷。我的小说人物却不是这样。在我的小说里造成汪文宣家庭悲剧的主犯是蒋介石国民党，是这个反动政权的统治。我写那几个人物的时候，我的小说情节逐渐发展的时候，我这样地了解他们，认识他们。

汪文宣的母亲的确爱儿子，也愿意跟着儿子吃苦。然而她的爱是自私的，正如她的媳妇曾树生所说，是一个"自私而又顽固、保守"的女人。她不喜欢媳妇，因为一则，媳妇不是像她年轻时候那样的女人，不是对婆母十分恭顺的孝顺媳妇；二则，她看不惯媳妇"整天打扮得妖形怪状"，上馆子，参加舞会，过那种"花瓶"的生活；三则，儿子爱媳妇胜过爱她。至于"你不过是我儿子的'姘头'，我是拿花轿接来的"，不过是在盛怒时候的一个作战的武器，一句伤害对方的咒骂而已。因为在一九四四年，已经没有人计较什么"结婚仪式"了。儿子连家都养不活，做母亲的哪里还会念念不忘那种奢侈的仪式？她希望恢复的，是过去婆母的权威和舒适的生活。虽然她自己也知道过去的日子不会再来，还是靠媳妇当"花瓶"，一家人才能够勉强地过日子，可是她仍然不自觉地常常向媳妇摆架子发脾气；而且正因为自己间接地花了媳妇的钱，更不高兴媳妇，常常借故在媳妇身上发泄自己的怨气。媳妇并不是逆来顺受的女人，只会给这位婆母碰钉子。生活苦，环境不好，每个人都有满肚皮的牢骚，一碰就发，发的次数愈多，愈不能控制自己。因此婆媳间的不合越来越深，谁也不肯让步。这个平日钟爱儿子的母亲到了怒火上升的时候，连儿子的话也听不进去了。结果儿子的家庭幸福也给破坏了。虽然她常常想而且愿意交出自己的一切来挽救儿子的生命，可是她的怒火却只能加重儿子的病，促使死亡早日到来。

汪文宣，这个忠厚老实的旧知识分子，在大学念教育系的时候，"满脑子都是理想"，有不少救人济世的宏愿。可是他在旧社会里工作了这么些年，地位越来越低，生活越来越苦，意气越来越消沉，他后来竟然变成了一个胆小怕事、见人低头、懦弱安分、甘受欺侮的小公务员。他为了那个吃不饱穿不暖的位置，为了那不死不活的生活，不惜牺牲了自己年轻时候所宝贵的一切，甚至自己的意志。然而苟安的局面也不能维持多久，他终于害肺病，失业，吐尽血，失掉声音痛苦地死去。他"要活"，他"要求公平"。可是旧社会不让他活，不给他公平。他念念不忘他的妻子，可是他始终没有能等到她回来再见一面。

曾树生和她的丈夫一样，从前也是有理想的。他们夫妇离开学校的时候，都有为教育事业献身的决心。可是到了《寒夜》里，她却把什么都抛弃了。她靠自己生得漂亮，会打扮，会应酬，得到一个薪金较高的位置，来"提高"自己的生活水平，来培养儿子读书，来补贴家用。她并不愿意做"花瓶"，她因此常常苦闷、发牢骚。可是为了解决生活上的困难，为了避免吃苦，她竟然甘心做"花瓶"。她口口声声嚷着追求自由，其实她所追求的"自由"也是很空虚的，用她自己的话来解释，就是："我爱动，爱热闹，我需要过热情的生活。"换句话说，她追求的也只是个人的享乐。她写信给她丈夫说："我……想活得痛快。我要自由。"其实，她除了那有限度的享乐以外，究竟有什么"痛快"呢？她又有过什么"自由"呢？她有时也知道自己的缺点，有时也会感到苦闷和空虚。她或许以为这是无名的惆怅，绝不会想到，也不肯承认，这是没有出路的苦闷和她无法解决的矛盾，因为她从来就不曾为着改变生活进行过斗争。她那些追求也不过是一种逃避。她离开汪文宣以后，也并不想离开"花瓶"的生活。她很可能答应陈经理的要求同他结婚，即使结了婚她仍然是一个"花瓶"。固然她并不十分愿意嫁给年纪比她小两岁的陈经理，但是除非她改变生活方式，她便难摆脱陈经理的纠缠。他们在经济上已经有密切联系了，她靠他帮忙，搭伙做了点囤积、投机的生意，赚了一点钱。她要跟他决裂，就得离开大川银行，另外安排生活。然而她缺乏这样的勇气和决心。她丈夫一死，她在感情上更"自由"

了。她很可能在陈经理的爱情里寻找安慰和陶醉。但是他也不会带给她多大的幸福。对她来说，年老色衰的日子已经不太远了。陈经理不会长久守在她的身边。这样的事在当时也是常见的。她不能改变生活，生活就会改变她。她不站起来进行斗争，就只有永远处在被动的地位。她有一个十三岁的儿子。她不像一般母亲关心儿子那样地关心他，他对她也并不亲热。儿子像父亲，又喜欢祖母，当然不会得到她的欢心。她花一笔不算小的款子供给儿子到所谓"贵族学校"念书，好像只是在尽自己的责任。她在享受她所谓"自由"的时候，头脑里连儿子的影子也没有。最后在小说的《尾声》里，她从兰州回到重庆民国路的旧居，只看见一片阴暗和凄凉，丈夫死了，儿子跟着祖母不知走到哪里去了。影片中曾树生在汪文宣的墓前放上一个金戒指，表示跟墓中人永不分离，她在那里意外地见到了她的儿子和婆母。婆母对她温和地讲了一句话，她居然感激地答应跟着祖孙二人回到家乡去，只要婆母肯收留她，她做什么都可以。这绝不是我写的曾树生。曾树生不会向她的婆母低头认错，也不会放弃她的"追求"。她更不会亲手将"花瓶"打碎。而且在一九四五年的暮秋或初冬，她们婆媳带着孩子回到家乡，拿什么生活？在国民党反动派统治下，要养活一家三口并不是容易的事。曾树生要是能吃苦，她早就走别的路了。她不会历尽千辛万苦去寻找那两个活着的人。她可能找到丈夫的坟墓，至多也不过痛哭一场。然后她会飞回兰州，打扮得花枝招展，以银行经理夫人的身份，大宴宾客。她和汪文宣的母亲同是自私的女人。

我当然不会赞扬这两个女人。正相反，我用责备的文笔描写她们。但是我自己也承认我的文章里常常露出原谅和同情的调子。我当时是这样想的：我要通过这些小人物的受苦来谴责旧社会、旧制度。我有意把结局写得阴暗，绝望，没有出路，使小说成为我所谓的"沉痛的控诉"[1]。国民党反动派宣传抗战胜利后一切都有办法，而汪文宣偏偏死在街头锣鼓喧天、人们正在庆祝胜利的时候。我的憎恨是强烈的。但是我忘记了这样一个事实：鼓舞人们的战斗热情的是希望，而不是绝望。特别是在小说的最后，曾树生孤零零

[1] 解放后我为《寒夜》新版写的"内容提要"里，有这样的一段话："长篇小说写的是一九四四、四五年国民党统治下的所谓'战时首都'重庆的生活。……男主人公断气时，街头锣鼓喧天，人们正在庆祝胜利，用花炮烧龙灯。这是对国民党反动统治的沉痛的控诉。"

地消失在凄清的寒夜里，那种人去楼空的惆怅感觉，完全是小资产阶级的东西。所以我的"控诉"也是没有出路的，没有力量的，只是一骂为快而已。

我想起来了：在抗战胜利后那些日子里，尤其是在停电的夜晚，我自己常常在民国路一带散步，曾树生所见的也就是我目睹的。我自己想回上海，却走不了。我听够了陌生人的诉苦，我自己闷得发慌，我也体会到一些人的沮丧情绪。我当时发表过一篇小文章，写出我在寒风里地摊前的见闻。一年多以后，我写到《寒夜》的《尾声》时，也曾参考这篇短文。而且那个时候（一九四六年最后两天）我的情绪也很低落。无怪乎我会写出这样的结局来。

我还想谈谈锺老的事。并不需要很多话，我不谈他这个人，像他那样的好心人在旧社会里也并非罕见。但是在旧社会里锺老起不了作用，他至多只能替那些比他更苦、更不幸的人（如汪文宣）帮一点小忙。谁也想不到他会死在汪文宣的前头。我写他死于霍乱症，因为一九四五年夏天在重庆霍乱流行，而重庆市卫生局局长却偏偏大言不惭，公开否认。文化生活出版社烧饭老妈谭嫂的小儿子忽然得了霍乱。那个五十光景的女人是个天主教徒，她急得心慌意乱，却跑去向中国菩萨祷告，求来香灰给儿子治病。儿子当时不过十五六岁，躺在厨房附近一张床上，已经奄奄一息了。我们劝谭嫂把儿子送到小龙坎时疫医院。她找了一副"滑竿"把儿子抬去了。过两天儿子便死在医院里面。我听见文化生活出版社的工友讲时疫医院里的情形，对那位局长我感到极大的憎恶。我在《寒夜》里介绍了这个"陪都"唯一的时疫医院。倘使没有那位局长的"德政"，锺老也很有可能活下去，他在小说里当然不是非死不可的人。我这些话只是说明作者并不常常凭空编造细节。要不是当时有那么多人害霍乱症死去，要不是有人对我讲过时疫医院的情形，我怎么会想起把锺老送到那里去呢？连锺老的墓地也不是出自我的想象。"斜坡上"的孤坟里埋着我的朋友缪崇群。那位有独特风格的散文作家很早就害肺病。我一九三二年一月第一次看见他，他脸色苍白，经常咳嗽，以后他的身体时好时坏，一九四五年一月他病死在北碚的江苏医院。他的性格有几分像汪文宣，他从来不肯麻烦别人，也害怕伤害别人，他到处都不受人重视。他没有家，孤零零的一个人，静悄悄地活着，又有点像锺老。据说他进医院前，病在床上，想喝一口水也喝不到。他不肯开口，也不愿让人知道他的病痛。他断气的时候，没有一个熟人在场。我得了消息连忙赶到北碚，只看见他的新坟，就像我在小说里描写的那样。连两个纸花圈也是原来的样子，我不过把"崇群"二字换成了"又安"。听说他是因别的病致死的。害肺病一直发展到喉结核丧失了声音痛苦死去的人我见过不多，但也不是太少。朋友范予（我为他写过一篇《忆范兄》）和鲁彦（一位优秀的小说家，我那篇《写给彦兄》便是纪念他的），还有我一个表弟……他们都是这样悲惨地结束了一生的。我为他们感到不平，感到愤怒，又因为自己不曾帮助他们减轻痛苦而感到愧悔。我根据我的耳闻和目睹，也根据范予病中的来信，写出汪文宣病势的逐渐发展，一直到最后的死亡。而且我还把我个人的感情也写在书上。汪文宣不应当早死，也不该受这么大的痛苦，但是他终于惨痛地死去了。我那些熟人也不应该受尽痛苦早早死去，可是他们的坟头早已长满青草了。我怀着多么悲痛的心情诅咒过旧社会，为那些人喊冤叫屈。现在我却万分愉快、心情舒畅地歌颂像初升太阳一样的新社会。那些负屈含冤的善良的"小人物"要是死而有知，他们一定会在九泉含笑的。不断进步的科学和无比优越的新的社会制度已经征服了肺病，它今天不再使人谈虎色变了。这两天我重读《寒夜》，好像做了一个噩梦。但是这样的噩梦已经永远、永远地消失了！

1961年11月20日。

谈我的短篇小说[1]

　　我写过将近一百篇短篇小说，可是到现在我还讲不清楚短篇小说的定义。我对自己写过的那些短篇全不满意。我读过不少好的短篇作品，普希金的，泊桑的，契诃夫的，高尔基的……作者的名字太多了，用不着我在这里一一地举出来。有一个时期我特别喜欢当时所谓"被压迫民族"（当时更习惯用"弱小民族"这个不大适当的字眼）的作家们写的短篇小说：它们字数少，意义深，一字一句都是从实际生活里来的。那些作家把笔当作武器，替他的同胞讲话，不仅诉苦，伸冤，而且提出控诉，攻击敌人。那些生活里充满了苦难、仇恨和斗争，不仅是一个人的苦难和仇恨，而且是全体人民的，或者整个民族的。那些作家有苦要倾吐，有冤要控诉，他们应当成为人民或民族的代言人。他们应当慷慨激昂地发言，可是他们又没有那样的机会和权利，帝国主义者和殖民主义者不让他们讲得太多。所以他们必须讲得简单，同时又要讲得深，使读到他们作品的人不仅一下子就明白他们的话，而且还要长久记住他们的话。这些短篇中国过去介绍了一些，对中国的读者和作家都有一点点影响。我感觉到它们跟我们很接近，因为那个时候我们也受到内外的压迫，我们人口虽然众多，却被人当作"弱小民族""宰割"。不论是在北洋军阀或者蒋介石统治中国的时期，我们在自己的土地上，见到外国人不敢抬起头。我们受到国内统治阶级的压迫和剥削，同时也受到外国殖民主义者的剥削和压迫。有一个时期我们的记者对军阀政客说了不恭敬的话就要坐牢、砍头。有人写了得罪外国人的文章也会吃官司。二十三年前我在日本住过几个月。当时日本的报刊上天天骂中国，把中国人骂得狗血喷头。我实在气不过，写了一篇短文回敬几句（题目是《日本的报纸》）。谁知文章寄到国内，已经排好，

[1]　本篇最初发表于一九五八年六月《人民文学》六月号。

国民党的检查老爷终于看不顺眼把它抽去。在那一年四月溥仪到东京的前一两天，神田区警察署的几个便衣侦探半夜里闯进我的房间，搜查了一阵，就把我带到拘留所去关了十几个钟头。我出来写过一篇《东京狱中一日记》，寄给上海的《文学》月刊。在这篇文章里我比较心平气和地叙述我十几个钟头的经历，而且我删去了一些带感情的句子。我万想不到这篇文章仍然过不了检查老爷这一关。他还是用笔一勾，把它从编好的刊物中抽去。幸好他还不曾没收原稿。我后来在原稿上加了一点虚构的东西，删去东京和日本这一类的专名词，改成了一篇小说。这个短篇没有在刊物上发表，却收在集子里出版了。这就是《神·鬼·人》里的《人》，我还加了一个小标题：《一个人在屋子里做的噩梦》。那个时候国民党的图书杂志审查机构因为《闲话皇帝》的事件 [1] 得罪了日本人，已经偷偷地暂时撤销了。倘使它还存在的话，恐怕我连关在屋子里做噩梦的机会也不会有了！

　　我本来在讲所谓"被压迫民族"的短篇小说，讲它们对中国作家的影响，现在却扯到国民党检查老爷的身上了。为了对付检查老爷，我也学到一点"本事"。这也许跟那些小说有点关系。要通过检查，要使文章能够跟读者见面，同时又不写得晦涩难懂，那些小说的确是好的范本。可惜我没有好好地学习，自己也缺少写作的才能，所以在我的短篇小说里不容易找到它们的影响。我想起了我那篇叫做《狗》的小说，它也许有点像那一类的作品。这个短篇的主人公"我"把自己比作一条狗，希望自己变成一条狗。他"在地上爬"，他"汪汪地叫"。他向神像祷告说："那人上的人居然叫我做狗了。"他最后被人关在"黑暗的洞里"。他说："我要叫，我要咬!我要咬断绳子跑回我的破庙里去。"今天的青年读者也许会疑心我这个主人公有精神病。不然人怎么会愿意变狗呢？怎么会"在地上爬"、"汪汪地叫"呢？其实我的主人公是一个头脑清醒的人。他只是在控诉旧社会。旧社会中，就像在今天的英、美国家那样，穷人的生活的确比有钱人的狗还不如。几十年前上海租界公园门口就挂着"华人与犬不得入内"的牌子。殖民主义者把普通的中国人当作"狗"看待。小说里那些"白皮肤、黄头发、绿眼珠、高鼻

---

[1]　一九三五年五月《新生》周刊第一卷第十五期上发表了一篇杂文《闲话皇帝》，文中提到日本天皇裕仁的名字，日本外交当局便以侮辱友邦元首为由，向国民党政府提出抗议。国民党政府马上查封该刊，并判处该刊主编杜重远一年两个月的徒刑。

子"的"人上的人"就是指殖民主义者。小说主人公是在诅咒那些殖民主义者。他并不是真正在地上爬、汪汪叫，想变成一条狗。他在讲气话，讲得多么沉痛！"黑暗的洞"不用说是监牢。主人公最后给捉起来关在牢里去了。不过他仍然要反抗，要叫，要咬。我在这篇小说里写的是在内外的压迫与剥削下一个普通中国人的悲惨生活。小说一共不到五千字，是在一个晚上一口气写成的。我拿起笔，用不着多想，手一直没有停过。那天下午《小说月报》的编者托人带口信，希望我为他们写一个短篇。我吃过晚饭后到北四川路上走了一阵。那条马路当时被称为"神秘之街"，人行道上无奇不有。外国水手喝醉了，歪歪倒倒地撞来撞去，调戏妇女，拿酒瓶打人。有时发了火，他们还骂人为"狗"。我散步回家就拿起笔写小说。那个晚上我又听到了"狗"字，我自然很激动。我已经有了小说的题目。我写的是感情，不是生活。所以我用不着像工笔画那样地细致刻画，在五千字里面写出当时普通中国人的生活，我只需要写出一个普通中国人的感情。小说的结尾本来不是"要咬断绳子"的那一句。我原来的结尾是"我再也不能够跪在供桌前祷告了"。后来这篇小说翻成英文，英译者把最后这一句改为"我再也不向那个断手的神像祷告了"。我看到了译文才感觉到我原来那个结尾的确软弱。所以我一九三五年编辑短篇小说集的时候，便改写了结尾，加上"要咬断绳子"的话。

《狗》自然不是我的第一个短篇，不过它总是我早期的作品。其实不论是我早期的或后期的短篇，都不是成功之作。我在创作的道路上摸索了三十年，找寻最适当地表达自己思想感情的形式，我走了多少弯路，我的作品中那些自己的东西都是很不成熟的。《狗》也许是我自己比较满意的一篇，可以说是我的"创作"。我在前面说过它有点像当时所谓"被压迫民族"作家写的小说，也只是就情调而言。我和那些作家有相似的遭遇，也有一种可以说是共同的感情，所以作品的情调很接近。但是各人用来表现感情的形式却并不相同。我有我自己的东西。然而哪怕是我的"创作"，它也不是我凭空想出来的，它是从我的生活里来的。连那个"狗"字也是租界上的高等洋人和外国水手想出来的，我不过把它写在小说里罢了。

严格地说起来，我所有的作品都是从生活里来的。不过这所谓生活应当是我所经历的生活和我所了解的生活。生活本身原来极复杂，可能我了解得很简单；生活本身原来极丰富，可能我却只见到一些表面。一个作家了解生活跟他的世界观和立场都有极大的关系。我的生活知识本来就很有限，我的思想的局限性又妨碍我深刻地了解生活。所以我的作品有很多的缺点。这些缺点在我的短篇小说里是一眼就看得到的。我常常想到爱伦堡的话："一个人在二十岁上就成了专业作家，这是很危险的。他不可能做好作家，因为他不知道生活。"我觉得我充分了解这句话的意义。倘使拿我的短篇跟我所尊敬的几位前辈和同辈作家的短篇相比，就可以看出来我在二十几岁就成为专业作家是一件很不幸的事情了。

我在前面讲到我的短篇小说，把它们分成早期的和后期的。我的早期的作品大半是写感情，讲故事。有些通过故事写出我的感情，有些就直接向读者倾吐我的奔放的热情。我自己说是在申诉"人们失去青春、活动、自由、幸福、爱情以后的悲哀"，其实也就是在攻击不合理的资本主义社会制度。但是我并没有通过细致的分析和无情的暴露，也没有多摆事实，更没有明明白白地给读者指路。我只是用自己的感情去打动读者的心。在我早期的短篇里我写的生活面广，但是生活并不多。我后期的短篇跟我早期的作品不同。在后期的作品里我不再让我的感情毫无节制地奔放了。我也不再像从前那样唠唠叨叨地讲故事了。我写了一点生活，让那种生活来暗示或者说明我的思想感情，让读者自己去作结论。《小人小事》里的《兄与弟》、《猪与鸡》就是这一类的作品。但是这样的短篇似乎有一点点晦涩，而且它们在我的作品中也占少数。我在写作生活的初期也曾写过不倾吐感情、不讲故事的短篇小说。例如《罪与罚》，它写一个普通珠宝商人所犯的"罪"同他自己和他一家人所得到的"罚"。这是根据一九二八年巴黎报纸上的新闻改写的。完全是真人真事。我把报上几天的记载剪下来拼凑在一起来说明我自己的看法：资产阶级的法律是盲目的；"罚"往往大于"罪"。但是在这篇小说里我却没法指出另一件更重要的事实：有钱有势的人犯了"罪"却可以得到很轻的"罚"，甚至免于处"罚"。这个缺点倒不是来自我的思想的局限性。说老实话，我的材料限制了我。我缺乏生活，我也缺乏驾驭文字的能力。

我又扯远了。我在这里要说的只是一件事：我的绝大多数的作品都可以归类在早期作品里面。它们中间有的是讲故事，更多的是倾吐感情。可见我的确不是一个冷静的作者，我也没法创造精心结构的艺术品。我写小说不论长短，都是在讲自己想说的话，倾吐自己的感情。人在年轻的时候感情丰富，不知节制，一拿起笔要说尽才肯放下。所以我不断地声明我不是艺术家，也不想做艺术家。自然这也是我的一个缺点。

我在前面谈到《狗》的时候，我说过这个短篇是我的"创作"。但是我那许多讲故事、倾吐感情的短篇小说也并非无师自通、关起门凭空编造出来的。虽然小说里面生活不多，但也并非完全没有。知道多少写多少，这是找向老师学来的一样"本领"。三年前一位法国作家到我家里来闲谈。他跟我谈起鲁迅先生的短篇，又转到用第一人称写小说的问题，他问我，如果写自己不大熟悉的人和事情，用第一人称写，是不是更方便些。我回答："是。"我还说，屠格涅夫喜欢用第一人称讲故事，并不是因为他知道得少，而是因为他知道得太多，不过他认为只要讲出重要的几句话就够了。鲁迅先生也是这样，他对中国旧社会知道得多，也知道得深。我却不然，我喜欢用第一人称写小说，倒是因为自己知道的实在有限。自己知道的就提，不知道的就避开，这样写起来，的确更方便。我学写短篇小说，屠格涅夫便是我的一位老师，许多欧美的，甚至日本的短篇小说也都是我的老师。还有，鲁迅先生的《呐喊》和《彷徨》以及他翻译的短篇都可以说是我的启蒙先生。然而我所谓"学"，并不是说我写小说之前先找出一些外国的优秀作品仔细地研究分析，看他们第一段写什么，第二段写什么，结尾又怎么写，还有写景怎样，写人物怎样……于是做好笔记，记在心头，然后如法炮制。我并没有这样"学"过，因为我在写小说之前连做梦也没有想到自己会成为作家。我以前不过是一个爱好文学的青年，自小就爱读小说，长篇也读，短篇也读，先读中国的，然后读外国的。读的时候完全没有想过，我有一天也要写这样的东西，就像小孩喜欢听故事那样，小孩见到人就拉着请讲故事，并不是为了自己要做说故事的人。但是故事听得多了，听得熟了，小孩自己也可能编造起故事来。我读了不少的小说，也就懂得所谓"小说"、所谓"短篇小说"究竟是什么样的东西。我读的时候，从来不管第一段怎样，第二段怎样，或者第一章应当写什么，第二章应当写什么。作为读者，我关心的是人物的命运。我喜欢（或厌恶）一篇作品，主要是喜欢（或厌恶）它的内容，就像我们喜欢（或厌恶）一个人，是喜欢（或厌恶）他本人，他的品质；至于他的高矮、肥瘦以及他的服装打扮等等，那都是次要又次要的事。我向那许多位老师学到的也就是这一点。小说读多了，那些自己喜欢的过了好久都不会忘记。脑子里储蓄了几百篇小说，只要有话想说，有生活可写，动起笔来，总不会写出不像小说的东西。至于好坏，那是另一个问题。就拿我自己来说，没有人讲过我那些短篇不像小说，但是它们中间坏的多，好的少，不用别人讲，我自己也知道。因为我生活不够，因为我的思想有很大的局限性。我虽然"请"了好多很高明的老师，但是老师只能给我启发，因为作家进行"创作"，不能摹仿，更不能抄袭，他必须写自己的作品。常常有好心的读者过分地信任我，寄作品来要我修改。我不熟悉他所写的人物同生活，简直不知道应当从哪里改起。读者们错误地相信我掌握了什么技巧，懂得了一种窍门，因为他们忘记了最重要的东西：充实的生活同对生活的正确的认识和分析。这个最重要的东西却不是能够从百篇小说和几位作家老师那里学得到的。只有一直参加革命斗争、始终站稳无产阶级立场、而且具有马克思主义世界观的人才可以说是懂得了窍门。但是连他也不能代替别人创作。创作是艰苦的劳动。我写了三十年，到现在还只能说是一个学生。

我常常向人谈到启发。我们读任何好作品，哪怕只是浏览，也都可以得到启发。我那些早期讲故事的短篇小说很可能是受到屠格涅夫的启发写成的。屠格涅夫写过好些中短篇小说，有的开头写大家在一起聊天讲故事，轮到某某，他就滔滔不绝地说起来（我那篇《初恋》就是这一类的小说）；有的用第一人称直接叙述主人公的遭遇或者借主人公的嘴写出另一个人的悲剧。作为青年的读者，我喜欢他这种写法，我觉得容易懂，容易记住，不像有些作家的作品要读两三遍才懂得。所以我后来写短篇小说，就自然而然地采用了这种方法。写的时候我自己也感觉到亲切、痛快。所以三十年来我常常用第一人称写小说。我开始写短篇的时候，我喜欢让主人公自己讲故事，像《初恋》、《复仇》、《不幸的人》都是这样。讲故事便于倾吐感情，这就是说作者借主人公的口倾吐自己的感情；讲故事用不着多少生活，所以我可以写欧洲人和欧洲事，借外国人的嘴倾吐我这个中国人的感情。我的第一本小说集《复仇》里收的十几个短篇全是写外国人的，而且除了《丁香花下》一篇以外，全是用第一人称写的，不过小说里的"我"有男有女，有老有少，有中国人，也有外国人，有我自己，也有别人。我自己看看，觉得也不能说是完全不像外国人。我在法国住了两年，连法文也没有念好。但是我每天都得跟法国人接触，也多少看过一点外国人的生活。我知道的不用说只是一点表面。单单根据它来写小说是不够的。我当时并没有想到用第一人称写小说可以掩盖"生活不够"的缺点，我只要倾吐自己的感情。可是现在想来那倒是近乎取巧的办法了。

屠格涅夫写小说喜欢用第一人称，可能是他知道得太多，所以喜欢这种简单朴素的写法。普希金一定也是这样。鲁迅先生更不用说了。他那篇《孔乙己》写得多么好!不过两千几百字。还有《故乡》和《祝福》，都是用第一人称写的。然而我学会用这种写法，恰恰因为我知道得太少，我没法写出我自己所不知道的生活，我把我知道的那一点东西全讲出来，有何不可，不过这种写法也是无意地"学"到的。我开始写短篇的时候，从法国回来不久，还常常怀念那边的生活，也颇想在纸上留下一些痕迹，所以拿起笔写小说，倾吐感情，我就采用了法国生活的题材。因为自己对那种生活还有一点点感情，而又知道得不多，就自然地采用了第一人称讲故事的写法。例如《初恋》是根据一位留法同学的几封信改写的；非战小说《房东太太》是根据一位留法勤工俭学的朋友的初稿改写的，我还增加了后半篇，姑然太太痴等战死的儿子回来的故事。第三个短篇《洛伯尔先生》的背景就是我住过一年的玛伦河畔的某小城。关于这篇小说，我曾经写过这样的一段话：

在一九三〇年七月的某一夜里，我忽然从梦中醒了。在黑暗中我看见了一些悲惨的景象。我的耳边也响着一片哭声。我不能再睡下去，就起来扭开电灯，在清静的夜里一口气写完了短篇小说《洛伯尔先生》。我记得很清楚：我搁笔的时候，天已经大亮了。我走到天井里去呼吸新鲜空气，用我的带睡意的眼睛看天空。浅蓝色的天空中挂着大片粉红的云霞……

这一篇开了端，所以我接连地写了好些短篇小说。然而这种写法其实是"不足为训"的。但我早期的十几篇小说都是这样写成的。我事先并没有想好结构，就动笔写小说，让人物自己在那个环境里生活，通过编造的故事，倾吐我的感情。所以我的好些短篇小说都只讲了故事，没有写出人物。《洛伯尔先生》就是这样。我在那个小城住过一年，就住在小说里提到的中学校里面。学校后面有桥，有小河，有麦田。音乐家就是学校的音乐教员。卖花店里的确有一个可爱的少女。我和另一个中国同学在节日里总要到那里去买花送给中学校校长的夫人。校长有一个十二岁的女孩，名字就叫"玛丽波尔"。我把这些全写在小说里面了。又如《不幸的人》写了贫富恋爱的悲剧，这是极其平常的故事和写旧了的题材。我偶然在一张外国报上读到关于一九二七年八月在波士顿监狱里受电刑的樊塞蒂的文章，说他从意大利去美国之前有过这样不幸的遭遇。这不过是传闻，也可能是写稿的人故意捏造，樊塞蒂在他的自传里也没有谈到这样的事情。我后来为樊塞蒂一共写过两个短篇：《我的眼泪》和《电椅》。但是我却利用这个捏造的故事写了一个意大利流浪人的悲剧。我的确在法国马赛海滨街的小小广场上见过一个拉小提琴的音乐家，不过我并没有把他请到美景旅馆[1]来，虽然我曾经在美景旅馆五层楼上住过十二天，也曾经在那里见过日落的壮观，像我在小说中所描写的那样。我把那个捏造的恋爱故事跟我在马赛的见闻拼在一起，写成了那篇《不幸的人》。一九二八年十月底我在马赛等船回国，一共住了十二天，每天到一家新近关了门的中国饭店去吃三顿饭。这家饭店在贫民区，老板还兼做别的生意，所以我有机会见到一些古怪的小事情。我那篇《马赛的夜》（一九三二）就是根据那十二天的见闻写的。再如《亡命》，这篇小说写出了政治亡命者的痛苦。在当时的巴黎我见过从波兰、意大利、西班牙等国亡命来的革命者，也听到别人讲过他们的故事，还常常在报上读到他们的文章。意大利的革命者特别怀念充满阳光的意大利。我虽然跟他们不熟，但是我也能了解他们的思想感情。我去法国以前在中国就常有机会见到从日本或朝鲜亡命到中国来的革命者，也了解一点他们的生活。再说我们中国穷学生在巴黎的生活也跟亡命者的生活有点相似，国内反动势力占上风，一片乌烟瘴气。法国警察可以随便检查我们

---

[1] 小说里改为"美观旅馆"，我当时住的是"美景旅馆"。

的居留证，法国的警察厅可以随时驱逐我们出境。我一个朋友就是被驱逐回国的。唯一不同的是我们还可以回国，那些意大利人、那些西班牙人却没法回到他们的阳光明媚的国土。我的脑子里常常有那种人的影子，所以我在小说里也写出了一个影子。

我没法在这篇短文里谈到我所有的短篇小说，在这里把它们一一地详加分析。其实我这样做对读者也不会有好处。我在前面举的几个例子就可以说明一切。我讲了我所走过的弯路，我讲了我的一些缺点。我说明我为什么会写出那样的东西。我手边放着好几十封读者的来信，我把那些要我告诉创作经验的信放在一起。我没有回答那些热心的读者，因为我回答不出来。我不相信我的失败的经验会使青年朋友得到写作的窍门。倘使他们真有学习写作的决心和毅力，请他们投身到斗争的生活里面去学。要是他们在"生活"以外还想找一个老师，那么请他们多读作品，读反映今天新生活的作品；倘使还有多的时间，不妨再读些过去优秀作家的作品。任何作家都可以从好的作品那里得到启发。

我在这篇短文里不断地提到"启发"。可能还有人不了解我的意思，希望我讲得更具体些。那么让我在这里讲一个小故事来说明我所说的"启发"究竟是怎么一回事。

一八七三年一个春天的夜晚，列夫·托尔斯泰走进他大儿子谢尔盖的屋子里。谢尔盖正在读普希金的《别尔金小说集》给他的老姑母听。托尔斯泰拿起这本书，随便翻了一下，他翻到后面某一章的第一句："在节日的前夕客人们开始到了，"他大声说："真好。就应当这样开头。别的人开头一定要描写客人如何，屋子如何，可是他马上就跳到动作上面去。"托尔斯泰立刻走进书房，坐下来写了《安娜·卡列尼娜》的头一句："奥布浪斯基家里一切都乱了。"（我们读到的《安娜·卡列尼娜》却是以另外的一句开头的："幸福的家庭都是相似的；不幸的家庭各有各的不幸。"这是作者后来加上去的。）托尔斯泰在前一年就想到了这部小说的内容。一位叫做"安娜"的太太，因为跟她同居的男人爱上了他们的保姆，就躺在铁轨上自杀了。托尔斯泰当时了解了详细情形，也看到了验尸的情况。他想好了小说的情节，却不知道应当怎样开头。写过了《战争与和平》的大作家要写第二部长篇小说，居然会不知道怎样开头！人们常常谈到托尔斯泰的这个小故事。一九五五年逝世的德国大作家托马斯·曼有一次也提到"这个极动人的小故事"，他这样地解释道："他不停地在屋子里徘徊，找寻向导，不知道应当怎样开头。普希金教会了他，传统教会了他。……"

这个故事把"启发"的意义解释得非常清楚。托尔斯泰受到了普希金的"启发"，才写出《安娜·卡列尼娜》的开头。要是他那个晚上没有翻到普希金的小说，《安娜·卡列尼娜》的写作很可能推迟一些时候，而且他也很可能用另外的句子开始他这部不朽的作品。托尔斯泰不是在抄袭，也不是在摹仿，他是在进行创作，但是他也需要"启发"。二十几年前我听见人讲起，有一个中国青年作家喜欢向人宣传，他不读任何作品，免得受别人的影响。这个人很可能始终没有受到别人的影响，但是他至今没有写出一本好书。连托尔斯泰也要"找寻向导"，何况我们！虚心对从事创作的人总有好处。人的脑子又不是万能的机器，怎么离得开启发？

我刚才引用了托马斯·曼的话："普希金教会了他，传统教会了他。"说到"传统"，我想起了我们的短篇小说。我们也有同样的优秀的传统：朴素、简单、亲切、生动、明白、干净、不拖沓、不罗嗦。可惜我没有学到这些。我过去读"话本"和"三言二拍"之类的短篇不多，笔记小说我倒读过一些，但总觉得跟自己的感情离得太远。我从小时候起就喜欢看戏。我喜欢的倒是一些地方戏的折子戏。我觉得它们都是很好的短篇小说。随便举一个例子，川戏的《周仁耍路》就跟我写的那些短篇相似，却比我写得好。一个人的短短的自述把故事交代得很清楚，写内心的斗争和思想的反复变化相当深刻，突出了人物的性格，有感情，能打动人心，颇像西洋的优秀的短篇作品，其实完全是中国人的东西。可见我们的传统深厚。我们拥有取之不尽的宝山，只等我们虚心地去开发。每一下锄头或电镐都可以给我们带来丰富的收获。

至于其他，我没有在这里饶舌的必要了。

1958年5—6月。

谈我的"散文"[1]

有些读者写信来，要我告诉他们小说与散文的特点。也有人希望我能够说明散文究竟是什么东西。还有两三位杂志编辑出题目要我谈谈关于散文的一些问题。我没法满足他们的要求，因为我实在讲不出来。前些时候有一位远方的读者来信骂我，一定要我讲出来散文与小说的区别。我只好硬着头皮挨骂，因为我实在懂得太少，我不是一部字典或其他辞书。我并非故意在这里说假话，也不是过分谦虚。三十年来我一共出版了二十本散文集。我的第一本散文集《海行杂记》[2]还是在我写第一部小说之前写成的。最近我仍然在写类似散文的东西。怎么我会讲不出"散文"的特点呢？其实说出来，理由也很简单：我写文章，因为有话要说。我向杂志投稿，也从没有一位编辑先考问我一遍，看我是否懂得文学。我说这一段话，并非跑野马，开玩笑。我只想说明一件事情：一个人必须先有话要说，才想到写文章；一个人要对人说话，他一定想把话说得动听，说得好，让人家相信他。每个人说话都有自己的方法和声调，写出来的文章也不会完全一样。人是活的，所以文章的形式和体裁并不能够限制活人。我写文章的时候，常常没有事先想到我这篇文章应当有什么样的特点，我想的只是我要在文章里说些什么话，而且怎样把那些话说得明白。

我刚才说过我出版了二十本散文集。其实这二十本都是薄薄的小书，而且里面什么文章都有。有特写，有随笔，有游记，有书信，有感想，有回忆，有通讯报道……总之，只要不是诗歌，又没有故事，也不曾写出什么人物，更不是专门发议论讲道理，却又不太枯燥，而且还有一点点感情，像这样的文章我都叫做"散文"。也许会有人认为这样叫法似乎把散文的范围搞得太大了。其实我倒觉得把它缩小了。照欧洲人的说法，除了韵文就是散文，连长篇小说也包括在内。我前不久买到一部德国作家霍普特曼的四卷本《散文集》，里面收的全是长短篇小说。而且拿我个人的经验来说，有时候也不大容易给一篇文章戴上合式的帽子，派定它为"小说"或"散文"。例如我的《短篇小说选集》里面有一篇《废园外》，不过一千二三百字，写作者走过一座废园，想起几天前敌机轰炸昆明，炸死园内一个深闺少女的事情。我刚写完它的时候，我把它当作"散文"。后来我却把它收在《短篇小说选集》里，我还在《序》上说："拿情调来说，它接近短篇小说了。"但是怎样"接近"，我自己也说不出来。不过我也读过好些篇欧美或日本作家写的这一类没有故事的短篇小说。日本森鸥外的《沉默之塔》（鲁迅译）就比《废园外》更不像小说。但是我们可以在《现代日本小说集》里找到它。我的一位苏联朋友牧得罗夫同志翻译过我好几个短篇，其中也有《废园外》。我去年十一月在莫斯科见到他。他说他特别喜欢《废园外》。这说明也有人承认它是小说了。又如我一九五二年从朝鲜回来写了一篇叫做《坚强战士》的文章。我写的是"真人真事"，可是我把它当作小说发表了。后来《志愿军英雄传》编辑部的一位同志把这篇文章拿去找获得"坚强战士"称号的张渭良同志仔细研究了一番。张渭良同志提了一些意见。我根据他的意见把我那篇文章改得更符合事实。文章后来收在《志愿军英雄传》内，徐迟同志去年编《特写选》又把它选进去了。小说变成了特写。固然称《坚强战士》为"特写"也很适当，但是我如果仍然叫它做"短篇小说"，也不能说是错误。苏联作家波列伏依的好多"特写"就可以称为短篇小说。我过去出版的《短篇小说集》第二集里面有一篇《我的眼泪》，要是把它编进"散文集"，也许更恰当些，因为它更像散文。

我这些话无非说明文章的体裁和形式都是次要的东西，主要的还是内容。有人认为必须先弄清楚了"散文"的特点才可以动笔写"散文"。我就不同意这种说法。我从前在私塾里念书的时候，我的确学过作文。老师出题目要我写文章。我或者想了一天写不出来，或者写出来不大通顺，老师就叫我到他面前告诉我文章应当怎样写，第一段写什么，第二段写什么……最后又怎样结束。我当时并不明白，过了几年倒恍然大悟了。老师是在教我在题目上做文章。说来说去无非在题目的上下前后打转。这就叫做"作文"。那些时候不是我要写文章，是老师要我写，不写或者写不出就要挨骂甚至打手心。当时我的确写过不少这样的文章，里面一半是"什么论"、"什么说"，如《颍考叔纯孝论》、《师说》之类，另一半就是今天所谓的"散文"，例如《郊游》、《儿时回忆》、《读书乐》等等。就拿《读书乐》来谈罢，我那时背诵古书很感痛苦。老实说，即使背得烂熟，我也讲不清楚那些辞句的意义。我怎么写得出《读书乐》呢？但是作文不交卷，我就走不出书房，要是惹得老师不高兴，说不定还要挨几下板子。我只好照老师的意思写，先说人需要读书，又说读书的乐趣，再讲春、夏、秋、冬四时读书之乐。最后来一个短短的结束。我总算把《读书乐》交卷了。老师在文章旁边打了好些个圈，最后又批了八个字："水静沙明，一清到底"。我还记得文章中有"围炉可以御寒，《汉书》可以下酒"的话，这是写冬天读书的乐趣。老师又给我加上两句"不必红袖添香……"等等。其实一个十二三岁的少年，看见酒就害怕，哪里有读《汉书》下酒的雅兴？更不懂得什么叫"红袖添香"了。文章里的句子不是从别处抄来就是引用典故拼凑成的，跟"书"的内容并无多大关系。这真是为作文而作文，越写越糊涂了。不久我无意间得到一卷《说岳传》的残本，看到"何元庆大骂张用"一句，就接着看下去，居然全懂，因为书是用白话写的。我看完这本破书，就到处借《说岳传》全本来看，看到不想吃饭睡觉，这才懂得所谓"读书乐"。但这种情况跟我在《读书乐》中所写的却又是两样了。

我不仅学过怎样写"散文"，而且我从小就读过不少的"散文"。我刚才还说过老师告诉我文章应当怎样写，从第一段讲到结束。其实这样的事情是很少有的，这是在老师特别高兴、有极大的耐心开导学生的时候。老师平日讲得少，而且讲得简单。他唯一的办法是叫学生多读书，多背书。当时我背得很熟的几部书中间有一部《古文观止》。这是两百多篇散文的选集：从周代到明代，有"传"，有"记"，有"序"，有"书"，有"表"，有"铭"，有"赋"，有"论"，还有"祭文"。里面有一部分我背得出却讲不清楚；有一部分我不但懂而且喜欢，像《桃花源记》、《祭十二郎文》、

《赤壁赋》、《报刘一丈书》等等。读多了，读熟了，常常可以顺口背出来，也就能慢慢地体会到它们的好处，也就能慢慢地摸到文章的调子。不用说，这只能说是似懂非懂。然而现在有两百多篇文章储蓄在我的脑子里面了。虽然我对其中的任何一篇都没有好好地研究过，但是这么多的具体的东西至少可以使我明白所谓"文章"究竟是怎么一回事，可以使我明白文章并非神秘不可思议，它也是有条有理，顺着我们的思路连下来的。这就是说，它不是颠三倒四的胡话，不像我们常常念着玩的颠倒诗："一出门来脚咬狗，捡个狗子打石头……"这样一来，我就觉得写文章比从前容易些了，只要我的确有话说。倘使我连先生出的题目都不懂，或者我实在无话可说，那又当别论。还有一点我不说大家也想得到：我写的那些作文全是坏文章，因为老师爱出大题目，而我又只懂得那么一点点东西，连知识也说不上，哪里还有资格谈古论今!后来弄得老师也没有办法，只好批"清顺"二字敷衍了事。

但是我仍然得感谢我那两位强迫我硬背《古文观止》的私塾老师。这两百多篇"古文"可以说是我真正的启蒙先生。我后来写了二十本散文，跟这个"启蒙先生"很有关系。自然我后来还读过别的文章，可是却没有机会把它们一一背熟，记在心里了。不过读得多，即使记不住，也有好处。我们有很好的"散文"的传统，好的散文岂止两百篇? 十倍百倍也不止!

"五四"以后，从鲁迅先生起又接连出现了不少写新的散文的能手，像朱自清先生、叶圣陶先生、夏丏尊先生，我都受过他们的影响。任何一篇好文章都是容易上口的。哪怕你没有时间读熟，凡是能打动人心的地方，就容易让人记住。我并没有想到要记住它们，它们自己会时时到我的脑子里来游历。有时它们还会帮助我联想到别的事情。我常常说，多读别人的文章，自己的脑子就痒了，自己的手也痒了。读作品常常给我启发。譬如我前面提过的那篇日本作家森鸥外的小说《沉默之塔》，我正是读了它才忽然想起写《长生塔》（童话）的。然而《长生塔》跟《沉默之塔》中间的关系就只有一个"塔"字。我一九三四年在日本横滨写这篇童话骂蒋介石，而森鸥外却把他那篇反对文化压迫的"议论"小说当作一九一一年版尼采著作日文译本（《查拉图斯特拉》）的《代序》。我有好些篇散文和小说都是读了别人的文章受到"启发"以后拿起笔写的。我在前面所说的"影响"就是指这个。前辈们的长处我学得很少。例如我读过的韩（愈）、柳（宗元）、欧（欧阳修）、苏（东坡）的古文，或者鲁迅，朱自清、夏丏尊、叶圣陶诸先生的散文，都有一个极显著的特点：文字精炼，不罗嗦，没有多余的字。而我的文章却像一个多嘴的年轻人，一开口就不肯停，一定要把什么都讲出来才痛快。我从前写文章是这样，现在还是如此。其实我自己是喜欢短文章的。我常常想把文章写得短些，更短些。我觉得越短越好，越有力。然而拿起笔我就无法控制自己。可见我还不能驾驭文字；可见我还不知道节制。这是我的毛病。

自然我也写过一些短的东西，像收在一九四一年出版的散文集《龙·虎·狗》里面的一部分散文。其中如《日》、《月》、《星》三篇不过两百多字、三百多字和四百多字，但它们也只是一时的感想而已。这几百字中仍然有多余的字，更谈不到精炼。而且像这样短的散文我也写得不多。

我自己刚才说过，教我写"散文"的"启蒙老师"是中国的作品。但是我并没有学到中国散文的特点，所以可能有人在我的文章中嗅不出多少中国的味道。然而我说句老实话，外国的"散文"不论是essay（散文）或者sketch（随笔），我都读得很少。在成都学英文，念过半本美国作家华盛顿·欧文的《随笔集》，后来隔了好多年才读到英国作家吉星的《四季随笔》和日本作家厨川白村的essay等等，也不过数得出的几本。这些都是长篇大论的东西，而且都是从从容容地在明窗净几的条件下写出来的，对于只要面前有一尺见方的木板就可以执笔的我不会有多大的影响。倘使有人因为我的散文不中不西，一定要找外国的影响，那么我想提醒他：我读过很多欧美的小说和革命家的自传，我从它们那里学到一些遣辞造句的方法。我十几岁的时候没有机会学中文的修辞学，却念过大半本英文修辞学，也学到一点东西，例如散文里不应有押韵的句子，我一直就在注意。有一个时候我的文字欧化得厉害，我翻译过好几本外国书，没有把外国文变成很好的中国话，倒学会了用中国字写外国文。幸好我还有个不断地修改自己文章的习惯，我的文章才会有进步。最近我编辑自己的《文集》，我还在过去的作品中找到好些欧化的句子。我自然要把它们修改或者删去。但是有几个欧化的小说题目（例如

《爱的摧残》、《爱的十字架》等）却没法改动，就只好让它们留下来了。我过去做翻译工作多少吃了一点"扣字眼"的亏，有时明知不对，想译得活一点，又害怕有人查对字典来纠正错误，为了偷懒、省事起见，只好完全照外国人遣辞造句的方法使用中国文。在翻译上用惯了，自然会影响写作。这就是我另一个毛病的由来了。

我的两篇关于中国人民志愿军的小说和几篇在朝鲜写的通讯报导被译做英文印成小书以后，有位英国读者来信说这种热情的文章英国人不喜欢。也有人反映英国读者不习惯第一人称的文章，说是讲"我"讲得太多。这种说法也打中了我的要害。第一，我的文字毫无含蓄，很少一个句子里包含许多意思，让读者茶余饭后仔细思索、慢慢回味。第二，我喜欢用作者讲话的口气写文章，不论是散文或者短篇小说，里面常常有一个"我"字。虽然我还没有学到托尔斯泰代替马写文章，也没有学到契诃夫或夏目漱石代替狗写文章，我的作品中的"我"总是一个人，但是这个"我"并不就是作者自己，小说里面的"我"有时甚至是作者憎恶的人，例如《奴隶的心》里面的"我"。而且我还可以说，所有这些文章里并没有"自我吹嘘"或者"自我扩张"的臭味。我只是通过"我"写别人，写别人的事情。其实第一人称的小说世界上岂止千千万万!每个作家有他自己的嗜好。我喜欢第一人称的文章，因为写起来、读起来都觉得亲切。自然也有人不喜欢这种文章，也有些作家一辈子不让"我"在他的作品中出现。但是我仍然要说，我也并非"生而知之"的，连用"我"的口气写文章也有"老师"。我在这方面的"启蒙老师"是两本小说，而这两本小说偏偏是两位英国小说家写的。这两部书便是狄更斯的《大卫·考柏菲尔》和司蒂文生的《宝岛》。我十几岁学英文的时候念熟了它们，而且《宝岛》这本书还是一个英国教员教我念完的。那个时候我特别喜欢这两本小说。《大卫·考柏菲尔》从"我"的出生写起，写了这个主人公几十年的生活，但是更多地写了那几十年中间英国的社会和各种各样的人。《宝岛》是一部所谓的冒险小说，它从"我"在父亲开的客栈里碰见"船长"讲起，一直讲到主人公经历了种种奇奇怪怪的事情，取得宝藏回来为止，书中有文有武，有"一只脚"，有"独眼"，非常热闹。它们不像有些作品开头就是大段的写景，然后才慢慢地介绍出一两个人，教读者念了十几页还不容易进到书中去。它们却像熟人一样，一开头就把读者带进书中，以后越入越深，教人放不下书。所以它们对十几岁的年轻人会有那样大的影响。我并不是在这里推荐那两部作品，我只是分析我的文章的各种成分，说明我的文章的各种来源。

我在前面刚刚说过我的文章里面的"我"不一定就是作者自己。然而绝大部分散文里面的"我"却全是作者自己，不过这个"我"并不专讲自己的事情。另外一些散文里面的"我"就不是作者自己，写的事情也全是虚构的了。但是我自己有一种看法，那就是我的任何一篇散文里面都有我自己。这个"我"是不出场的，然而他无处不在。这不是说我如何了不起。决不!这只是说明作者在文章里面诚恳地、负责地对读者讲话，讲作者自己要说的话。我并不是拿起笔就可以写出文章;也不是只要编辑同志来信索稿，我的文思马上潮涌而来。我必须有话要说，有感情要吐露，才能够顺利地下笔。我有时给逼得没办法，坐在书桌前苦思半天，写了又涂，涂了又写，终于留不下一句。《死魂灵》的作者果戈理曾经劝人"每天坐在书桌前写两个钟头"。他说，要是写不出来，你就拿起笔不断地写："我今天什么都写不出来。"但是他在写《死魂灵》的时候，有一次在旅行中，走进一个酒馆，他忽然想写文章，叫人搬来一张小桌子，就坐在角落里，一口气写完了整整一章小说，连座位也没有离开过。其实我也有过"一挥而就"的时候。譬如我在朝鲜写的《我们会见了彭司令员》就是一口气写成的。虽然后来修改两次，也没有花费太多的时间。我想就这篇散文为例，简单地谈一谈。

这篇文章是一九五二年三月在中国人民志愿军政治部一个半山的坑道里写成的。我们一个创作组一共十七个男女同志，刚到"志政"的时候，分住在朝鲜老百姓的家里，睡到半夜，我们住处的附近忽然落了一个炸弹。所以第二天下午"志政"的甘主任就叫人把我们的行李全搬到半山上的坑道里去了。洞子很长，有电灯，里面还放了小床、小桌，倒有点像火车的车厢。山路相当陡，下雪天爬上山实在不容易。搬到坑道的那天晚上，我去参加了"志政"的欢迎晚会。我在二十日的日记里写着："十一点半坐宣传部卓部长的小吉普车回宿舍，他陪我在黑暗中上山。通讯员下山来接我。我几乎跌下去，幸而他把我拉住，扶我上去。"一连三夜都是这样。所以我的文章里面有一句"好容易走到宿舍的洞口"。的确是好不容易啊！

二十二日我们见了彭总（大家都是这样地称呼彭德怀司令员）以后，第二天下午我们创作组的全体同志开会讨论了彭总的谈话。在会上大家还讲了自己的印象和感想。同志们鼓励我写一篇"会见记"，我答应了下来。我二十五日的日记里有这样的话："黄昏前上山回洞。八时后开始写同志们要我写的《彭总会见记》，到十一点半写完初稿。"第二天（二十六日）我又有机会参加志愿军司令部欢迎细菌战调查团的大会，听了彭总一个半钟点的讲话，晚上才回到洞子里。这天的日记中又写着："根据今天再听彭总讲话的心得重写'会见记'，十一点写完。"二十七日我把文章交给同志们看过，他们提了一些意见。我又参考他们的意见增加了几句话，便把文章交给新华社了。二十八日彭总看到我的原稿，写了一封短信给我。他这样说：

"像长者对子弟讲话"一句可否改为"像和睦家庭中亲人谈话似的"？我很希望这样改一下，不知允许否？其次，我是一个很渺小的人，把我写的太大了一些，使我有些害怕！

彭总这个修改的意见提的很对，他更恰当地说出了当时的场面和我们大家的心情。我看见彭总以前，听说他是一个严肃的人，所以刚见到他的时候觉得他是一位长者。后来他坐在我们对面慢慢地谈下去，我们的确有一种跟亲人谈话的感觉。这封信跟他本人一样，谦虚、诚恳、亲切。他把自己看得"很渺小"，这是因为他对自己的要求太严格，太苛刻。一个人的确应当对自己严，对自己要求苛。单是这一点，彭总就值得我们好好地学习了。

彭总的信使我十分感动。我曾经这样地问过自己：我是不是编造了什么来恭维彭总呢？我的回答是：没有。我写这篇短文并不觉得自己在做文章，我不过老老实实而且简简单单地叙述我们会见彭总的情形。就好像那天回到洞里遇见一位朋友，跟他摆了一段"龙门阵"一样。连最后"冒雪上山，埋头看山下"一段也是当时的情景。全篇文章从头到尾，不论事实、谈话、感情都是真的。但是真实比我的文章更生动、更丰富、更激动人心。我们笔太无力了。那一天（二十二日）我的日记写得很清楚：

我们坐卡车到山下大洞内，在三反办公室等了一刻钟，彭总进来，亲切慈祥有如长者对子弟。第一句话就是"你们都武装起来了！"接着又说："你们里头有好几个花木兰。"又问："你们过鸭绿江有什么感想？"我们说："我们不是跨过鸭绿江，是坐车过来的。"他带笑纠正道："不，还是跨过的。"彭总谈话深入浅出，深刻、全面。谈话中甘泗淇主任和宋时轮副司令员也进来了。彭总讲了三小时。接着宋、甘两位也讲了话。宋副司令员最后讲到了"欢迎"。彭总接着说："我虽然没有说欢迎，可是我心里头是欢迎的。"会后彭总留我们吃饭。我和彭总谈了几句话，又和甘主任谈了一阵。三点吃饭，共三桌，有火锅。饭后在洞口休息。洞外大雪，寒风扑面。洞中相当温暖。回到洞内，五点半起放映了《海鹰号遇难记》和《团结起来到明天》两部影片。晚会结束后，坐卓部长车回到宿舍的山下。雪尚未止，满山满地一片白色。我和另一位同志在山下大声叫通讯员拿电筒下来接我们。山上积雪甚厚，胶底鞋很滑，全靠通讯员分段拉我们上山。回洞休息片刻，看表不过九点五十分。……

从这段日记也可以看出来我的文章写的很简单。它只是平铺直叙、朴实无华地讲会见的事情，从我们坐在办公室等候彭总讲起，一直讲到我们回宿舍为止。彭总给我们讲了三个钟头的话，我没法把它们全记录在文章里面，我只能引用了几段重要的。那几段他后来在欢迎会上的讲话中又重说了一遍。我听得更注意，自然我也记得更清楚。第二天听他讲话，印象更深。所以我回到宿舍就把头天写好的初稿拿出来修改和补充。我没有写吃饭的情形，饭桌上没有酒，大家吃得很快，谈话也不多。我把晚会省略了，晚会并无其他的节目，我只有在电影放完后离开会场时，才再见到彭总，跟他握手告别。在我的原稿上最后一段的开头并不是"晚上"两个字，却是"晚会结束后"一句话，在前一段的末尾还有表示省略的虚点。我想就这样简单地告诉读者，我们还参加了晚会。我的文章最初在《志愿军》报上发表，后来才由新华社用电讯发到国内。可能是新华社在发电讯稿的时候作了一些必要的删节：虚点取消，"晚会结束后"也改为"晚上"，"花木兰"，"跨过鸭绿江"，连彭总戒烟的小故事也都删去了。在第九段上，"我忘记了时间的早晚"下面，还删去了"我忘记了洞外的雪，忘记了洞内的阴暗的甬道，忘记了汽车上的颠簸，忘记了回去时的滑脚的山路。我甚至忘记了我们在国内听到的志愿军过去作战的艰苦"这些句子。这些都是我刚走进办公室的时候想到的，后来我的确把这一切全忘记了。但是新华社的删改也很有道理，至少文章显得"精炼"些。

我拉拉杂杂地讲了这许多，也到了结束的时候了。我不想有系统地仔细分析我的全部散文。我没有理由让它们耗费读者的宝贵时间。在这里我不过讲了我的一些缺点和我所走过的弯路。倘使它们能给今天的年轻读者一点点鼓舞和启发，我就十分满足了。我愿意看到数不尽的年轻作者用他们有力的笔写出反映今天伟大的现实的散文，我愿意读到数不尽的健康的、充满朝气的、不断地鼓舞读者前进的文章！

1958年4月。

我的"仓库"[1]

我第二次住院治疗，每天午睡不到一小时，就下床，坐在小沙发上，等候护士同志两点钟来量体温。我坐着，一动也不动，但并没有打瞌睡。我的脑子不肯休息。它在回忆我过去读过的一些书，一些作品，好像它想在我的记忆力完全衰退之前，保留下一点美好的东西。

我大概不曾记错吧，苏联作家爱伦堡在一篇演说中提到这样一件事情：卫国战争期间，列宁格勒长期被德军包围的时候，一个少女在日记中写着"某某夜，《安娜·卡列尼娜》"一类的句子。没有电，没有烛，整个城市实行灯火管制，她不可能读书，她是在黑暗里静静坐着回想书中的情节。托尔斯泰的小说帮助她度过了那些恐怖的黑夜。

我现在跟疾病做斗争，也从各种各样的作品中得到鼓励。人们在人生道路上的探索、追求使我更加热爱生活。好的作品把我的思想引到高的境界；艺术的魅力使我精神振奋；书中人物的命运让我在现实生活中见到未来的闪光。人们相爱，人们欢乐，人们受苦，人们挣扎，……平凡的人物，日常的生活，纯真的感情，高尚的情操激发了我的爱，我的同情。即使我把自己关在病房里，我的心也会跟着书中人周游世界、经历生活。即使在病中我没有精力阅读新的作品，过去精神上财富的积累也够我这有限余生的消耗。一直到死，人都需要光和热。

人们常说"作家是人类灵魂的工程师"，我有深的体会，我的心灵就是文学作品塑造出来的。当然不是一部作品，而是许多部作品，许多部内容不同的作品，而且我也不是"全盘接受"，我只是"各取所需"。最近坐在小沙发上我回忆了狄更斯的小说《双城记》。

---

[1] 本篇最初发表于一九八三年十二月二十六日香港《大公报·大公园》。

第一部分

读书

　　我最后一次读完《双城记》是一九二七年二月中旬在法国邮船"昂热"上，第二天一早邮船就要在马赛靠岸，我却拿着书丢不开，一直读到深夜。尽管对于一七八九年法国大革命，我和小说作者有不同的看法；尽管书中主要人物怀才不遇的卡尔顿是现实生活中所没有的；但是几十年来那个为了别人幸福自愿地献出生命从容走上断头台的英国人，一直在我的脑子里"徘徊"，我忘不了他，就像我忘不了一位知己朋友。他还是我的许多老师中的一位。他以身作则，教我懂得一个人怎样使自己的生命开花。在我遭遇噩运的时候他给了我支持下去的勇气。

　　我好久不写日记了。倘使在病房中写日记，我就会写下"某某日《双城记》"这样的句子。我这里没有书，当然不是阅读，我是在回忆。我的日记里可能还有"某某日《战争与和平》，某某日《水浒》"等等。安德列公爵受了伤躺在战场上仰望高高的天空；林冲挑着葫芦踏雪回到草料场……许多人物的命运都加强了我那个坚定不移的信仰：生命的意义在于付出，在于贡献；不在于接受，不在于获取。这是许多人所想象不到的，这是许多人所不能理解的。"文革"期间要是"造反派"允许我写日记，允许我照自己的意思写日记，我的日记中一定写满书名。人们会奇怪：我的书房给贴上封条、加上锁、封闭了十年，我从哪里找到那些书阅读？他们忘记了人的脑子里有一个大仓库，里面储存着别人拿不走的东西。只有忠实的读者才懂得文学作品的力量和作用。这力量，这作用，连作家自己也不一定清楚。

　　托尔斯泰的三大长篇被公认为十九世纪世界文学的高峰，但老人自己在晚年却彻底否定了它们。高尔基说得好："我不记得有过什么大艺术家会像他这样相信艺术（这是人类最美丽的成就）是一种罪恶。"可是我知道从来没有人根据作家的意见把它们全部烧毁。连托尔斯泰本人，倘使他复活，他也不能从我的"仓库"里拿走他那些作品。

　　　　　　　　　　　　　　　　　　　　　　　　11月20日。

多印几本西方文学名著[1]

我在两个月前写的一篇文章里说过这样一句："多印几本近代、现代的西方文学名著，又有什么不好呢？"这句话似乎问得奇怪。其实并不希奇，我们这里的确有人认为少印、不印比多印好，不读书比读书好。林彪和"四人帮"掌权的时候，他们就这样说、这样办，除了他们喜欢的和对他们有利的书以外，一切都不准印，不准看。他们还搞过焚书的把戏，学习秦始皇，学习希特勒。他们煽动年轻学生上街大"破四旧"，一切西方名著的译本都被认为是"封、资、修"的旧东西，都在"大破"之列。我还记得一九六七年春天，张春桥在上海发表谈话说四旧破得不够，红卫兵还要上街等等。于是报纸发表社论，大讲"上街大破"的"革命"道理，当天晚上就有几个中学生破门而入，把一只绘着黛玉葬花的古旧花瓶当着我的面打碎，另一个学生把一本英国作家史蒂文森的《新天方夜谭》拿走，说是准备对它进行批判。我不能说一个"不"字。在那七、八、九年中间很少有人敢挨一下西方文学名著，除了江青，她只读了少得可怜的几本书，就大放厥词，好像整个中国只有她一个人读过西方的作品。其他的人不是书给抄走下落不明，就是因为住房缩小，无处放书，只好秤斤卖出，还有人被迫改行，以为再也用不上这些"封、资、修"的旧货，便拿去送人或者卖到旧书店去。西方文学名著有汉译本的本来就不多，旧社会给我们留得太少，十七年中间出现过一些新译本，但数量也很有限，远远不能满足读者需要。经过"四人帮"对西方文学名著一番"清洗"之后，今天在书店里发卖的西方作品（汉译本）实在少得可怜。因此书店门前读者常常排长队购买翻译小说。读者的要求是不是正当的呢？有人不同意，认为中国人何必读西方的作品，何况它们大多数都

---

[1]　本篇最初发表于一九七九年一月十六日香港《大公报·大公园》

第一部分
读书

是"封、资、修"？这就是"四人帮"的看法。他们在自己的四周画了一个圈圈，把圈圈外面的一切完全涂掉、一笔抹杀，仿佛全世界就只有他们。"没有错，老子天下第一！"把外来的宾客都看做来朝贡的，拿自己编造的东西当成宝贝塞给别人。他们搞愚民政策，首先就使自己出丑。江青连《醉打山门》是谁写的都搞不清楚，还好意思向外国人吹嘘自己对司汤达尔"颇有研究"！自己无知还以为别人也同样无知，这的确是可悲的事情。只有在"四人帮"下台之后，我们才可以把头伸到圈圈外面看。一看就发现我们不是天下第一，而是落后一二十年。那么究竟是老老实实、承认落后、咬紧牙关、往前赶上好呢，还是把门关紧、闭上眼睛当"天下第一"好？这是很容易回答的。现在的问题是赶上别人，那么先要了解别人怎么会跑到我们前面。即使我们要批判地学习外国的东西，也得先学习，学懂了才能够批判。像"四人帮"那样连原书也没有挨过，就用"封、资、修"三顶帽子套在一切西方文学名著头上，一棍子打死，固然痛快，但是痛快之后又怎样呢？还要不要学，要不要赶呢？有些人总不放心，把西方文学作品看成羊肉，害怕羊肉未吃到，先惹一身羊骚。有些人认为不是社会主义国家的作品就难免没有毒素，让我们的读者中毒总不是好事，最好不出或者少出，即使勉强出了，也不妨删去一些"不大健康的"或者"黄色的"地方。不然就限制发行，再不然就加上一篇"正确的"前言，"四人帮"就是这样做了的。其实谁认真读过他们写的那些前言？

"四人帮"终于垮台了。他们成了不齿于人类的狗屎堆。他们害死了成千上万的人，历史会清算这笔账！他们还禁、毁了成千上万的书。人的冤案现在陆续得到平反，书的冤案也开始得到昭雪。我想起几年前的一件事。不是在一九六八年就在一九六九年，我在报上看到一篇文章，描述在北京火车站候车室里，一个女青年拿着一本书在读，人们看见她读得那样专心，就问她读的是什么书，看到她在读小说《家》，大家就告诉她这是一株大毒草，终于说服了她把《家》当场烧掉，大家一起批判了这本毒草小说。我读了这篇文章，不免有些紧张，当晚就做了一个梦：希特勒复活了，对着我大声咆哮，说是要焚书坑儒。今天回想起来，实在可笑。我也太胆小了，以"四人帮"那样的权势、威力、阴谋、诡计，还对付不了我这本小说，烧不尽它，也禁不绝它。人民群众才是最好的裁判员。他们要读书，他们要多读书。让"四人帮"的那些看法、想法、做法见鬼去吧。我还是那一句话："多印几本西方文学名著有什么不好呢？"

1月2日。

《巴金译文全集》第六卷代跋

树基：

前几年有人在一九二三年成都出版的《草堂》文艺月刊上发现我翻译的短篇小说。原来我在那时发表了一篇迦尔洵的小说。我在成都就只译过这一篇作品，是从英译本《俄罗斯短篇小说集》中译过来的，至于我在哪里找来这本书，连我自己也记不清楚。我只记得我表哥当时已经结婚移居乐山。这年我同三哥去上海，坐木船经过乐山。木船靠岸后，我们上岸去看望姑母和表哥。这是礼节性的拜望，我们离船的时间又不能长，姑母问了一些事，三哥答了一些话，就匆匆告辞走了。表哥讲话很少，显得消沉，我觉得他已经背上家庭的包袱了。

我说过，我常靠翻译来学习，我翻译迦尔洵的短篇小说《信号》（原译《旗号》），他在作品中表现的人道主义思想使我感动。

那个怀着满肚子怨气，抱怨"狼不吃狼，人却活生生地吃掉了人"的查道工瓦西里，他受到上级不公正待遇后，带着工具去撬铁轨，被他的同事谢明发现了。这个好心的邻人跑到铁轨那里，从自己的帽子上撕下一块棉布做成一面小旗，又从靴筒里抽出刀来，戳进他的左臂，用他的鲜血染红了小旗，并高举红旗阻止火车的前进。当火车头已经看得见时，他眼前一片黑，红旗也被扔掉，可红旗没落地，另一个人的手抓住了它。火车停住了，人们从火车上跳下来，围成一大群。瓦西里埋下头，努力地说："绑住我，我撬开了一节铁轨。"他的旁边躺着一个在血泊里失去知觉的人。《信号》就是这样一个故事。

这篇译文我没留底稿，后来重译了它，那是解放初期的事。当时师陀替上海出版公司编辑丛书，向我组稿。我译了几个短篇给他，一共出版了三小册，他很欣赏迦尔洵。八十年代我又把它们编成《红花集》，交给三联书店印行。师陀催稿的情景就在眼前。《红花集》出版，他已不在人世。师陀是一位有名的现实主义小说家，他讲究文体，一笔不苟，他本来应该写出更多的好作品，可是他没有机会发展他的才华。他受到不公平的待遇，小说《历史无情》被腰斩。十年大梦中，又倍受摧残，后来默默地死去，读者几乎忘记了他。最近听说有人要重印他的作品，希望这是事实。师陀的作品一定会流传下去。

二

我翻译王尔德童话也是为了学习，不过这是学习做人。我最爱的是王尔德的《快乐王子》。冬天来了，快乐王子的塑像"站得高，看得远"，什么地方什么人生活困难，他都看在眼里，他要求在他身上栖息的即将飞往南方的小燕子把他身上的宝贝取下来送给那些需要帮助的人，直到身上有价值的东西分散干净，小燕子也冻死在他脚下。

王尔德是有名的美学家。他那几篇童话有独特的风格，充满美丽的辞藻。快乐王子心碎而死，又被请进天堂，在为文与为人两方面，我都没有条件学习。因此拖到四二年我才拿起笔碰一碰王尔德的童话。我一个人在去成都的旅途中，身边只带了一本"王尔德"。我在当时发表的《旅途杂记》中写着"因为爱惜明媚的眼光，我还翻译了王尔德的一篇题作《自私的巨人》的童话，那一年我还在重庆翻译了《快乐王子》。"什么事都怕开头，一开头就会接下去。虽然以后我把书放回书架，但是两个人物一直拴住我。为了巨人和王子，我又把"王尔德"放在身边。

一年一年地过去，我感到寂寞痛苦的时候便求助于"王尔德"，译稿在一页一页地增加。几年后，书完成了，我对两个人物的理解加深了。这就是我的学习。

读书

三

我少年时期就喜欢念斯托姆的小说，特别是郭沫若翻译的《茵梦湖》。二五年我学习世界语的时候也曾背诵过世界语译本，这本书我去法国时带在身边，却没有想到邮船过印度洋时，我在三等舱甲板上失手把这本书落在海里。我极为懊丧。几年后我在上海友人那里看到一本《迟开的蔷薇》，是日本出版的袖珍本，作为德文自修课本用的，还有日文的解说。我向朋友把书要了来放在外衣口袋里，有空就拿出来念几段，我还可以背出一些。

记得一九三三年，我从天津三哥宿舍去北京沈从文家时，《迟开的蔷薇》就放在我的口袋里。所以，我的一篇散文《平津道上》里面引用了德国小说家的文字。

四三年我在桂林，从朋友陈占元那里借到斯托姆的《夏天的故事》（德文）拿回家去随意朗诵，有时动笔翻译几段，居然把《蜂湖》（《茵梦湖》）等两篇译完了。后来选出《迟开的蔷薇》等三篇集成了一个小册子在桂林发行。我曾写"后记"介绍，我说："我不想把它介绍给广大的读者。不过对一些劳瘁的心灵，这清丽的文笔，简单的结构，纯真的感情也许可以给少许安慰吧。"这是我当时的看法，今天我还是这样想。《在厅子里》这一篇也是从《夏天的故事》里翻译出来的，在友人熊佛西编的刊物上发表过，不曾收入集子。这次来不及修改了，就收在这个集子里面吧。

四

现在谈《六人》，这本书不是小说，也不是文学评论，它仍然是一部艺术作品。当时曾在范泉同志编的《文艺春秋》上连载过。后来又在文化生活出版社出版，"文革"后由三联书店重印。关于它，我在"文化生活"初版本上写过一个说明。已经过去五十年，我还想在这里借用一次，就抄在下面：

"人生的目的和意义究竟是什么？

"德国革命者洛克尔从世界文学名著中借用了六个人物和六

个解答——六条路，来说明他的人生观，来阐明他的改造世界的理想。六人便是他对那个曾经苦恼着无数人的大问题的一个答案。

"浮士德在书斋中探求人生的秘密，唐·璜在纵欲生活中享乐人生；疑惑腐蚀了哈姆雷特的生活力；唐·吉诃德的勇敢行动又缺乏心灵来指引；麦达尔都斯始终只想着自己，反而毁了他自己；冯·阿夫特尔丁根完全牺牲自我，却也不能救助人们。

"但是最后六个人联合在一块儿了。六条路合成了一条路。"

"新的国土的门打开了。新的人踏着新的土地。新的太阳带着万丈光芒上升。"

我在病床上看到的也还是这样。

巴金　1996年1月12日。

巴金

读书与做人

我的几个先生[1]

我接到了你的信函，这的确是意外的，然而它使我更高兴。不过要请你原谅我，我失掉了你的通信地址，没法直接寄信给你，那么就让我在这里回答你几句，我相信你能够看见它们。

那天我站在开明书店的货摊旁边翻看刚出版的《中流》半月刊创刊号，你走过来问我一两件事，你的话很短，但是那急促而颤抖的声音却达到了我的心的深处。我和你谈了几句话，我买了一本《中流》，你也买了一本。我看见你到柜上去付钱，我又看见你匆匆地走出书店，我的眼前还现着你的诚恳的面貌。我后来才想起我忘记问你的姓名，我又因为这件事情而懊恼了。

第二天意外地来了你的信，你一开头就提起《我的幼年》这篇文章，你说了一些令人感动的话。朋友，我将怎样回答你呢？我的话对你能够有什么帮助呢？我的一番话并不能够解除谁的苦闷；我的一封信也不能够给谁带来光明。我不能说："我是世界的光，跟从我的，就不在黑暗里走，必要得着生命的光。"[2]因为我是一个平凡到极点的人。

朋友，相信我，我说的全是真话。我不能够给你指出一条明确的路，叫你马上去交出生命。你当然明白我们生活在什么样的时代，处在什么样的环境；你当然知道我们说一句什么样的话，或者做一件什么样的事，就会有什么样的结果。要交出生命是很容易的事情，但是困难却在如何使这生命像落红一样化着春泥，还可以培养花树，使来春再开出灿烂的花朵。这一切你一定比我更明白。路是有的，到光明去的路就摆在我们的面前，不过什么时候才能够达到光明，那就是问题了。这一点你一定也很清楚。路你自己也会找到。这些都用不着我来告诉你。但是对于你的来信我觉得我仍然应该写几句

[1] 本篇最初发表于一九三六年九月二十五日《中流》第一卷第二期。

[2] 见《新约·约翰福音》第八章第十二节。

第二部分 做人

回答的话。你谈起我的幼年，你以为你比从前更了解我，你说我说出了你很久就想说而未说出的话，你告诉我你读我的《家》读了一个通夜，你在书里见到你自己的面影——你说了那许多话。你现在完全知道我是在怎样的环境里长成的了。你的环境和我的差不多，所以你容易了解我。

我可以坦白地说，《我的幼年》是一篇真实的东西。然而它不是一篇完整的文章，它不过是一篇长的作品的第一段。我想写的事情太多了，而我的拙劣的笔却只许我写出这么一点点。我是那么仓卒地把它结束了的。现在我应该利用给你写信的机会接着写下去。我要来对你谈谈关于我的先生的话，因为你在来信里隐约地问起"是些什么人把你教育成了这样的"。

在给香港朋友的信里，我说明了"是什么东西把我养育大的"。现在我应该接着来回答"是些什么人把我教育成了这样的"这个问题了。这些人不是在私塾里教我识字读书的教书先生，也不是在学校里授给我新知识的教员。我并没有受到他们的什么影响，所以我很快地忘记了他们。给了我较大影响的还是另外一些人，倘使没有他们，我也许不会成为现在这个样子。

我的第一个先生就是我的母亲。我已经说过使我认识"爱"字的是她。在我幼小的时候，她是我的世界的中心。她很完满地体现了一个"爱"字。她使我知道人间的温暖；她使我知道爱与被爱的幸福。她常常用温和的口气，对我解释种种的事情。她教我爱一切的人，不管他们贫或富；她教我帮助那些在困苦中需要扶持的人；她教我同情那些境遇不好的婢仆，怜恤他们，不要把自己看得比他们高，动辄将他们打骂。母亲自己也处过不少的逆境。在大家庭里做媳妇，这苦处是不难想到的。[1]但是母亲从不曾在我的眼前淌过泪，或者说过什么悲伤的话。她给我看见的永远是温和的、带着微笑的脸。我在一篇短文里说过："我们爱夜晚在花园上面天空中照耀的星群，我们爱春天在桃柳枝上鸣叫的小鸟，我们爱那从树梢洒到草地上面的月光，我们爱那使水面现出明亮珠子的太阳。我们爱一只猫，一只小鸟。我们爱一切的人。"这个爱字就是母亲教给我的。

因为受到了爱，认识了爱，才知道把爱分给别人，才想对自己以外的人

---

[1]　《家》里面有一段关于母亲的话，还是从大哥给我的信里摘下来的："她又含着眼泪把她嫁到我们家来做媳妇所受的气——一告诉我。……爹以过班知县的身份进京引见去了。她在家里日夜焦急地等着……这时爹在北京因验看被驳，陷居京城。消息传来，爷爷时常发气，家里的人也不时揶揄。妈心里非常难过。……她每接到爹的信总要流一两天的眼泪。"

做一些事情。把我和这个社会联起来的也正是这个爱字，这是我的全性格的根柢。

因为我有这样的母亲，我才能够得到允许（而且有这种习惯）和仆人、轿夫们一起生活。我的第二个先生就是一个轿夫。

轿夫住在马房里，那里从前养过马，后来就专门住人。有三四间窄小的屋子。没有窗，是用竹篱笆隔成的，有一段缝隙，可以透进一点阳光，每间房里只能放一张床，还留一小块地方做过道。轿夫们白天在外面奔跑，晚上回来在破席上摆了烟盘，把身子缩成一堆，挨着鬼火似的灯光慢慢地烧烟泡。起初在马房里抽大烟的轿夫有好几个，后来渐渐地少了。公馆里的轿夫时常更换。新来的年轻人不抽烟，境遇较好的便到烟馆里去，只有那个年老瘦弱的老周还留在马房里。我喜欢这个人，我常常到马房里去，躺在他的烟灯旁边，听他讲种种的故事。他有一段虽是悲痛的却又是丰富的经历。他知道许多、许多的事情，他也走过不少的地方，接触过不少的人。他的老婆跟一个朋友跑了，他的儿子当兵死在战场上。他孤零零的活着，在这个公馆里他比谁更知道社会，而且受到这个社会不公平的待遇。他活着也只是痛苦地捱日子。但是他并不憎恨社会，他还保持着一个坚定的信仰：忠实地生活。用他自己的话来说："火要空心，人要忠心。"他这"忠心"并不是指奴隶般地服从主人。他的意思是忠实地依照自己的所信而活下去。他的话和我的母亲的话完全两样。他告诉我的都是些连我母亲也不知道的事情。他并不曾拿"爱"字教我。然而他在对我描绘了这个社会的黑暗面，或者叙说了他自己的悲痛的经历以后，就说教似地劝告我："要好好地做人，对人要真实，不管别人待你怎样，自己总不要走错脚步。自己不要骗人，不要亏待人，不要占别人的便宜。……"我一面听他这一类的话，一面看他的黑瘦的脸、陷落的眼睛和破衣服裹住的瘦得见骨的身体，我看见他用力从烟斗里挖出烧过两次的烟灰去拌新的烟膏，我心里一阵难受，但是以后禁不住想是什么力量使他到了这样的境地还说出这种话来！

马房里还有一个天井，跨过天井便是轿夫们的饭厅，也就是他们的厨房。那里有两个柴灶。他们做饭的时候，我常常跑去帮忙他们烧火。我坐在灶前一块石头上，不停地把干草或者柴放进灶孔里去。我起初不会烧火，看

第二部分
做人

看要把火弄灭了，老周便把我拉开，他用火钳在灶孔里弄几下，火就熊熊地燃了起来。他放下火钳得意地对我说："你记住，火要空心，人要忠心。"的确，我到今天还记得这样的话。

我从这个先生那里略略知道了一点社会情况。他使我知道在家庭以外还有所谓社会，而且他还传给我他那种生活态度。日子一天一天像流星似地过去。我渐渐地长大起来。我的脚终于跨出了家庭的门限。我认识了一些朋友，我也有了新的经历，在这些朋友中间我找到了我的第三个先生。

我在一篇题作《家庭的环境》的回忆里，曾经提到对于我的智力的最初发展有帮助的两个人，那就是我的大哥和一个表哥。我跟表哥学过三年的英文；大哥买了不少的新书报，使我能够贪婪地读它们。但是我现在不把他们列在我的先生里面，因为我在这里说的是那些在生活态度上（不是知识上）给了我很大的影响的人。

在《我的幼年》里，我叙说过我怎样认识那些青年朋友。这位先生就是那些人中间的一个。他是《半月》的一个编辑，我们举行会议时总有他在场；我们每天晚上在商场楼上半月报社办事的时候，他又是最热心的一个。他还是我在外国语专门学校的同学，班次比我高。我刚进去不久，他就中途辍了学。他辍学的原因是要到裁缝店去当学徒。他的家境虽不宽裕，可是还有钱供他读书。但是他认为"不劳动者不得食"，说"劳动是神圣的事"[1]。他为了使他的言行一致，毅然脱离了学生生活，真的跑到一家裁缝店规规矩矩地行了拜师礼，订了当徒弟的契约。每天他坐在裁缝铺里勤苦地学着做衣服，傍晚下工后才到报社来服务。他是一个近视眼，又是初学手艺，所以每晚他到报社来的时候，手指上密密麻麻地满是针眼。他自己倒高兴，毫不在乎地带着笑容向我们叙述他这一天的有趣的经历。我们不由得暗暗地佩服他。他不但这样，同时还实行素食。我们并不赞成他的这种苦行，但是他实行的毅力和刻苦的精神却使我们齐声赞美。

他还做过一件使我们十分感动的事，我曾把它写进了我的小说《家》。事情是这样的：他是《半月》的四个创办人之一，他担负大部分的经费。刊物每期销一千册，收回的钱很少。同时我们又另外筹钱刊印别的小册子，

---

[1] 他很喜欢当时一个流行的标语："人的道德为劳动与互助：唯劳动乃能生活；唯互助乃能进化。"

他也得捐一笔钱。这两笔款子都是应当按期缴纳不能拖延的。他家里是姐姐管家，不许他"乱用"钱。他找不到钱就只好拿衣服去押当，或是当棉袍，或是当皮袍。他怕他姐姐知道这件事，他出去时总是把拿去当的衣服穿在身上，走进了当铺以后才脱下来。当了钱就拿去缴月捐。他常常这样办，所以他闹过热天穿棉袍的笑话，也有过冬天穿夹袍的事情。

我这个先生的牺牲精神和言行一致的决心，以及他不顾一切毅然实行自己主张的勇气和毅力，在我的生活里留下了不可磨灭的影响。我第一次在他的身上看见了信仰所开放的花朵。他使我第一次知道一个人的毅力会做出什么样的事情。母亲教给我"爱"；轿夫老周教给我"忠实"（公道）；朋友吴教给我"自己牺牲"。我虽然到现在还不能够做到像他那样地"否定自己"，但是我的行为却始终受着这个影响的支配。

朋友，我把我的三个先生都简略地告诉你了。你现在大概可以明白是些什么人把我教育到现在这个样子的罢。我自己相当高兴，我毕竟告诉了你一些事情，这封信不算是白白地写了。

1936年9月。

第二部分

做人

死[1]

像斯芬克司[2]的谜那样，永远摆在我眼前的是一个字——死。

想了解这个字的意义，感觉到这个字的重量，并不是最近才有的事。我如果从忙碌的生活中逃出来，躲在自己的房间里，静静地思索片刻，像一个旁观者似地回溯我的过去，便发现在一九二八年我的日记的断片中，有两段关于死的话。一段的大意是：忽然想到死，觉得死逼近了，但自己却不甘心这样年轻就死去。自己用了最大的努力跟死挣扎，后来终于把死战胜了。另一段的大意是：今天一个人在树林中散步，忽然瞥见了死，心中非常安静，觉得死也不过如此。……我那时为什么要写这样的话？当时的心情经过八九年岁月的磨洗，已经成了模糊的一片。我记得的是那时过着秋水似的平静的生活，地方是法国玛伦河畔的一个小城镇。在那里我不会看见惊心动魄的惨剧。我所指的"死"多半是幻象。

幻象有时也许比我所看见的情景更真切。我自小就见过一些人死。有的是慢慢地死去，有的死得快。但给我留下的却是同样的不曾被人回答的疑问：死究竟是什么？我常常好奇地想着我要来探求这个秘密。然而结果我仍是一无所得。没有一个死去的人能够回来告诉我死究竟是怎么一回事情。

有时我一个人关在房里，夜晚不点灯，我静静地坐在椅子上，两只眼睛注意地望着黑暗。我什么也看不见。但是我依旧注意地望着。我也不用思想。这时死自然地来了，但也只是一刹那间的事，于是它又飘飘然走了。死并不可怕。自然死也不能引诱人。死是有点寂寞的。岂止有点寂寞，简直是十分寂寞。

---

[1] 本篇最初发表于一九三七年四月十五日《文丛》第一卷第二号。
[2] 希腊神话：斯芬克司是狮身女面、有双翼的怪物，常常坐在路旁岩石上，拦住行人，要他们猜一个难解的谜，猜不中的人便会给她弄死。

我那时的确是一个不近人情的孩子（以后自然也是）。我把死看作一个奇异的所在。我一两次大胆地伸了头在那半掩着的门前一望。门里是一片漆黑。我什么东西都看不见。这探求似乎是徒然的。

有一次我和死似乎隔得很近。那是在成都发生巷战的时候。其实说巷战，还不恰当，因为另一方面的军队是在城外。城外军队用大炮攻城，炮弹大半落在我们家里，好几间房屋毁坏了，到处都是尘土，我们时时听见大炮声、屋瓦震落声与家人惊叫声。一家人散在四处，无法聚在一起，也不知道彼此的生死。我记得清楚，那是在一九二三年二月十二日（阴历），也就是所谓"花朝"（百花生日），午前十一点钟的光景。我起初还在大厅上踱着，后来听说家里的人大半都躲到后面新花园里去了，我便跑到书房里去。教书先生在那里，不过没有学生读书。不久三哥也来了。我们都不说话，静静地听着炮声。窗外是花园，从玻璃窗望出去，玉兰花刚开放，满树满枝的白玉花朵已经引不起我们的注意。他们垂着头坐在书桌前面。我躺在床上，头靠着床背后的板壁。炮弹带着春雷似的巨响从屋顶上飞过。我想，这一次它会落到我的头上来罢。只要一瞬的功夫，我便会落在黑暗里，从此人和我隔了一个世界，留给我的将是无穷的寂寞。……这时我的确感到很大的痛苦。死并不使我害怕。可怕的是徘徊在生死之间的那种不定的情形。我后来想，倘使那时真有一个炮弹打穿屋顶，向着我的头落下来，我会叫一声"完了"，就放心地闭上了眼睛，不会有别的念头。我用了"放心地"三个字，别人也许觉得奇怪。但实际上紧张的心情突然松弛了，什么留恋、耽心、恐怖、悔恨、希望，一刹那间全都消失得干干净净，那时心中确实是空无一物。爱德华·加本特在他的一本研究爱与死的书里说："在大多数的场合中，它（指死）是和平的，安静的，还带着一种深的放心的感觉，"[1]这是很有理由的。

我还见过一次简单的死。川、黔军在成都城内巷战的时候，对门公馆里的一个轿夫（或者是马弁，因为那家的主人是什么参议、顾问之类）站在我家门前的太平缸旁边，跟人谈闲话。一颗子弹落在街心，再飞起来，打进了那个人的胸膛。他轻轻叫了一声，把手抚着胸倒在地上。什么惊人的动作也

---

[1] 见英国作家爱·加本特（1844—1929）的《爱与死的戏剧》。

没有。他完结了，这么快，这么容易。这一点也不可怕，我又想起加本特的话来了。他说死人的脸上有时还会闪着一种忘我的光辉，好像新的生命已经预先投下它的光辉来了。他甚至在战地遗尸的脸上见过这样的表情。他以为死是生命的变形内的生命的解脱。

据说加本特的研究方法是科学的，但是"死"这个谜到现在为止似乎还不曾得到一个确定的解答。我更爱下面的一种说法：死是"我"的扩大。死去同时也就是新生，那时这个"我"渗透了全宇宙和其它的一切东西。山、海、星、树都成了这个人的身体的一部分，这一个人的心灵和所有的生物的心灵接触了。这种经验是多么伟大，多么光辉，在它的面前一切小的问题和疑惑都消失了。这才是真正的和平，真正的休息。

这自然是可能的。我有时也相信这种说法。但是这种说法毕竟太美丽了。而且我不曾体验到这样的一个境界。我想到"死"的时候，从没有联想到这一个死法。我看见的是黑的门、黑的影子。倒是有一两次任何事情都不去想的时候，我躺在草地上，望着傍晚的天空和模糊的山影、树影，我觉得自己并不存在了，我与周围的一切合在一起变成了一样东西。然而这感觉很快地就消失了。要把它捉回来，简直不可能。但这和死完全没有关系，并不能证实前面的那种说法。

我忽然想起了一件事。我在前面说过没有一个死了的人能够回来告诉我关于死的事情。对于这句话我应该加以更正。我有一个朋友患伤寒症曾经死过几小时，后来被一位名医救活了。在国外的几个友人还为他开过一个追悼会。他后来对我谈起他的死，他说他那时没有一点知觉，死就等于无梦的睡眠。加本特认识一位太太，她患重病死了两三个钟头，家人正要给她举办丧事，她忽然活转来了。此后她又活了三四年。据说她对于死也没有什么清晰的感觉。但有一点她和我那位朋友不同。她是一个意志力极坚强的女人，她十分爱她的儿女，她不能舍弃他们，所以甚至在这无梦的睡眠中她还保持着她的"求生的意志"。这意志居然战胜了死，使她多活了几年。诗人常说"爱征服死"。爱的确可以征服死，这里便是一个证据。若就我那位朋友的情形来说，那却是"科学把死征服"了。

像这样的事情倒是我们常常会遇见的。然而从死过的人的口里我们却不曾听过一句关于死的恐怖的话。许多人在垂危的病中挣扎地叫着"我不要死",可是等到死真的来了时,他(或她)又顺服地闭了眼睛。的确这无梦的睡眠,永久的安息,是一点也不可怕的。可怕的倒是等死。而且还是周围那些活着的人使"死"成为可怕的东西。那些眼泪,那些哭声,那些悲戚的面容……使人觉得死是一个极大的灾祸。而天堂地狱等等的传说更在"死"上面罩了一个可怕的阴影。我在小孩时代就学会了怕死。别的许多人的遭遇和我的不会相差多远。

世间不知道有多少人因为怕死甘愿低头去做种种违背良心的事情。真正视死如归的勇士是不多见的。像耶稣被钉在十字架,布鲁诺上火柱[1]……像这样毫不踌躇地为信仰牺牲生命的,古今来能有几人!

人怕死,就因为他不知道死,同时也因为不知道他自己。其实他所害怕的并不是死,我读过一部通俗小说[2],写一个被百口称作懦夫的人怎样变成勇敢的壮士。这是一个临阵脱逃的军官。别人说他怕死,他自己也以为他怕死。后来为环境所迫,他才发见了自己的真面目。他并不是一个怕死的人。他怕的却是"怕死"的"怕"字。他害怕自己到了死的时候会现出怯懦的样子,所以他逃避了。后来他真正和死对面时却没有丝毫的畏惧。许多人的情形大概都和这个军官的类似。真正怕死的人恐怕也是很少很少的罢。倘使大家都能够明白这个,那么遍天下皆是勇士了。

"死"不仅是不可怕,它有时倒是值得愿望的,因为那才是真正的休息,那才是永久的和平。正如俄国政治家拉吉穴夫所说:"不能忍受的生活应该用暴力来毁掉,"一些人从"死"那里得到了拯救。拉吉穴夫自己就是服毒而死的(在一八〇二年)。还有俄罗斯的女革命家,"五十人案"中的女英雄苏菲·包婷娜后来得了不治之病,知道没有恢复健康的希望了,她不愿意做一个靠朋友生活的废人,便用手枪自杀。那是一八八三年的事情。去年夏天《狱中记》[3]的作者柏克曼在法国尼斯用手枪结束了自己的生命。他患着重病,又为医生所误,两次的手术都没有用。他的目力也坏了。他不能够像残废者那样地过着日子。所以有一次在他发病的时候,他的女友出去为

[1] 不用说,这是指旧社会中说的。乔·布鲁诺是意大利伟大的思想家,因传播无神论,批评宗教和教皇的特权等等受到宗教的审判,一六〇年在罗马受火刑,活活地被烧死在火柱上。

[2] 通俗小说:指《四羽毛》,这是一本宣扬英帝国主义"功绩"的坏书。

[3] 《狱中记》:这是一个年轻人在美国监狱中十四年生活的记录。

第二部分 做人

他请医生，躺在病床上的他却趁这个机会拿手枪打了自己。四十四年前他的枪弹不曾打死美国资本家亨利·福利克，这一次却很容易地杀死了他自己。在他留下的短短的遗书里依旧充满着爱和信仰。他这个人虽然只活了六十几岁，但他确实是知道怎样生，知道怎样死的。

在这样的行为里面，我们看不见一点可怕或者可悲的地方。死好像只是一件极平常、极容易、极自然的事情。甚至在所谓"卡拉监狱的悲剧"[1]里，也没有令人恐怖的场面。我们且看下面的记载：

> ……波波何夫与加留席利二人都吞了三倍多的吗啡，很快地就失了知觉。夜里波波何夫还醒过一次。他听见加留席利喉鸣，他想把加留席利唤醒。他抱着他的朋友，在这个朋友的脸上狂吻了许久。后来他看见这个朋友不会再醒了，他又抓了一把鸦片烟吞下去，睡倒在加留席利的身边，永闭了眼睛。

谁会以为这是一个令人伤心断肠的悲剧呢？多么容易，多么平常（不过对于生者当然是很难堪的）。美国诗人惠特曼在美国内战的时期，曾在战地医院里服务，他一定见过许多人死，据他说在许多场合中"死"的到来是十分简单的，好像是日常生活里一件极普通的事情，"就像用你的早餐一样。"

关于"死"的事情我写了八张原稿纸，我把问题整个地想了一下，我觉得我多少懂得了一点"死"。其实我果真懂得"死"吗？我自己也没有胆量来下一个断语。我的眼光正在书堆中旅行，它忽然落到了一本日文书上面停住了。我看书脊上的字：

死之忏悔　　古田大次郎[2]

我不觉吃了一惊，贯串着这一本将近五百页的巨著的，不就是同样的一

---

[1] "卡拉监狱的悲剧"：这是为了给一个女囚人雪耻的同盟自杀，参加者女囚人三个（先死），男囚人十四个。事情发生于一八八九年。雷翁·独意奇的《西伯利亚的十六年》中有详细的记载。
[2] 《死之忏悔》：日本东京春秋社出版（一九二六年）。

个"死"字么？

"死究竟是什么呢？"

那个年轻的作者反复地问道。他的态度和我的是不相同的。他不是一个作家，此外也不曾写过什么东西。其实他也不能够再写什么东西，这部书是他在死囚牢中写的日记，等原稿送到外面印成书时，作者已经死在绞刑台上了。我见过一张作者的照片，是死后照的。是安静的面貌，一点恐怖的表情也没有。不像是死，好像是无梦的睡眠。看见这照像就想到作者的话："一切都完了。然而我心里并没有受到什么打击，很平静的。像江口君的话，既然到了那个地步，不管是苦，不管是烦闷，我只有安然等候那死的到临。"这个副词"安然"用得没有一点夸张。他的确是安然死去的。他上绞刑台的时候，怀里揣着他妹妹寄给他的一片树叶，和他生前所喜欢的一只狗和一只猫的照片。这样地怀着爱之心而死，就像一个人带着宽慰的心情静静地睡去似的。这安然的死应该说是作者的最后胜利。

然而我读了这两百多天的日记[1]，我想到一个二十六岁的青年在狱中等死的情形，我在字句间看出了一个人的内心的激斗，看出了血和泪的交流。差不多每一页，每一段上都留着挣扎的痕迹。作者能够达到那最后的胜利，的确不是容易的事。

> 我感着生的倦怠么？不！
>
> 对于死的恐怖呢？曾经很厉害地感着。现在有时感到，有时感不

---

[1] 《死之忏悔》中的日记到九月十七日为止，作者于十月十五日受绞刑。日记原稿共三十三册。作者自己说只有第三十三册才是"真正的死刑囚的狱中记"，那是判决死刑以后的日记。据古田生前的辩护律师布施辰治在序文中说，这一册日记当局不许拿出去发表。然而后来它终于被领出来而且秘密出版了。我得到一册，曾读过一遍。书名是《死刑囚的回忆》，但在一•二八的沪战中被炮弹打毁了。这一册的内容和以前的三十二册差不多，不过调子有点不同。写以前的三十二册时作者已经知道死刑是无可避免的了。然而判决究竟不曾确定。死虽然就在他的眼前，希望纵然极其微弱，却也不曾完全消失。所以那时有疑惑，有挣扎，有呻吟，有眼泪。作者当时还不大认识死的面目。最后临到了写第三十三册，一切都决定了，从此再没有从前那种不安定，从前那种苦苦的挣扎。的确如布施辰治所说，确定了舍弃生命以后，心境和态度都是更为沉静，真有超越生死之概。因此无怪乎有人会以为这一册"真正的死刑囚的狱中记"反不及以前的三十二册中文笔之清丽和表现之沉痛了。

古田大次郎自称为一个恐怖主义者。倘使把他的日记当作一个恐怖主义者的心理分析的记录看倒很适当。或者把它看作一个人的最真挚的自白看也无不可。所以加藤一夫读了它，就"觉得我的灵魂被净化了"。我真的由于他的这记录而加深了我对于生活的态度"。加藤一夫称古田为一个"真诚的，真实的而又充满温情的纯真的灵魂"。他说《死之忏悔》是一本"非宗教的宗教书"。……

我读完这本书，我的心灵受到了强烈的震动。但是我不能不有一种惋惜的感觉。像古田那样的人不把他的希望寄托在有组织的群众运动上面，却选取了恐怖主义的路，在恐怖主义的境地中去探求真理，终于身死在绞刑台上。这的确是一件很可痛惜的事。

第二部分 做人

到。把死忘记了的时候居多。只是死的瞬间的痛苦还是有点可怕。

作者这样坦白地承认着。他常常在写下了对于死的畏惧以后，又因为发觉自己的懦弱而说些责备自己的话。然而在另一处他却欣喜地发见：

死是不可思议的，然而也是伟大的。……

后来作者又疑惑地问道：

死果然是一切的终结吗？死果然会赔偿一切吗？我为什么要怕死呢？

"死并不可怕，只是非常寂寞。我为什么憎厌临死的痛苦呢？我想那样的痛苦是不会有的罢。"作者又这样地想道。

"我想保持着年轻的身体而死去，"这是作者的希望。

我不想再引下去了。作者是那样的一个厚于人情的青年，他有慈祥的父亲，又有可爱的妹妹，还有许多忠诚的友人。要他把这一切决然抛弃，安然攀登绞刑台，走入那寂寞的永恒里，这的确不是片刻的功夫所能做到的。这两百多天的日记里充满着情感的波动。我们只看见那一起一伏，一潮一汐。倘使我们不小心翼翼一步一步地追随作者的笔，我们就不能了解作者的心情。

只有二十六岁的年纪。不愿意离开这个世界，而又不得不离开。不想死，而被判决了死刑。一天天在铁窗里面计算日子，等着死的到来。在等死的期间想象着那个未知的东西的面目，想象着它会把他带到什么样的境界去。在这种情形下写成的《死之忏悔》，我们可以用一个"死"字来包括。他谈死，他想了解死，他感觉到死的重量。他的文字是充满着血和泪的。在那本五百页的大书里作者古田提出许多疑问，写出许多揣想，作者无一处不论到死，或者暗示到死。然而我却找不到一个确定的答案，一个结论。

其实这个答案，这个结论是有的，却不在这本书里面，这就是作者的死。这个死给他解答了一切的问题，也给我解答了一切的问题。

古田大次郎为爱而杀人，而被杀，以自己的血偿还别人的血，以自己的痛苦报偿别人的痛苦。他以一颗清纯的心毫不犹豫地攀登了绞刑台。死赔偿了一切。死拯救了一切。

我想："他的永眠一定是安适而美满的罢。"我突然想起五十年前支加哥劳工领袖阿·帕尔森司[1]上绞刑台前作的诗了：

> 到我的墓前不要带来你们的悲伤，
> 也不要带来眼泪和凄惶，
> 更不要带来惊惧和恐慌；
> 我的嘴唇已经闭了时，
> 我不愿你们这样来到我的坟场。
>
> 我不要送葬的马车排列成行，
> 我不要送丧的马队
> 头上羽毛飘动荡漾；
> 我静静地放我的手在胸上，
> 且让我和平地安息在墓场。
>
> 不要用你们的怜悯来侮辱我的死灰，
> 要知道你们还留在荒凉的彼岸，
> 你们还要活着忍受灾祸与苦辛。
> 我静静地安息在坟墓里面，
> 只有我才应该来怜悯你们。
>
> 人世的烦愁再不能萦绕我的心，

---

[1] 帕尔森司（1848—1887）：美国支加哥劳工运动的一个领导人。一八八六年五月四日支加哥干草市场发生炸弹事件。帕尔森司是当日群众大会的一个演说者，因此被法庭悬赏五千元通缉。六月二十一日他到法庭自首。第二年十一月十一日与同志司皮司、斐失儿、恩格尔同受绞刑。一八九三年伊里诺斯省新省长就职，重查此案，发见真相，遂发出理由书，宣告法官枉法，并替帕尔森司等洗去罪名。这是帕尔森司上绞刑台前数小时内写成的诗。

我也不会再有困苦和悲痛的感情，

一切苦难都已消去无影。

我静静地安息在坟墓内，

我如今只有神的光荣。

可怜的东西，这样惧怕黑暗，

对于将临的惨祸又十分胆寒。

看我是何等从容地回到家园！

不要再敲你们的丧钟，

我现在已意足心满。

　　这篇短文并不是"死之礼赞"。我虽然写了种种关于"死"的话，但是我愿意在这里坦白地承认：

　　"我还想活！"因为我正如小说《朝影》中的青年奈司拉莫夫所说："我爱阳光、天空，和春光、秋景；我爱青春，以及自然母亲所给与我们的和平与欢乐。……"

　　　　　　　　　　　　　　　　　　1937年3月在上海。

醉[1]

　　我不会喝酒，但我有时也尝到醉的滋味。醉的时候我每每忘记自己。然而醉和梦毕竟不同。我常常做着荒唐的梦。这些梦跟现实离得很远，把梦景和现实的世界连接起来就只靠我那个信仰。所以在梦里我没有做过跟我的信仰违背的事情。

　　我从前说我只有在梦中得到安宁，这句话并不对。真正使我的心安宁的还是醉。进到了醉的世界，一切个人的打算，生活里的矛盾和烦忧都消失了，消失在众人的"事业"里。这个"事业"变成了一个具体的东西，或者就像一块吸铁石把许多颗心都紧紧吸到它身边去。在这时候个人的感情完全溶化在众人的感情里面。甚至轮到个人去牺牲自己的时候他也不会觉得孤独。他所看见的只是群体的生存，而不是个人的灭亡。

　　将个人的感情消溶在大众的感情里，将个人的苦乐联系在群体的苦乐上，这就是我的所谓"醉"。自然这所谓群体的范围有大有小，但"事业"则是一个。

　　我至今还记得我第一次的沉醉。那已经是十七八年前的事了，然而在我的脑子里还是十分鲜明。那时我是个孩子。我参加一个团体的集会。我从来没有像那样地感动过。谈笑、友谊、热诚、信任……从不曾表现得这么美丽。我曾经借了第三者的口吻叙述我当时的心情：这次十几个青年的茶会简直是一个友爱的家庭的聚会。但这个家庭里的人并不是因血统关系、家产关系而联系在一起的；结合他们的是同一的好心和同一的理想。在这个环境里他只感到心与心的接触，都是赤诚的心，完全脱离了利害关系的束缚。他觉得在这里他不是一个陌生的人，孤独的人。他爱着周围的人，也为他周围的

[1]　本篇最初发表于一九三七年六月十五日《文丛》第一卷第四号。

第二部分　做人

人所爱。他了解他们，他们也了解他。他信任他们，他们也信任他。[1]……

这是醉。第一次的沉醉以后又继之以第二次、第三次……这醉给了我勇气，给了我希望，使我一个幼稚的孩子可以站起来向旧礼教挑战，使我坚决地相信光明，信任未来。不仅是我，我们那个时代的青年都是这样地成长的。而且我相信每个时代的青年都会在这种沉醉中饮到鼓舞的琼浆。

时间是骎骎地驰过去了。醉的次数也渐渐地多起来。每一次的沉醉都在我的心上留下一点痕迹。有一两次我也走过那黑门[2]，我的手还在门上停了一下。但是我们并没有机会得到那痛快的壮烈的最后。这是事实。一个人沉醉的时候，他会去干一些勇敢的事情，至少他会有这样的渴望。我们那时也就处在这样的境地。南国的芳香沁入我们的心灵，火把给我们照亮黑暗的窄巷。一堵墙、一扇门关不住我们的心。一个广场容纳不了我们的热情。或者一二十个孩子聚在一个小房间里，大家拥挤地坐在地上；或者四五个人走着泥泞的乡间道路。静夜里，石板路上响着我们的脚步声。在温暖的白昼，清脆的笑语又充满了古庙。没有寂寞，没有苦闷，没有悲哀。有的只是一个光明的希望。每个人的胸膛里都有着同样的一颗心。

这是无上的"沉醉"，这是莫大的"狂喜"，它使我们每个人"都消失在完全的忘我里面"。所以我们也曾夸大地立下誓言：要用我们的血来灌溉人类的幸福，用我们的死来使人类繁荣。要把我们的生命联系在人类的生命上面。人类生命的连续广延永远不会中断，没有一种阻力可以毁坏它。我们所看见的只有人类的繁昌，并没有个人的死亡。

我不能否认我们的狂妄，但是我应该承认我们的真挚。我们中间也有少数人实行了他们的约言。剩下的多数却让严肃的工作消蚀他们的生命。拿起笔的只有我一个。我不甘心就看着我的精力被一些方块字消磨干净，所以我责备自己是一个弱者。但是这个意思也很明显；这里并没有悲观，也没有绝望。若有人因此说我"在黑暗中哭泣"，那是他自己看错了文章。我们从没有过哭泣的时候。那不是我们的事情。甚至跟一个亲密的朋友死别，我们也只有暗暗地吞几滴眼泪。我们自然不能否认黑暗的存在。然而即使在黑暗的夜里，我们也看见在远方闪耀的不灭的光明，那是"醉"给我们带来的。

[1] 见长篇小说《家》第二十九章。
[2] 黑门：指死。

我常常用我自己的事情做例子，也许别人会把这篇《醉》看作我的自白。其实《死》和《梦》都不是我的自白，《醉》也不是。我可以举出另一些例子。我手边恰恰有几封信，我现在从里面引出几段，我让那些比我更年轻的人向读者说话：

那天夜里，正是我异常兴奋的一天。在学校里我们开了一个野火会。天空非常地黑沉，人们的影子在操场上移动着，呼喊着。它的声波冲破这沉寂的天空！

一堆烈火盛燃起来了。那光亮的红舌头照亮了每个人的脸，我们围绕着火堆唱歌。我们唱《自由神》、《示威》等等，这个兴奋的会一直到火熄灭了为止。

这不也是"醉"么？

在十二月××日，一个温暖的北方天气，阳光是那么明亮，又那么温暖，在这天我们学生跑到××（一个小乡村）去举行扩大行军。这项新鲜而又兴奋的工作弄得我一夜都没有睡好。

大概八点钟罢。我们起程了，空着肚子，悄悄地离开了学校。我们经过了热闹的街市、吵嚷的人群，快到十点的时候才踏进乡村的境界。

一条黄土道，向来是静寂得怕人，今天却有些改变了。一群学生穿着蓝布衫、白帆布球鞋，脸上露出神秘而又兴奋的微笑，拖着大步踏着这条黄土道。"一……二……一"不知道是谁这样喊着，我们下意识地跑起来。

到那里已是晌午了。我们群集在一个墓地里，后面是一带大树林，前面有几间小茅屋。农夫们停止了工作都出来看望。啊，是那么活跃着的一群青年！行军的号筒响了，雄壮的声音提起了每个人的勇气。我们真的像上了战场一样。

战斗的演习继续到三点钟才完毕。因为环境不允许，我们的座谈会没有举行，就整队回校了。一路上唱着歌，喊着热烈的口号。

这是"醉"，令人永不能忘记的"沉醉"。它把无数青年的心连结在一起了。还有：

的确我不会是寂寞，我不会是孤独。我们永久是热情的，那么多被愤怒的火焰狂炽着的心永久会紧紧连系在一起的。啊，我想起了一件事情。我真不能够忘记。就是在去年下半年我们从先生的口中和报纸上知道了北平学生运动的经过情形，而激起了我们的请愿的动机。那时在深夜里我们悄悄的计划着，我们紧紧的携着手，在黑暗中祝福第二天背着校方的请愿成功。我们一点也不怕的在微弱的电筒光下写着旗子和施行的步骤。我们一夜没有睡。当天将亮的时候，我和另一个同学轻轻的在每一个寝室的玻璃窗上敲了两下，于是同学们都起来了。我们整齐了队伍，在微雨的早晨走出了校门。在出发的时候，我因为走得太忙，跌了一个斤斗，一个高一班的同学拉了我起来，我们无言的亲密的对笑着。一群孩子如一条粗长的铁链冲出了学校。虽然最后我们失败了。但那粗长的铁链使我们相信了我们自己。我们怎会寂寞，怎会孤独呢？

这是年轻的中国的呼声。我们的青年就这样地慢慢成长了。——那个"孩子"说得不错，在这样的沉醉中他们是不会感到寂寞和孤独的。让我在这里祝福他们。

1937年5月在上海。

路[1]

我最近在《文丛》上发表过三篇短文（另有一篇《醉》也快要发表了），有人论到它们，说是"一些纠缠不清的自白"。其实这并不是。固然我说明我怎样写了那部题作《家》的小说，我谈梦谈死，但谈的并不全是自己的事。倘使我常常拿我自己或者与我自己有关的事情作例子，那只是因为我想写得更真实，更亲切。我知道我不是在写论文。那位批评者在我这三篇文章里看出我的"苦闷"，"彷徨"，"懦弱"。我觉得很奇怪。我的面前就摆着我的三篇文章，在《关于〈家〉》里，我吐露了我对于一个不合理的制度的积愤，为那些被逼着做了不必要的牺牲品的可爱的生命叫一声冤屈。在《死》里我说明"死"并不可怕，指出人为了怕死甘愿低头去做种种违背良心的事情。我赞美真正视死如归的勇士。在《梦》里我说我要"在重重的矛盾中苦斗"，我希望我会"克服种种矛盾成为一个强者而达到生之完成"。这些话我至今还觉得没有说错。这里并没有"彷徨"和"懦弱"。我对于自己的路始终没有怀疑过。在那篇短短的《梦》里或许有招人误解的地方，因为我说过"我盼望的倒是那痛快的死"。但是愿望也并不是永远不变的。有两三次我走过那"黑门"，我的手还在门上停留一下。但是我没有机会得到那痛快的最后。这是事实。然而正和我说"倒不如死在绞刑架上痛快"时一样，这并不是我"对自己的路始终怀疑"，也不是在表现我的"懦弱"。为谋人群的幸福牺牲一己的生命，这是每个革命者的志愿。古今来有不少志士仁人跟着刑场上的露水一起消失。没有人能够说自己比他们更勇敢。我常常侈说寻求人群的幸福，不能找到从容就义的机会，却在纸笔上消磨我的岁月，那是我的无能。但这并不证明我的路就和大众的路相背驰。我

[1] 本篇最初发表于一九三七年七月十五日《文丛》第一卷第五号。

第二部分
做人

的路不是我自己发明的。那是许多人已走过而且正走着的路。我也从没有在这条路之外寻找别的所谓个人的路。

"每个不愿做奴隶的人都起来"，这不错。但大众的路还不是如此简单，走大众的路的人不仅自己不愿意做奴隶，同时还要使别人也不做奴隶。使自己不做奴隶，这倒不太难，但使别人同时也不做奴隶就不容易了。这道理不一定要在创作中才能够表现出来，写一篇短文也可以说得十分明白。

我们处在什么样的时代，我们应该怎样保全我们这民族的独立，维持我们的生存，这用不着我来解说，因为每个人都知道。我也不是一个盲人。我的眼光从不敢离开现实。我和别的人一样，我也看得明白目前威胁着我们这个民族的危机是日益紧迫了，而且也知道这个危机并不是一朝一夕所造成的。它有它的远因和近因，它有它的发展的道路。下什么种子就有什么收获。国际形势的变化，离不了因果关系。要等到兵临城下才叫出抗敌的口号，那倒是近视的人了。

我从没有怀疑过"抗×"[1]的路。我早就相信这是我们目前的出路。我所看见的大众的路里就包含着争取民族自由的斗争。此外我再没有个人的路。把个人的利益放在众人的利益里面，怎么还能有所谓个人的路？但是大众的路也并非简单的"抗×"二字所能包括。单提出"抗×"而不去想以后——怎样，还是不能解决问题。我们且把"抗×"比作一道门，我们要寻到自由和生存，我们要走向光明，第一就得跨进这道门。但跨进门以后我们还得走路。关于那个时候的步骤，目前也该有所准备了。因为我们谁都不是狭义的爱国主义者，而且近年来欧洲大陆已经给了我们不少有益的例子。

我以前的态度是如此，现在也是如此。若说我不会写文章，我不想辩解。倘使断定我"为自己的路而彷徨苦闷"，那是说话的人自己弄不清楚。

路也许很长。但是走的人很多，而且远远的还有那一线亮光。每个人都看得见那亮光。在这时候谁还会怀疑自己面前的这条道路呢！

1937年6月在上海。

----

[1] "抗×"：即"抗日"。

生[1]

死是谜。有人把生也看作一个谜。

许多人希望知道生，更甚于愿意知道死。而我则不然。我常常想了解死，却没有一次对于生起过疑惑。

世间有不少的人喜欢拿"生是什么"、"为什么生"的问题折磨自己，结果总是得不到解答而悒郁地死去。

真正知道生的人大概是有的；虽然有，也不会多。人不了解生，但是人依旧活着。而且有不少的人贪恋生，甚至做着永生的大梦：有的乞灵于仙药与术士，有的求助于宗教与迷信；或则希望白日羽化，或则祷祝上登天堂。在活着的时候为非作歹，或者茹苦含辛以积来世之福——这样的人也是常有的。

每个人都努力在建造"长生塔"，塔的样式自然不同，有大有小，有的有形，有的无形。有人想为子孙树立万世不灭的基业；有人愿去理想的天堂中做一位自由的神仙。然而不到多久这一切都变成过去的陈迹而做了后人凭吊唏嘘的资料了。没有一座沙上建筑的楼阁能够稳立的。这是一个很好的教训。

一百四十几年前法国大革命中的启蒙学者让·龚多塞不顾死刑的威胁，躲在巴黎卢森堡附近的一间顶楼上忙碌地写他的最后的著作，这是历史和科学的著作。据他说历史和科学就是反对死的斗争。他的书也是为征服死而著述的。所以在写下最后两句话以后，他便离开了隐匿的地方。他那两句遗言是："科学要征服死，那么以后就不会再有人死了。"

他不梦想天堂，也不寻求个人的永生。他要用科学征服死，为人类带来

[1] 本篇最初发表于一九三七年八月十五日《文丛》月刊第一卷第六号。

第二部分 做人

长生的幸福。这样，他虽然吞下毒药，永离此世，他却比谁都更了解生。

科学会征服死。这并不是梦想。龚多塞企图建造一座为大众享用的长生塔，他用的并不是平民的血肉，像我的童话里所描写的那样。他却用了科学。他没有成功。可是他给那座塔奠了基石。

这座塔到现在还只有那么几块零落的基石，不要想看见它的轮廓！没有人能够有把握地说定在什么时候会看见它的完成。但有一件事实则是十分确定的：有人在孜孜不倦地努力于这座高塔的建造。这些人是科学家。

生物是必死的。从没有人怀疑过这天经地义般的话。但是如今却有少数生物学者出来企图证明单细胞动物可以长生不死了。德国的怀司曼甚至宣言："死亡并不是永远和生物相关联的。"因为单细胞动物在养料充足的适宜的环境里便能够继续营养和生存。它的身体长大到某一定限度无可再长的时候，便分裂为二，成了两个子体。它们又自己营养、生长，后来又能自己分裂以繁殖其族系，只要不受空间和营养的限制，它们可以永远继续繁殖、长生不死。在这样的情形下面当然没有死亡。

拿草履虫为例，两个生物学者美国的吴特拉夫和俄国的梅塔尼科夫对于草履虫的精密的研究给我们证明：从前人以为分裂二百次、便现出衰老状态而逼近死亡的草履虫，如今却可以分裂到一万三千次以上，就是说它能够活到二十几年。这已经比它的平常的寿命多过七十倍了。有些人因此断定说这些草履虫经过这么多代不死，便不会死了。但这也只是一个假定。不过生命的延长却是无可否认的。

关于高等动物，也有学者作了研究。现在鸡的、别的一些动物的、甚至人的组织（tissue）已经可以用人工培养了。这证明：多细胞动物体的细胞可以离开个体，而在适当的环境里生活下去，也许可以做到长生不死的地步。这研究的结果离真正的长生术还远得很，但是可以说朝这个方向前进了一步。在最近的将来，延长寿命这一层，大概是可以办到的。科学家居然在显微镜下的小小天地中看出了解决人间大问题——生之谜的一把钥匙。过去无数的人在冥想里把光阴白白地浪费了。

我并不是生物学者，不过偶尔从一位研究生物学的朋友那里学得一点点那方面的常识。但这只是零碎地学来的，而且我时学时忘。所以我不能详征博引。然而单是这一点点零碎的知识已经使我相信龚多塞的遗言不是一句空话了。他的企图并不是梦想。将来有一天科学真正会把死征服。那时对于我们，生就不再是谜了。

然而我们这一代（恐怕还有以后的几代）和我们的祖先一样，是没有这种幸运的。我们带着新的力量来到世间，我们又会发挥尽力量而归于尘土。这个世界映在一个婴孩的眼里是五光十色；一切全是陌生。我们慢慢地活下去。我们举起一杯一杯的生之酒尽情地饮下。酸的、甜的、苦的、辣的我们全尝到了。新奇的变为平常，陌生的成为熟习。但宇宙是这么广大，世界是这么复杂，一个人看不见、享不到的是太多了。我们仿佛走一条无尽长的路程，游一所无穷大的园林，对于我们就永无止境。"死"只是一个碍障，或者是疲乏时的休息。有勇气、有精力的人是不需要休息的，尤其在胜景当前的时候。所以人应该憎恨"死"，不愿意跟"死"接近。贪恋"生"并不是一个罪过。每个生物都有生的欲望。蚱蜢饥饿时甚至吃掉自己的腿以维持生存。这种愚蠢的举动是无可非笑的，因为这里有的是严肃。

俄罗斯民粹派革命家妃格念尔"感激以金色光芒洗浴田野的太阳，感激夜间照耀在花园天空的明星"，但是她终于让沙皇专制政府将她在席吕谢尔堡中活埋了二十年。为了革命思想而被烧死在美国电椅上的鞋匠沙珂还告诉他的六岁女儿："夏天我们都在家里，我坐在橡树的浓荫下，你坐在我的膝上；我教你读书写字，或者看你在绿的田野上跳荡、欢笑、唱歌，摘取树上的花朵，从这一株树跑到那一株，从清朗、活泼的溪流跑到你母亲的怀里。我梦想我们一家人能够过这样的幸福生活，我也希望一切贫苦人家的小孩能够快乐地同他们的父母过这种生活。"

"生"的确是美丽的，乐"生"是人的本分。前面那些杀身成仁的志士勇敢地戴上荆棘的王冠，将生命视作敝屣，他们并非对于生已感到厌倦，相反的，他们倒是乐生的人。所以奈司拉莫夫[1]坦白地说："我不愿意死。"但是当他被问到为什么去舍身就义时，他却昂然回答："多半是因为我爱'生'过于热烈，所以我不忍让别人将它摧残。"他们是为了保持"生"的美丽，维持多数人的生存，而毅然献出自己的生命的。这样深的爱！甚至那

---

[1]　奈司拉莫夫：中篇小说《朝影》中的一个人物。

第二部分 做人

躯壳化为泥土，这爱也还笼罩世间，跟着太阳和明星永久闪耀。这是"生"的美丽之最高的体现。

"长生塔"虽未建成，长生术虽未发现，但这些视死如归但求速朽的人却也能长存在后代子孙的心里。这就是不朽。这就是永生。而那般含垢忍辱积来世福或者梦想死后天堂的"芸芸众生"却早已被人忘记，连埋骨之所也无人知道了。

我常将生比之于水流。这股水流从生命的源头流下来，永远在动荡，在创造它的道路，通过乱山碎石中间，以达到那唯一的生命之海。没有东西可以阻止它。在它的途中它还射出种种的水花，这就是我们生活里的爱和恨、欢乐和痛苦，这些都跟着那水流不停地向大海流去。我们每个人从小到老、到死，都朝着一个方向走，这是生之目标，不管我们会不会走到，或者我们会在中途走入了迷径，看错了方向。

生之目标就是丰富的、满溢的生命。正如青年早逝的法国哲学家居友所说："生命的一个条件就是消费。……个人的生命应该为他人放散，在必要的时候还应该为他人牺牲。……这牺牲就是真实生命的第一个条件。"我相信居友的话。我们每个人都有着更多的同情，更多的爱慕，更多的欢乐，更多的眼泪，比我们维持自己的生存所需要的多得多。所以我们必须把它们分散给别人，否则我们就会感到内部的干枯。居友接着说："我们的天性要我们这样做，就像植物不得不开花似的，纵然开花以后便会继之以死亡，它仍旧不得不开花。"

从在一滴水的小世界中怡然自得的草履虫到在地球上飞腾活跃的"芸芸众生"，没有一个生物是不乐生的，而且这中间有一个法则支配着，这就是生的法则。社会的进化、民族的盛衰、人类的繁荣都是依据这个法则而行的。这个法则是"互助"，是"团结"。人类靠了这个才能够不为大自然的力量所摧毁，反而把它征服，才建立了今日的文明；一个民族靠了这个才能够抵抗他民族的侵略而维持自己的生存。

维持生存的权利是每个生物、每个人、每个民族都有的。这正是顺着生之法则。侵略则是违反了生的法则的。所以我们说抗战是今日的中华民族的神圣的权利和义务，没有人可以否认。

这次的战争乃是一个民族维持生存的战争。民族的生存里包含着个人的生存，犹如人类的生存里包含着民族的生存一样。人类不会灭亡，民族也可以活得很久，个人的生命则是十分短促。所以每个人应该遵守生的法则，把个人的命运联系在民族的命运上，将个人的生存放在群体的生存里。群体绵延不绝，能够继续到永久，则个人亦何尝不可以说是永生。

　　在科学还未能把"死"完全征服、真正的长生塔还未建立起来以前，这倒是唯一可靠的长生术了。

　　我觉得生并不是一个谜，至少不是一个难解的谜。

　　我爱生，所以我愿像一个狂信者那样投身到生命的海里去。

1937年8月在上海。

第二部分
做人

做一个战士[1]

　　一个年轻的朋友写信问我："应该做一个什么样的人？"我回答他："做一个战士。"

　　另一个朋友问我："怎样对付生活？"我仍旧答道："做一个战士。"

　　《战士颂》的作者[2]曾经写过这样的话：

　　　　我激荡在这绵绵不息、滂沱四方的生命洪流中，我就应该追逐这洪流，而且追过它，自己去造更广、更深的洪流。

　　　　我如果是一盏灯，这灯的用处便是照彻那多量的黑暗。我如果是海潮，便要鼓起波涛去洗涤海边一切陈腐的积物。

　　这一段话很恰当地写出了战士的心情。

　　在这个时代，战士是最需要的。但是这样的战士并不一定要持枪上战场。他的武器也不一定是枪弹。他的武器还可以是知识、信仰和坚强的意志。他并不一定要流仇敌的血，却能更有把握地致敌人的死命。

　　战士是永远追求光明的。他并不躺在晴空下享受阳光，却在暗夜里燃起火炬，给人们照亮道路，使他们走向黎明。驱散黑暗，这是战士的任务。他不躲避黑暗，却要面对黑暗，跟躲藏在阴影里的魑魅、魍魉搏斗。他要消灭它们而取得光明。战士是不知道妥协的。他得不到光明便不会停止战斗。

　　战士是永远年轻的。他不犹豫，不休息。他深入人丛中，找寻苍蝇、毒蚊等等危害人类的东西。他不断地攻击它们，不肯与它们共同生存在一个天空下面。对于战士，生活就是不停的战斗。他不是取得光明而生存，便是带

----

[1]　本篇最初发表于一九三八年九月一日《少年读物》创刊号。

[2]　指亡友陈范予（1901—1941）。

着满身伤痕而死去。在战斗中力量只有增长，信仰只有加强。在战斗中给战士指路的是"未来"，"未来"给人以希望和鼓舞。战士永远不会失去青春的活力。

战士是不知道灰心与绝望的。他甚至在失败的废墟上，还要堆起破碎的砖石重建九级宝塔。任何打击都不能击破战士的意志。只有在死的时候他才闭上眼睛。

战士是不知道畏缩的。他的脚步很坚定。他看定目标，便一直向前走去。他不怕被绊脚石摔倒，没有一种障碍能使他改变心思。假象绝不能迷住战士的眼睛，支配战士的行动的是信仰。他能够忍受一切艰难、痛苦，而达到他所选定的目标。除非他死，人不能使他放弃工作。

这便是我们现在需要的战士。这样的战士并不一定具有超人的能力。他是一个平凡的人。每个人都可以做战士，只要他有决心。所以我用"做一个战士"的话来激励那些在彷徨、苦闷中的年轻朋友。

1938年7月16日在上海。

第二部分

做人

悼范兄[1]

昨夜窗外落着大雨，刚刚修补好的屋顶，阻止不了雨水的浸泻，我用一个面盆做武器，跟那接连不断的雨滴战斗。我躺在床上，整夜发着高热，不能闭上眼睛，那些时候我都想起你，我善良仁厚的亡友。我的心燃烧着，我的身体燃烧着，但我的头脑却是清醒的。在这凌乱地堆满家具和书报的宽大楼房的黑暗中展开了十二年的友情。你的和蔼的清瘦的面颜，通过了十二年的长岁月，在这雨夜里发亮。在闽南一个古城的武庙中，我们第一次握手，这是我最初从你的亲切的话里得到温暖和鼓舞。没有经过第三个人的介绍，我们竟然彼此深切地了解了。是社会改革的伟大理想把我们拉拢的。你为着自己的理想劳苦了二十年，你把你的心血、精力、肌肉都献了给它，人们看见你一天天地瘦下去，弱下去。一直到死，你没有停止过你的笔和唇舌。

我没有忘记，就是在十二年前那个南国的秋天里，我们在武庙的一个凉台上喝着绿豆粥，过了二三十个黄昏，我们望着夜渐渐地从庭前两棵大榕树繁茂的枝叶间落到地上，畅快地谈论着当前的社会问题和美丽的未来的梦景。让我们热情的声音，在晚风中追逐。参加谈话的人，我记得有时是五个，有时是六个。他们如今散处在四方，都还活得相当结实，却料不到偏偏少了一个你。

在朋友中你是一个切实的人。即使在侈谈梦景的时候，你也不曾让热情把你引到幻想的境域里去。在第一次的闲谈中我就看出来，甚至当崇高的理想在你脸上发光的时候，你也仍旧保持着科学的头脑。靠着你，我多知道一些事情，我知道怎样节制我的幻想，不让夸张的梦景迷住了我的眼睛。凉台上的夜谈并不是白费的。至少对我已经发生影响了。

---

[1] 本篇最初发表于一九四一年十一月十日《抗战文艺》第七卷第四、五期合刊。范兄，指陈范予。

在那个古城里，我们常常同看秋夜的星空。在那些夜里我也曾发着高热，喝着大碗神曲汁，但是亿万的发光的生命，使我忘记了身体的燃烧。从星球的生命中，我更了解了"存在界"的意义。你告诉我许多关于星球的事，让我知道你怎样由宇宙问题的探讨，而构成了你的生活哲学。

白天你又从外面那些浮着绿萍的水沼、水潭里带回来一杯、一瓶的污水，于是在你的书桌上，显微镜下面展开了一滴水中的世界，使我看见无数的原生动物的活动与死亡。

在你这里我看见了那无穷大的世界，在你这里我也看见了那无穷小的世界。我知道人并不是宇宙的骄子，我知道生命无处不在，我知道生命绵延不绝。你的生活哲学影响了我的。你的待人的态度也改变了我的。倘使我今天从我的生活中完全抽去了你的影响，则我将成为一个忘恩的人而辜负了亡友的期望了。

你不是一个空谈家，也不是一个发号施令的英雄。在武庙凉台上的夜谈中你就显露了你的真实面目。谦逊、大量、勤勉、刻苦，这都是你的特点。你不是一个充满夺目光彩的豪士，也不是一个口如悬河的辩才。你是用诚挚，用理智，用坚信，用恒心来感动人的。别人把崇高的理想用来做成自己头顶上的圆光的时候，你却默默地在打算怎样为它工作，为它牺牲。所以你牺牲了健康，牺牲了家庭幸福，将自己的心血作为燃料，供给那理想多放一点光辉，却少有人知道你的名字，或者还有些不做一事的人随意用轻蔑的态度抹煞了你的工作。

的确在生前你是常常被人误解的。有人把你看作一个神经质的肺病患者，有人把你视为一个虚伪的道学家，还有人以为你只是一个被生活担子压得透不过气来的读书人。有好多次那些狂妄的、或者还带有中伤意味的话点燃了我的怒火，我愤慨地、热烈地争辩，我甚至愿意挖出我的心，只为了使友人能够更明白地了解你。我这争辩自然是没有用处的，我的话并不曾给你的面影增加光彩。后来还是你自己用你的笔、你的唇舌、你的工作精神、你的生活态度把许多颗年轻的心拉到你的身边，还是你自己用这些把别人投掷在你的面影上的污泥洗去，是你自己拨开了那些空谈家的烟雾，直立在人们的面前，不像一个病人，却像一个战士，一个被称为"生命的象征"的战士

（一个朋友称你做"生命的象征"，她这话的确不错）。

诚然十二年前我就知道你是一个肺病患者，而且我们也想得到有一天你终于会死在这个不治之症上。但是和你在一起时我却始终忘记你是一个病人。你的思想、你的言语和你的行为都不带丝毫的病态。人从你的身上看不到一点犹疑，一丝悲观，一毫畏怯。你不寻求休息，却渴望工作。你在各处散布生命，你应该是一个散播生命种子的人。十几年前你写过歌颂战士的文章，到临死你还写出了《生之欢乐》。你最后留下遗言，望年轻人爱真理向前努力。

在《战士颂》中你坦白地说过："我激荡在这绵绵不息、滂沱四方的生命洪流中，我就应该追逐这洪流，而且追过它，自己去制造更广、更深的洪流。我如果是一盏灯，这灯的用处便是照彻那多量的黑暗。我如果是海潮，便要鼓起波涛去洗涤海边一切陈腐的积物。"

在《生之欢乐》的开端，你更显明地承认："有人把人生当作秕糠，我却以为它是谷粒。有人把人生视同幻梦，我却以为它是实在。有人把人生作为苦乐，我却以为它是欢乐。有许多人以人生为苦恼、黑暗、艰难、乏味、滞钝、不自由、憎恨、丑恶、柔弱的象征，我却认为人生是爱、美、光明、自由、活泼、有为、创造、进步的本身。"

你还勇敢地叫喊："人生的美、爱、力量，都是从奋斗中创造出来的。所以人不是环境的奴隶，而是环境的主人……从奋斗的人格中，我们窥见生之光明，生之进步，生之有为，生之自由。……人生的解释受了积极思想的指导，人将为自由，为光明，为爱，为美，为创造，为进步而生，因此人将与压迫、黑暗、暴行、丑恶搏斗。燧石因相击而生火，人则由奋斗而尝到生之欢乐。"

我从未听见过像这么美丽的洋溢着生命的战歌！在朋友中就只有你一个人是这么热情地在各处散布生命，鼓舞希望！在一个孩子的纪念册上你写着："希望是人生所需要的，人如没有希望，何异江河涸了流水。"你这条江一生就没有涸过流水。不但这样，而且你这条江更投入在"那个人类生活的大海里"，用你自己的话，"在大海里你得到了伟大的生命力，发见了不灭的希望"，的确一直到死，你没有失掉希望。

你和我都曾歌颂过战士，我们的战士所用的武器，不是枪和刀，却是知识、信仰，和自己的意志。他把自己的意志锻炼成比枪刀更锋利、更坚实、更耐久的东西。他永远追求光明。他并不躺在晴空下面享受阳光，他却在暗夜里燃起火炬给人们照亮道路。对于他，生活便是不停的战斗。他不是取得光明而生存，便是带着满身伤痕而死去。你正是这类战士的一个典型，你从不知道灰心与绝望，你永没有失去青春的活力。

　　"除非他死，人不能使他放弃工作，"这是我称誉战士的话。你确实做到了这个地步。甚至在你的最后两年间，你的肺病已经进入第三期，你受着那么大的肉体痛苦的折磨，在死的黑影的威胁下，你还实践了你那"以有限的余生，为社会文化、思想运动作最后努力"的约言，完成了《科学与人生》、《达尔文》、《科学方法精华》三部译著。这许多万字，都应该是在"胸部剧痛"和"咳嗽厉害"中写成的。最后躺在死床上，你还努力写着你那篇题作《理想社会》的文章。可见一直到死都是些什么事情牵系住你的心。

　　十几年来你努力跟死挣扎，你几次征服了死，最后终于给死捉了去。这应该是一个悲剧。但是想到你怎样在死的威胁下努力工作，又以怎样的心情去接受死，我觉得这是一个壮观。一个朋友说，临死的你比任何强健的友人"都更富于生命力"！另一个青年友人却因为你以濒死之躯竟能够如此平静地保持着"坚决的信心和旷达的态度"而感到惭愧。一个温柔的女性的心灵曾经感动地为你写下这样的赞辞："透过那为病菌磨枯了的身体，我望见了一个比谁都富于生命的欣欣向荣的灵魂！永远不绝望，永远在求生，——为工作而生。"我应该给她添上几句：而且像一个播种的农夫，永远在散播生命的种子。你以一种超人的力量平静地吞食了那一切难忍的病痛，将它们化作生命的甘泉而吐出来。难道世间还有比这更强健的人？还有比这更美丽的生命的表现？

　　自然在你一生中，经济的压迫与生活的负担很少放松过你。要是换上一个环境，你也许至今还在美国的实验室里度着岁月。你也并不是没有"向上爬"的机会。对你的生活有决定影响的更不是经济的压迫。你为了理想才选取现在走的这条路，而且也是为了理想才选取了过去所走过的路。甘愿过着贫苦生活，默默地埋头工作，在绝望的情形下苦苦地支持着你的教育事业，把忌恨和责难全引到自己的身上，一直到用尽了自己的力量，使事情告一个段落，才又默默地卸下两肩的责任，去到另一个地方开始接受新的工作。倘若单是为了个人的生活，你不会让工作把你的身体磨到这样；倘若单是为了个人的生活，你又不会有那么坚强、充实的精力，在患病垂危的最后二年间还做出那样多的事情。

通过了你的一生，你始终把握着战士的武器。你的一生就是意志征服环境的一个最有力的表现，你做了许多在你的处境里似乎是不可能的事情。你在艰苦的环境中锻炼自己，创造自己，只为了来完成更大的工作。你终于留下不少的成绩和不小的影响而去了。你的死使我想到了法国大革命时期的启蒙学者龚多塞，他在服毒以前安静地写下了遗言："科学要征服死。"我又想起一个躺在战场上的兵，他看见自己的战胜的旗帜在敌人的阵地上飘扬，才安然闭上燃烧的眼睛。

有了这样辉煌的战绩以后，你对自己的死应该没有遗憾了。你是完成了你的任务以后才倒下的。而我们呢？作为你的朋友的我们，至少我是没有理由来哀悼你的。失去了这个散布生命的人，失去这个"生命的象征"，像这样一个生命的壮观如今竟然在我们的面前永久消去，我们应该感到何等的寂寞。我们应该为这个巨大的损失悲痛。

在这里我不敢提说到个人的私谊，这几年来我已经失掉不少能够了解我、鼓舞我、督责我、安慰我、帮助我的友人，如今又失去这个不可少的你！十二年来的关切、鼓励、期望、扶助（我永不能忘记"八·一三"以后两个月你汇款给我的事，那时你自己也是相当困苦的），现在都成了一阵烟，一阵雾。我在成都得到你的死讯回来，读到你生前寄出的告别信。我读了开头的几句："无论属于公的或属于私的，我有千言万语需要对你说，但我无从说起，"我只有伏在书桌上淌泪，范兄，我不是在为你流泪，我是在哭我自己。

在你的告别信里还有两段我不能卒读的话，我不知道你是怎样把它们写下来的，你甚至带点残酷地说：

自去年冬至节以后，忽然变成终日喘哮不绝，且痰塞喉间，乎卢乎卢作响，咽喉剧痛，声音全部哑失。现由中西医诊断，谓阴历十二月一个月为生死关键。

最近几个月来我已受够了病的痛苦，因为喉痛，连鲜牛乳、鸡汁都不能自由的吃。四肢和身躯已成枯柴，仅剩了骨和不光泽的皮。我已不能自己穿衣，不能自己研墨执笔，我的身体可说完全失了自由。

在我们这些活着的友人中间有谁受过这样痛苦的病的折磨？又有谁能够忍受这一切而勇敢地一直工作到死？更有谁在自己就要失去生命的时候还能够那么热情地到处散布生命，写出洋溢着生命的歌颂生之欢乐的文章？倘若有一天我也到了你这样的境地，我不知道自己是否可以保持着你的十分之一的勇敢和热情，像一个战士那样屹立在人世的波涛中间？我更担心自己是否还可以像你那么宁静，那么英勇地去迎接死？

今天仍旧在这间堆满家具和书报的宽大楼房里，窗外街中响着喧嚣的汽车声，尘土和炎热不断地落到我的头上，身上，手上和纸上。时间已是开篇所谓"昨夜"后的第四天了，我的高热刚刚退尽。这几天里我不能够做别的事情，我就只想到你，我善良仁厚的亡友。你现在永远地离开我们了。一直到最后你还给我们留下一个战士的榜样，你还指示我们一个充实的生命的例子，你对自己，对朋友都可以说是毫无遗憾的。正如我在前面说的那样，你是尽了你的战士的任务躺下了，你把这广大的世界和这么多待做的工作留给我们。继续你的遗志前进，这正是作为你的友人的我们的责任。范兄！你静静地安息罢，我不能再辜负你的殷切的期望了。

从炎热的下午到了阴雨的深夜，雨洗去了闷热，但也给我带来寂寞。而且这是带点悲凉味的寂寞。一切都睡去了，除了狗吠和蛙鸣。十二年的友情又来折磨我的心。我从凌乱的书桌上，拿起你的信函，你那垂死的手写出来的有力的字迹，正在诉说十二年中间两个友人的故事。武庙中第一次的握手，也就是同样的写这信的手和拿这信的手罢，那么这应该是我们的最后一次的握手了。这样的告别，这是多么可悲痛的告别啊！

但是望着眼前你的活跃的字迹，我能够相信你已经离开了我们这个世界么？

第二部分
做人

•171

凉风从窗外吹入，我伸出头去望天空，雨天自然没有星光，但是我的眼前并不是一片黑暗。我想起了一颗死去的星。星早已不存在于宇宙间了，但是它的光芒在若干年后才达到地球，而且照耀在地球上。范兄，你就是这样的一颗星，你的光现在还亮在我的眼前，它在给我照路！

　　　　　　　　　　　　　1941年6月17日夜在重庆沙坪坝。

怎样做人及其它[1]

××先生：

你的信都收到。我忙，生活乱没有能早给你写回信，应该求你原谅。

这一年来我接到好些没有见过面的朋友的来信，我都没有回答。我害怕写信，我也不想讲话。我知道我的对善恶是非的观念跟别人的不同。我不会讲别人爱听的话。可是我又不能撇弃我的理性。因此我只有封住自己的口，等着时间来给我做一个公正的裁判官。

这一年来我用沉默来养我自己，我没有得胃病，倒是一件幸事。朋友们不明白这情形，他们也许不会原谅我。他们会憎厌我的傲慢，责备我的懒惰。可是我有什么办法为自己辩解呢？

你像一些年轻的朋友那样，要我回答"怎样写作"的问题。这个问题可把我窘够了。老实说一句：我答不出。我实在没有想过它，从来没有想过它。你以为一个从事写作的人应该知道怎样写作，你自然有你的理由。现在一般书店里堆满了谈写作和教人怎样写作的书。每本书都有不少的读者。可是我始终没有读过一本，虽然我知道有几个年轻朋友熟读了它们，仍然写不好文章。

你说得对：现在不仅有不少的人爱读"怎样写作"，还有更多的"著作家"喜欢教训人"怎样做人"。我称那些人做"著作家"，我觉得自己脸红。我翻过几本这一类的书，我不解为什么别人让它们毫无顾忌地传播。难道大家就不为这个民族的前途着想？对人讲手段，讲应付；处世要"教育"，要"秘诀"。——那么我们还有什么"将来"呢？大家都有了"秘诀"，大家都会"应付"。什么"理想"，什么"正义"，什么"诚实"，

第二部分 做人

---

[1] 本篇最初发表于一九四四年五月一日《人世间》第二卷第一期。

什么"牺牲"都会变成梦话了。

不错，你最近一封信里讲起的那位赖诒恩神甫说过这样的话："人不会自动地为了公共利益而牺牲他们自己的幸福与愿望。"你不要相信他。那只是一句话罢了。他为了证明对于宗教的需要，为了证明提高道德标准的"比较重要"，他竟然把人当作一个富于自私心的动物，要是不用道德教条来束缚他，不用宗教来感化他，好像人们就会互相残杀似的。

这位天主教的神甫关在教堂里制造人性，可是事实上他却不知道人性是什么。然而要是他放下《圣经》，走出他的圈子，去观察民众生活，去观察大自然，或者去饮一滴从那在森林中巢居的鸟群和在大自然怀抱里造穴的哺乳动物的互爱社会中流出来的互助的清泉，他便知道，不但人，便是动物也是有道德的。法国福勒尔和于伯关于蚁类生活的研究，俄国谢威尔左夫关于鸟类生活的叙述，德国普列姆的巨著《动物的生活》，毕黑勒尔的《动物界的爱与爱的生活》等等（这类书太多，现在只好随便举出几本），都证明一般的动物，并不是生来就有自私心，它们并且能够为群体的利益牺牲个体的愿望。福勒尔描写过蚂蚁的胃内分食的生活：饥渴的蚂蚁遇见它的吃饱的同类，要求分给它一点饮食，它的同类马上张开大颚，吐出一滴透明的养液，让它舐食。彼此满足，大家相安。谢威尔左夫叙述过白尾鹫的"会食"。那天他隐在草原的坡下走近它们，看见它们围着一匹死马。老鹫先吃，吃完便退到近旁的岩上，担任瞭望工作，让年轻的同伴安静地吃饱，大家和睦，绝不争夺。冠凫被希腊人称为"慈母"。鹤类与邻动物也实行互爱。知更鸟哺养戴菊鸟的幼儿。像这类的例子实在太多。所以有人说自然界是人类的第一个道德教师。

原始人更有着很好的伦理与社会。甚至在冰河时代和第三纪末期中的原始人，他们也有着把自己的"我"跟社会的"我们"看作一样的习俗。直到现在无论是蒙昧人——Savages（如蒲系满人、霍坦脱人、亚柳人、埃斯基莫人等）或野蛮人——Barbarians（如博牙特人、卡巴尔人等）都把同胞的利益看得比个人的利益更重。李席顿司太因看见蒲系满人怎样牺牲自己援救落水的同胞。传教师维尼亚闵诺夫收回他半年前忘记在亚柳人那里的一包干鱼。博牙特人与卡巴尔人有着很好的共同生活的习惯。至于我们所谓的"文明人”，无论从人种学、人类学、生物学、或社会学方面看来，我们绝不是贪婪而自私的动物，在道德上还不如野蛮人、蒙昧人，甚至飞禽走兽和昆虫的！我可以举出千万件事实，我可以指出无数的组织（过去的和现在的）来证明人的确"常常自动地为了公共利益牺牲自己的幸福和愿望的"。

人是道德的生物。他过惯了共同的生活，他知道该怎样公平地对待他的同胞。自有人类以来，他走的总是这样的一条路：把个人的命运联系在群体的命运上，将个人的希望寄托在群体的繁荣中。这是唯一的生活的路。自然力的征服，中世纪自由都市的光荣的历史，近代科学与艺术的伟大的成就，……无一不是人类的联合力量与牺牲精神的结果。道德的教条，宗教的束缚，在这些成就上并没有多大的影响，只除了宗教有时阻碍科学的进步，道德教条（道德与道德的教条是两样东西）有时妨碍社会的革新。

至于人的自私与贪欲，社会的不满，罪恶、贫困、战争，都是由不合理的制度来的。它们并非起源于个人的自私心。制度不能产生于一朝一夕，犹如个人不能一旦突然变好或变坏。我们的"存在的一切"都是逐渐演化来的。若将人类当作一个整体看，那么我们可以说，人类永远是向前进的，虽然他有时也走着弯曲的路。

为着将来，我们实在没有悲观的必要。我们还可以看见人类的更光辉的成就。求生的力量，生存的需要，社会的本能逼着人走向联合的路。现代社会的一切优越的知识，发明，便利都是社会全体分子的合作、协力造成的。并且社会愈进化，个人孤独的生活便愈成为不可能，人与人间的关系也愈密切，彼此依赖也愈深。人对他的同胞必须真诚，必须互助；离开了合作与互助人便不能够生存。一个最深刻的伦理公式是："没有平等便没有正义，没有正义便没有道德"。一个社会学家说得好："一个人如果不使他周围的人解放，他也不能解放自己。万人的自由便是我的自由。"另一个伦理学家说："真正的幸福是从在民众中间与民众共同为着真理和正义的奋斗中得来的。"要说"教育"，这才是真正的"处世教育"；要说"秘诀"，这才是真正的"处世秘诀"。甚至下等动物也了解这个道理。我们要谈"怎样做人"，还不如揭下自己的文明的面具，像原始人那样，去向自然界学习吧。从小虫、小鸟，以及种种的动物那里我们可以学到许多正确的知识，都是那些所谓"修养书"里所没有的。你要是不想做一个小滑头，我便劝你不要去读那些"修养书"。

至于我自己怎样做人，我觉得这是值不得提说的。不过我可以告诉你，我喜欢背诵法国地理学家邵可侣的一段话：

> 我无论到什么地方，我都觉得我好像在自己的家里一样，在我自己的国土里一样，在我的同胞、我的弟兄中间一样。我从不曾让我的感情征服了我自己，只有那对于一个大的祖国内所有居民的尊重与同情的感情，才可以支配着我。我们的地球这么快地在空间旋转，好像大无穷中的一颗砂粒，难道在这个圆球上面，我们还值得花费时间来彼此相恨么？……

纪念一个善良的友人[1]

一

今天在街上看见一个背影跟你很相似的人，我几乎要叫出你的名字，可是我立刻想起你已经在三个月前离开这个世界了。

这大半年来，我的生活特别乱，我的心特别烦。过去的每个日子都给我带来新的追悔，新的苦恼，"生命的浪费"的感觉压迫着我。我像是一个被判定在监牢里憔悴一生的囚人，我不敢用思想，我怕触动我对于无法达到的东西的渴望。我又回到写《灵魂的呼号》[2]的时代了。可是那时候我还有我的一支笔，可以整天写出我心里的话，现在我有的却是那无数琐碎的事情。我无法摆脱它们。我始终绝望地挣扎，我在跟它们挣扎。这时候我多么需要友情的安慰和鼓舞。我想找个机会去你那里同你畅谈一两个整夜，因为在朋友中你是比较了解我而又愿意听我发牢骚的人，正如你自己所说，你"一直在系念着"我，而且恐怕再没有像你这样系念着朋友的人。并不是我没有机会。我知道你随时都欢迎我去。还是那些杂事耽误了我。于是我等着你进城，你去年十一月二十九日的信里还提过"不久就要进城'就业'"的话。我一直在等着……等着。可是一月十八日早晨我突然在报纸上看到了你的死讯，是用小五号字排的，不过短短的三四行。我不能相信那是关于你的消息，你不能用这模糊的铅字的痕迹向朋友们告别。然而过了三个钟点，同你住在一个地方的左兄的快信到了：

---

[1] 本篇最初发表于一九四六年一月十日《文艺复兴》第一卷第一期。

[2] 你一定记得十三年前我在你住的那个北平小小公寓里开头写的那篇短文。我知道你那善良的心对朋友的任何事情都不会忘记。《灵魂的呼号》在天津写完，发麦在上海《大陆杂志》上，后来又作为"代序"印在《电椅》集的卷首。

崇群今晨三时二十五分长逝于江苏医院，因医院不能久停，无法俟友好齐至一瞻遗体始行安葬，爰定后日（十七日）上午九时落土，心痛笔重，容缓详告。

一切可能有的疑惑和希望都消灭了。想不到一张薄薄的信笺却能够毁灭那么多的东西。朋友，这次真是永别，你竟然一声不响地悄悄走了。这封短信在邮路上走了四天，我到十八日的下午才看到它。我赶到你长眠的地方，却只能看见一堆新土和两个纸制花圈。花圈上贴着白纸条："崇群先生千古……"。除了你的名字外，再没有什么东西使人相信躺在这松松土堆里的会是你本人。那是一个斜坡，旁边有两座简单的坟墓。不知道是怎样的人做了你的邻舍。你躺在那里应该是多么寂寞。

我在你墓前站了五分钟光景，我没有向你说一句话，或者行一个礼。我默默地跟着朋友们走到渡口去。要是在一个月前你一定会跟我们同去，可是现在我们却撇下了你。十四年的友谊就这样梦也似地结束了。离开那个地方的时候，我在心里暗诵着你从前写给我的那句话："我们无端的相聚又无端的别离了。"[1]

无端！难道这真是无端的么？

二

就在这一天的晚上，我睡在江的彼岸，半夜里风敲着窗，窗门被吹开了，寒气从洞开的窗户扑进来，把我从梦中惊醒。屋子里一片黑，外面是砂土飞舞的声音。我不能睡。寒风从四面八方袭来。身子的颤抖使我的脑子特别清醒了。我想到躺在土里的你……那个光秃的斜坡，那些经不住风吹雨打的松松的土块……最后我想到这天傍晚一个朋友告诉我的你临死的情形：

"他真是太善良了，他一直到死都不愿意麻烦别人，"朋友左叹息地说。

"我从没有见过像他这样善良的人，"左太太说，眼圈已经红了。

我蜷缩在被窝里，一边低声念着他们的话，一边流着眼泪。

[1] 见缪崇群著的《一对石球》。

只有在这时候我才知道我的损失是多么地大。我失去了一些永远找不回来的东西，一些我应该珍惜却没有好好珍惜的东西，在我们相识的十四年中间，我不知错过了多少次和你相聚、和你通信的机会。我没有好好地认识你的纯白的心灵，我也没有尽我的力帮助你跟疾病、跟困苦挣扎，我也没有尽我的力帮助你安排一个较好的生活。我给你的只是一些空话，一些不能实现的希望。一直到你死，我没有能给你一点安慰，减轻你一些寂寞和痛苦。作为一个朋友，我辜负了你的信任了。

三

　　在这不眠的寒夜里，我重温着我们十四年的友情。在这动乱的、漫长的十四年中间，我目睹了够多的人世的兴衰，我忘记了不少的事。可是我们相识、相聚的情景还历历在目。

　　我回想着，回想着，我的心慢慢地温暖起来，黑夜也逐渐淡去，你那温和善良而带苍白色的面颜出现了，还是你那包着水的眼睛，微笑的嘴唇，带痰的咳声，关切的问询。这一切仿佛是永不会改变的东西。从最初的相识到最后的会晤，我没有看见你改变过一点，甚至不治的痼疾，甚至人世的苦辛，都不曾毁损了你的面容和心灵。

　　"九·一八"事变的前几个月，我去南京访左兄，在成贤街一个小楼上，我们第一次见面，没有经过第三者的介绍，我们各人说出自己的名字。我读过你的文章，你也读过我的作品。在我等候左兄的两个钟点里面，我们谈了将近一点半钟。这不是普通的寒暄，这是肝胆的披沥，心灵的吐露。我没有谈起我的过去，你也不曾说到你的身世，可是这天傍晚我们握手分别时，却像是相知数十年的老友。

　　过了一天我便回到上海。我们中间信函的往返就是从这时候开始的。当时你正代左兄编辑一份文艺杂志，我做了这杂志的长期写稿人。每个月在一定的日期我为你寄出一个短篇。你收到我的稿子，总是老实地写出你读后的意见，有时也不客气地指出我的缺点和错误。这态度，这习惯，你一直到死前两个月还保持着，虽然你早已不做杂志的编辑了。去年十月我的小说《憩

第一部分

做人

园》出版，你还是它的一个精细的读者，你甚至为我指出那书中的一个"小毛病"（你客气地说，那是"小毛病"），而我自己和别的一些读过这小说的朋友都把它看漏了。

有一次（还是在"九·一八"前）我寄你一篇《我的眼泪》，这小说是为了纪念那个被称为"二十世纪最优美的精神"的意大利卖鱼者樊塞蒂写的。你第一封信向我叙说了你的感动，可是接着又来了第二封信，你愤慨地告诉我你为了我这篇文章跟杂志社负责人发生了争执。第三封来信说负责人已经让步，不再阻止发表这篇文章，却只要求将稿子压一期付排，你还预备以去就力争要我的小说早与读者见面。我感谢你对朋友的热诚和做事的认真，可是我不愿意你为这一件小事就放弃你的工作。我便另外写了一个短篇为你寄去。这就是我收在《短篇小说第一集》里的《一封信》，它占据了《眼泪》的地位。但《眼泪》在下一期杂志上也居然堂皇地与世人相见了。你应该是我见过的一个最有责任感的编辑罢。后来我又为你的杂志写了长篇小说《雨》，可是它只刊出一半，你就因病或者因为别的事情离开了杂志社，离开了南京。从这时起我就没有看见你的名字印在任何文艺刊物上面了。

"一·二八"沪战爆发的那个夜晚，我正在由京开沪的火车里面，车子开到丹阳又折回了南京，使我在那里同你多聚几天。在我那篇《从南京回上海》中，我这样写着：

> ……下午醒来，到一个朋友那里去。朋友看见我便惊喜地说："原来你回来了！我们正在替你担心。"我很感激朋友的关心，但是我看见桌上的一张《新民报号外》，我的心又被沉重的石头压紧了。……
>
> "看这情形，上海是没法回去的了，天津恐怕也危险你还是准备在南京多住几天罢。住旅馆不方便，搬到我这里来住好些。"这是朋友的殷勤的劝告，在平时我很喜欢听这样的话，但是这时候它们却把我的希望杀死了。……
>
> 在朋友那里所谈的只有愤激的话和痛苦的话。朋友也是一个

有心而无力的人，他的身体比我的坏得多。他患肺病，最近还吐过血。他是需要静养的。我和他多谈话，只有增加他的痛苦。我看见他那没有血色的脸上怎样燃起了愤怒的火。……我们的口只能够在屋子里叫，我们的手只能够拿笔。……

一个星期以后我安全地回到了上海。过了几个月你也就到了北平。

这年九月我去北平看你，我在你那个小小公寓的小小房间里住过几个夜晚。那时你新结了婚，但是你让你太太住在岳母家，你一个人睡在公寓里养病。还是你那包着水的眼睛和微笑的嘴唇，只是精神较差一点。

关于这次的相聚，你写过一篇短文。你写着：

> 记得你来的时候，你曾那样关怀地问：
>
> "在这里，听说你同着你的妻。"
>
> "是的，现在，我和她两个人。"
>
> 我诚实地回答你，可是我听了自己的答语却觉得有些奇异，从前，我是同你一个样的：跑东奔西，总是一个单身的汉子。现在，我说"我同她两个"——竟这样的自然而平易！
>
> 你来的那天白日，她便知道了她的寂寞的丈夫还有一个孤独的友人。直到夜晚，她才喘嘘嘘地携来了一床她新缝就的被子。
>
> 我于是为你们介绍着说：
>
> "这就是我的朋友；这就是你适才所提到的人。"……
>
> 那夜，她临走的时候我低低地问：
>
> "一张床，我和朋友应当怎样息呢？"
>
> "让他在外边，你靠里。……没听说过——有朋自远方来，抵足而眠啊。"……
>
> 朋友，你在我这里宿了一夜，两夜，三夜……我不知道那是偶然，是命定，还是我们彼此的心灵的安排？
>
> 有一次你似乎把我从梦呓中唤醒，我觉出了我的两颊还是津湿。我几次问你晨安，你总是说好，可是夜间我明明听见了你在床

上辗转。……[1]

你把这篇文章题作《一对石球》。那对有红色斑点的石球是我在颐和园里买来的，我打算把它们带回上海，却放在你那间小屋里忘记带走。你说要给我寄去，我更愿意把它们作为纪念物留给你。那次在北平我玩了好些地方，却只有两次拉着你和你太太同路。一次是游三殿，你们让我一个人进去，却坐在进门处石阶上等候我。你喘着气告诉我你委实没有力走到里面去了。你那时身体似乎很坏，连走路都很费力。你整天就坐在公寓里安静地度着日子。还有一次，我们坐车去看电影，到了戏院门口，你用力拖住我，好让你太太去买了票。我知道你的性情，我必须让你那愿意使每个人欢笑的心灵得到满足。从电影院出来我又跟着你们到附近一家广东酒楼去。我默默地看着你们夫妇红着脸（病态的红），带着欢笑张罗一切，我脸上露着笑，心里却只想哭。我也许只是一个卑微不足道的利己主义者，可是在这一刻我却愿意拿我一生中最好的时间来换取你们的健康。我不能给人间添一点点温暖，我活着不就是在浪费我的生命？

酒浇在我痛苦的心上，我醉了。回到公寓里我不想说话，我却拿出稿纸写起我的《灵魂的呼号》来。

第二天下午我离开了北平。你扶病送我到车站，你太太也去了的。开车的时候我从三等车厢里伸出头来，你们还站在月台上频频对我挥手。我万想不到这一别就是三五年，而且我永远见不到你那位好心的太太了。

在车上我想起了几句话，一到上海我就把它们写下来寄给你：

> 我无端的来，无端的去。打扰了你们好几天，分享了你们一些快乐，我带走了一些东西，也许还留下一些东西。可是过去的终于过去了。……

第二年秋天我又去北平，但是你们已经到南京去了。在一篇短文里我这样写着：

[1] 见散文集《寄健康人》（良友图书公司一九三三年版）中的《一对石球》。

火车在细雨蒙蒙中离开了浦口，时候是十一点钟。我没有留我的脚迹在南京，我是有遗憾的。……尤其使我挂念的是那个害肺病的朋友和他的夫人。他最近还写信给我说："你的心灵的纯洁，生活的洒脱，只要在我得到一刻沉静的时候，我便追怀着你：我是渐埋渐深的成了一个泥人了。我常常希望着因为我有痼疾而早结束了我的生命。"去年我在北平承他款待了一个多星期，和他在一张床上度过了那些夜晚，听了他多少次的咳声和梦呓。……我带走的他的印象到现在还没有褪色，依旧是去年那样地鲜明："心灵的纯洁"，只有他可以接受这个评语。但是没有人了解他。他如今在艰苦的生活的斗争里、社会的轻视的眼光下一天一天地衰弱下去了。每次我读着他那些混合着血和泪的散文，我的整个心灵都被扰乱了。我常常在心里狂叫着："他是不能够死的，他应该活下去，强健起来，去享受生活里的幸福。"但是谁能够使这愿望实现呢？……[1]

没有人回答我这个呼吁，后来连我自己在忙乱的生活中也忘了常常给你去信。我只寄过你两三册我著译的书，《秋天里的春天》便是其中的一本。这应该归罪于我，因为你困居南京，实在追不上我的脚迹。

但是在我去日本的前两夜，我还有机会在上海一家公寓里同你相见。记得你那时刚从南京来，暂住在一个朋友在公寓里定下的房间。小小的屋子里已经坐了四五位客人，他们应该是那位朋友的友人罢。里面有一个偶尔在《现代》杂志上发表一两篇短文的作家。我平日很讨厌他，看见他那油滑的面孔，我无法和你谈话，在那个不通风的房间里坐了不到半点钟，我就匆匆地告辞走了。我没有对你说明我匆匆告辞的原因，正因为"匆匆"，也忘了向你讨一个通信地址。

第三天早晨，浅间丸载着我向横滨驶去。三天后我到了那个地方。在那个岛国的居留期中，我改换了我的姓名，除了两三个朋友，没有人知道我的行踪。从这时候起整整有二十二个月我们没有通过信。我失去了你的地址，

---

[1] 见《旅途随笔》中的《三等车中》。

你也不知道我的踪迹。

　　然而两年以后，一个秋天的傍晚，我在上海意外地接到了你的信，我认出你的字迹，我高兴地对自己说："我又找回他了！"可是拆开了信，我看到的却是这样的话：

　　……你还记得在南京，不，在这个广大世界上，有一个你系念过的人，你曾为他祝福，希望他生活下去，得到生活里的幸福……并且他也一直的在系念着你。病没有使他灭亡，还如你所希望的在生活着……就是你曾经把一对石球遗忘给的那个人，也是写了《一对石球》寄赠你的那个人。

　　朋友，五年的时光一霎间的过去了。如今除了我还在系念着我的几个私自景仰、私自向往的友人之外，怕再没有如我这样的在系念着我的友人了。我是一无所有的。你所希望于我的，生活下去，这便是我生活下去的一条荒凉的寂寞的路程。

　　朋友，你还记得你一度闯入我们蜜蜂一般的生活圈里，不但不曾把你看作生客，还把你当作蜂王，当作长老的我们么？一个人小心翼翼的为了你抱了新缝的被衾而来，一个人诚诚恳恳的留着你抵足而眠么？那一个是你知道的祖英，也许经过了五年你早已把她忘记了。她是一直的和我在一起，她是一直的和我一样为生活而苦苦挣扎。她在上月二十五日傍晚已经死去了，她想挣扎再也不能挣扎的向生活永诀了。

　　想到那些日子，才是我们生活的日子，想到那些日子里有过你，我们生活的日子才仿佛有过记录。现在什么都完了，祖英一死，连那些生活里有过记录的日子也没有一个人知道，没有一个人谈起了。

　　想到前年秋天她每天给我读一节你赠我们的《秋天里的春天》，我们每每随声对泣。爱巴达查尔师，又怨他。谁还料到祖英死后我再对你提起这个书中人物呢？

　　祖英临死的时候还说：她死，我将是世界上一个飘泊的人。我飘泊到什么地方去，又为什么飘泊，她就没有给我接话，连我也不知道！

正因为我是一个平凡地想平凡生活下去的人，我想我应该把这个消息告诉你。

打扰你了，我想着祖英，想着你，想着我还有自由可想的人……我就这样地再可以生活下去了吗？你该应我一声！

我读着这封信的时候，另一个和你相熟的朋友[1]正坐在我旁边，他也是两年多没有得到你的信了。我把信拿给他看。我们默默相对，许久讲不出一句话。

我回想着那个红红脸的年轻主妇的面影，我暗暗地问自己：这不是梦么？为什么她这么年轻就离开这个世界？

可是这一次我不能再沉默了。我立刻写了回信。我盼望着"明年的春风会给你煽起生命的烈焰，给你吹散痛苦的回忆"，使你能够强健的活下去。

那个朋友也给你去了信，他当时正在上海编辑一份文艺月刊，要求你寄稿子来。你并没有寄过文章，可是我们间的通信却不曾间断过，并且一直继续到"八·一三"。

那个朋友在北平住得比较久。有一次我们谈起你，他才告诉我，你在北平还有一个老家。你住在那个湖南人开的公寓里的时候，你家里人知道你在北平，却不知道你住在什么地方。后来你父亲去世，你的兄弟登报找你，你才回到家里去主持你父亲的丧事。那个朋友就是在你的老家里和你第一次见面的。

你始终没有对我谈到你的身世和你的家庭，我也始终不知道你有一个什么样的过去。可是从那个朋友的口中知道你还有一个老家以后，我不久又读到你的一篇题作《棘人及其他》的文章。这篇文章是早已写好，早已发表了的，可是这时我才读到它。读你的文章仿佛在听你谈话，亲切、温柔，还夹杂了一点点哀伤。

---

[1] 这个朋友便是靳以。

第二部分
做人

　　我这次回到家里，已经隔了好几个寒暑。到家的那天，距父亲的死已是六天之后了。倘使我六天之前归来，也许在父亲衰老的脸上还弛下一条笑纹，在将要模糊了的脑中添一个还存在着的儿之印象罢？……

　　几年前我离开这无母的家，几年后我又回到这没有父亲在的家了。……

　　父亲躺在漆黑了的棺里，弟弟被满头满身的缟素包裹着……

　　父亲生前到学校用的书包，还原封搁在他的房里，所有的父亲用的东西，也都统统锁在一起。……[1]

　　这文章写成的日期是"一九三三年一月"。离我们那次在北平的相聚不过三个月光景。三个月！这么短的时期，你的生活里发生了多大的变化！我却无法在你的信里找到一句与它有关的话。为什么保持沉默呢？虽然这文章告诉了我一些你没有对我讲过的事，可是我到现在还不明白你为什么脱离家庭。这中间也许有一段痛心的故事。但你为什么不让做朋友的分担一点你的痛苦？

　　现在你抱着你的痛心的"秘密"到永恒里去了。那里有你的妻，你的母亲，你的父亲，希望你能够在那里找到一个温暖、和睦的家罢。那么过去的就应该让它静静地过去了。

　　抗战的第二年，我在广州遇到左兄，从他那里打听到你的通信处。我寄了一封信到桂林去。不久你的回信来了。是一封短短的信。可是你告诉了我一些我愿意知道的消息：你活得相当强健，体力和精神都比从前好多了。你甚至兴奋地说起渴望看到抗战的胜利。

　　但是这封信带给我的快乐并没有继续多久。敌人在大亚湾登陆，接着广州沦陷，我和几个朋友沿着西江辗转到了桂林。

　　到桂林的第二天我就在一家北方饭馆里遇见了你。还是那包着水的眼睛，微笑的嘴唇，苍白的面颜。你并没有什么大的改变！可是我觉得你胖了些，气色好看些，精神也好了些。我的眼睛证实了你的话，我当然高兴。你

---

[1]　见《寄健康人》。

还告诉我，你现在能吃能走，还可以陪我走很远的路，游遍桂林的山水。

这以后，你果然陪我玩了不少的地方。在这个古城里我们常有聚谈的机会。后来你决定离开广西时，为了等候便车，你曾搬到我的寄寓里，同我们过了好几天愉快的日子。我说"我们"，因为当时在一块儿聚谈的还有一个"害怕过桥的少女"，她同你还是在那个古城里第一次相见，可是她不久就对着拾来的炸弹片为你编织绒线背心了。在《希望者》[1]中你称她做"一个好心的孩子"。这些年来她一直没有把你忘记。现在她作了我的妻，也作了你一个永不相忘的友人。前天她还捧着《眷眷草》垂泪，她一定在追忆滴水边上的美丽的日子，那些连炸弹同大火都不能使它们褪色的光辉的日子罢。

一别又是两年。这中间我走过不少地方，你也走过不少地方。可是后来我们终于在一处碰到了。那是重庆——北碚——北温泉：这三个地方，现在都还保存着我们的脚迹罢。

这次你还是没有什么改变，或者你故意不让我看见你有什么改变。我相信你的健康在逐渐恢复，我相信我们还有够多的聚首的机会，我坚决地相信着未来，也相信着在"未来"里我们可以在一起过着比较理想的生活。在这时期我开给你的不兑现的支票更多了（在前一个时期我逼着你写文章，却只为你印过四本小书）。我给过你不少的希望，却终于看着它们一个一个地毁灭。我三次来重庆，三次和你在北碚见面同游北泉，都没有能够帮忙你减轻一点你心灵的痛苦的重压（我不说"物质"，因为你的生活原是那么简单）。尤其是最近这一次——我动身来渝的前一天在贵阳先后遇见你的两位老友（左兄和云兄）。他们都同我谈到你。一个说你的身体还可以支持（他用了"拖"字）若干年；一个说你渐渐地逼近险境了。我说去渝后一定设法为你安排一个较好的生活。可是在北碚看见你，我给你的还是一个空的希望。你对朋友始终无所要求。每次同游北泉，都是你殷勤款待。你为朋友，可以舍去你最后的汗衫。我存在上海的行李中还有你在桂林送给我的一件毛衣（我从桂林穿到上海，就没有能带出来），有一个时期它曾使我的身体得到了够多的温暖。

如今你终于没有得到朋友的帮助，静悄悄地死了。活着你没有麻烦朋

[1]　《希望者》：见缪崇群著散文集《眷眷草》的第五辑。

友，临死你也没有麻烦朋友。[1]你病，我不知道；你死，我没有和你诀别。我未能到病床照料你的病，也未能送你的棺木入土。十四年的友情就这样静悄悄地结束了。想起你去年八月十二日夜间写给我的信里的那一段话：

> 你说了我的话：我们几个朋友终于有一个时候可以长久在一起生活，在一起工作的。战时我们分别或同住在帐篷里，战后我们更要建造一条船，一个小舢板也好，一齐在里面当作家，不只是家，恐怕还要渡过一面风不平浪不会静的大海，操作着，努力着，驶向我们真要向往的一个港湾，或一片处女地去。我的身体也许不会支持太久了，但是我从来没有放弃过这个念头。……
>
> 说这些话也许还渺茫，我也活得实在渺茫啊！

还有十一月十六日信里写的：

> 我现在希望着我的希望如同一坛酒，让它愈埋藏愈醇郁罢。

我真不知道应该怎样安放我的这一颗心！你对我从没有说过一句怨愤的话，但是我能够宽恕我自己么？

你的善良的宽恕一切的心已经在土里得到安息了。可是我，活着的我是得不到安息的。我每想到我那些没有兑现的空头支票，每想到我那些骗了你几年的空的希望，我的心怎么能熬得住那长期的苦刑！

四

风静了。我的四周是一片死寂。夜凉得像水一样。黑暗中闪起一股灰白光。我知道寒夜快到了尽头。我的回忆也快到了尽头。在这短短的两三小

[1] 你病中不让人为你写信通知朋友，就是在你得不到适当的照料使病势加重时，你也保守缄默（听说有一次你叫了一夜口渴，到天明才得到一杯水喝）。后来左兄知道你的病状，坚持着送你进医院去，那时你已经没有充分的生命力，跟那压迫了你多年的疾病继续战斗了。据说你一直到死并没有发出一声痛苦的呻吟，也没有留下一句告别的遗言。你死后脸上罩着和平的笑容，人看不见一点痛苦挣扎的痕迹 你好像是没有遗憾地安安静静死去的。你死后身边还留着可以偿付医药费的钱。并且你生前就已经把后事安排清楚，好像准备着随时随地死去，都不致烦累别人。

时里我经历了十四年中的聚散和悲欢。现在这一切都得跟着寒夜逝去了。在那光秃的斜坡上，在经不住风吹雨打的松松的土块下，人们埋葬的不止是你的遗体和那些没有实现的希望，还有我过去十四年的岁月。那应该是我一生中最美丽的日子。青春、热情、理想、勇气、快乐……那些编织幻梦的年龄……它们已经跟着可以为我印证的友人同逝了。……

想到这，我只有痛哭。

但是崇群兄，我不是在哀悼你，应该哀悼的倒是我自己。我失去了我的一部分，我的最好的一部分；我失去了一个爱我如手足的友人。那损失是永远不能补偿的了。

永别了，我纯洁善良的友人。听说你在病中说过，你不愿意死，不应该死。是的，你是不会死的。你给我们，你给这个世界，留下了九本小书。[1] 那些洋溢着生命的呼声、充满着求生的意志、直接诉于人类善良的心灵的文字，那些有血有泪、有骨有肉、亲切而朴实的文章，都是你的心血的结晶，它们会随着明星长存，会伴着人类永生。

记得你说过：

> 惟有爱才是向荣的，正当的，幸福的。

又说：

> 我铭感着人间还有熏风，还有灵雨，还有同情，还有自然的流露，还有爱。[2]

你说了真话。正因为这样，你的充满了爱的心便不是那不治的痼疾所能毁灭的了。

1945年4月在重庆。

第二部分 做人

---

[1] 《晞露集》（星云堂）、《寄健康人》（良友）、《归客与鸟》（正中）、《废墟集》（文生）、《夏虫集》（文生）、《石屏随笔》（文生）、《眷眷草》（文生）、《现代日本小品文》（翻译——中华）。还有一本散文集，我正在替他编辑，拟题作《碑下随笔》。《碑下随笔》已收入《文学丛刊》第十集，一九四九年初出版。（一九五九年注）。

[2] 见《石屏随笔》。

怀陆圣泉

六年前一个夏天的早晨我坐"怡生轮"去海防。圣泉赶到金利源码头来送行。开船时，他和我哥哥都立在岸上对我微笑。我对他们说，两年后再见。

我绝没有想到这就是我和圣泉的最后的一面。

我离开上海后第二年，在成都得到圣泉被捕的消息，那是从桂林传来的，后来又听说他已经出狱。但是我到了桂林才知道他入狱后下落不明。我各处打听，一直得不到确实消息。朋友们见面时，常常谈起圣泉，我们想念他，暗中祝他平安。有时在静夜，我们三四个友人对着一盏油灯围着一张破旧而有油垢的方桌寂寞地闲谈。桂林郊外的寒气从木板壁缝侵入。我们失去了热情。怀念和焦虑在折磨我们。我们的谈话变得没有生气了。我们便安慰自己："等到抗战胜利了，圣泉就会回到我们中间来的。"

四年来我们就用这个希望来安慰自己的焦虑的心。时光在木板壁缩裂时发出的清脆响声（那是我们静夜中的音乐）中匆匆逝去。抗战终于胜利，我们几个朋友也终于回到上海。可是圣泉一直没有消息。他就这样令人不能相信地失踪了。

我不愿相信他已经死亡，所以我不想写纪念他的文章。一个像他那样爱憎分明而且敢爱敢恨的人不能死得这么简单。他有着那么强烈的爱，绝不能不留下一点踪迹。我们固然不能相信他活，但是我们也没有证据证明他死。只要希望未绝，我们愿意等待一生。

虽然他是一个视死如归的人，但他为什么必须死呢？他与其说是被捕，不如说是自首。日本人找不到他，他自己走到捕房去，准备跟那些人讲道理，辩是非。他有着强烈的正义感，他相信敌人也会在正义面前低头。据说他唯一的罪名就是他的口供强硬，他对敌人说，汪精卫是汉奸，大东亚战争必然失败。他可能为这几句真话送命。可是许多干地下工作的人都保全了生命，为什么敌人偏偏毒恨这个赤手空拳的书生，必欲置他于死地？有人揣测他受不了牢中苦楚，患病身亡。但他是一个身心两方面都健康的人，再大的磨炼他也必能忍受。

以上是议论、猜想、耽心。而事实却是他那时和两个朋友守着书店[1]，书店被抄去两卡车的书，他失去了踪迹。书店保全，他却不见了。

我和圣泉相知较晚。"一·二八"沪战后一年我在福建泉州看朋友，在一个私立中学里第一次看见他。可是我们没有谈过十句以上的话。他给我的印象，是一个沉默寡言的人。抗战前两年我参加了书店的编辑工作，第二年他也进来做一部分事情，我们才有了谈话的机会。抗战后，书店负责人相继离去，剩下我们三四个人维持这个小小的事业。我和他都去过内地，但都赶回来为书店做一点事情。共同的工作增加了友情，我们一天一天地相熟起来。在一年半的时间内，我们常常在书店见面。一个星期中至少有一次聚餐的机会，参加的人还有一位学生物学的朋友[2]。我们在书店的客厅里往往谈到夜深，后来忽然记起宵禁的时间快到了，我和那位生物学者才匆匆跑回家去。在那样的夜晚，从书店出来，马路上不用说是冷冷清清的。有时候等着我们的还是一个上海的寒夜，但我的心总是很暖和，我仿佛听完了一曲贝多芬的交响乐，因为我是和一个崇高的灵魂接触了。

我这种说法在那些不认识圣泉或者认识他而不深的人看来，一定是过分的夸张。圣泉生前貌不轩昂，语不惊人，服装简朴，不善交际，喜欢埋头做事，不求人知。他心地坦白，忠诚待人，不愿说好听的话，不肯做虚夸的事。他把朋友的意义解释得很严格，故交友不多。但是对他的朋友，他总是披肝沥胆地贡献出他的一切。他有写作的才能，却不肯轻易发表文章。他的散文和翻译得到了读书界的重视，[3]他却不愿登龙文坛。他只是一个谦虚的工作者。但这谦虚中自有他的骄傲。他不是"文豪"、"巨匠"，甚至他虽然真正为"抗"敌牺牲，也没有人尊他为烈士。他默默地活，默默地死（假定

[1] 书店：指文化生活出版社。
[2] 即《蛋生人与人生蛋》等书的作者朱洗。
[3] 他用陆蠡的笔名出版了三本散文集：《海星》、《竹刀》、《囚绿记》和三册翻译小说《罗亭》、《烟》（都是屠格涅夫的作品）和拉马丁的《葛莱齐拉》。

第二部分 做人

他已死去）。然而他并不白活，他确实做了一些事情，而且也有一些人得到他的好处。但是这一切和那喧嚣的尘世的荣誉怎么能联在一起呢？那些喜欢热闹，喜欢铺张，喜欢浮光的人自然不会了解他。

在我活着的四十几年中间，我认识了不少的人，好的和坏的，强的和弱的，能干的和低能的，真诚的和虚伪的，我可以举出许多许多。然而像圣泉这样有义气、无私心、为了朋友甚至可以交出自己生命、重视他人幸福甚于自己的人，我却见得不多。古圣贤所说"富贵不能淫，贫贱不能移，威武不能屈"，他可以当之无愧。

有了这样的朋友，我的生存才有了光彩，我的心才有了温暖。我们平日空谈理想，但和崇高的灵魂接触以后，我才看见了理想的光辉。所以当我和圣泉在一起的时候，我常常充满快乐地想："我不是孤独的。我还有值得骄傲的朋友。"我相信要是我有危难，他一定会不顾一切地给我援助。

我和他就是这样的朋友。我认识他的心灵，而且和它非常接近。我对人说我了解圣泉，我谈到他的刚直，他的侠义，他那优美的性格和黄金的心。然而要是有人向我问起他的生平，他的家世，甚至他的年龄，我却无法回答，唯一的原因是我不知道。我认识的只是他的人和心，此外便是他的文章。别的，他从未对我谈过，我也始终没有向他问起。胜利后回到上海，我才知道他台州的家里还有年老的双亲和他前妻留下的女儿。在上海我才见到他新婚的太太。听说他和她只过了一个半月的结婚生活。现在她已经空等了四年了。

朋友们登过报找寻他，又曾在各处打听他的下落。有一个时期，我们还梦想第二天早晨他提着一只箱子在外面叩门。又有一个时期我们等待一封不识者的来信，告诉我们圣泉死在何时，埋骨何处。又有一个时期我们盼望着他从太平洋某岛上集中营里，寄来信函，向我们报告他还健在。

但是，这一切都成了一场空，我们又白白地等了一年了。自然我们还得等待下去。难道真要我们等待一生么？

一个崇高的心灵就这样不留痕迹地消失了，这是可能的么？我常常这样问自己。

我知道，万一他还活着，万一他能看到我这篇短文，他一定会责备我：

"在中国有那么多的人在受苦，你们为什么只关心到我一个？"

是的，在我们中国每天有千千万万人死亡，许多家庭残破，生命像骨头似地被随意抛掷。一个读书人的死活更不会有人关心。然而就在这样的中国，也有人爱理想，爱正义，恨罪恶，恨权势，要是他们有一天读到圣泉的书，知道圣泉的为人，明白他的爱和恨，那么他们会爱他敬他，他们会跟着我们呼唤他，呼唤他回来，呼唤那个昙花一现的崇高的心灵重回人间。

1946年11月在上海。

第二部分
做人

再谈探索[1]

　　我在前一篇《随想》里谈到了探索和创新。

　　探索，探索，追求……这不是一篇文章、几千字就讲得清楚的。尽管这一类的字眼有时候不讨人喜欢，甚至犯忌，譬如一九五七年南京的"探求者"就因为"探求"（刚刚开始），吃够了苦头，而且有人几乎送了命，但是自古以来人类就在探索、探求、追求而且创新，从未停止，当然也永远不会停止。白杰明先生说"非得让人探索不可"，起初我很欣赏这句话，后来再思三思，才觉得这种说法也近似多余。任何时期总有些人不高兴、不愿意看见别人探索，也有些人不敢探索，然而人类总是在探索而前进。为什么我们今天不"穴居野处、茹毛饮血"呢？为什么我们不让人褪掉裤子打了小板子还向"大老爷"叩头谢恩呢？……例子太多了，举不胜举！对我来说，最不能忘记的就是这一件事：我的祖父不但消失得无踪无影，连他修建的公馆，他经常在那里"徘徊"的园林也片瓦不存。最近还有一件事，已经有两位作家朋友告诉我：江苏省的文艺刊物大有起色，过两年会大放光芒，那里有一批生力军，就是过去的"探求者"。我希望这两位朋友的看法不错。

　　我在上面提到我的祖父，有人就对我发问：你不是说过高老太爷的鬼魂还在到处出现吗？问得好！但鬼魂终究是鬼魂，我们决不能让它借尸还阳。为什么我们不可以向终南山进士学习呢？

　　现在言归正传，我们还是谈探索……吧。

　　像我这样一个不懂文学的人居然走上了文学的道路，不可能是"长官"培养出来的，也不可能是一条大路在我面前展开，我的脚踏上去，就到了文学之宫。过去有些人一直在争论，要不要在现代中国文学史上给我几页篇

---

[1]　本篇最初发表于一九八〇年三月五日香港《大公报·大公园》

幅，我看这是在浪费时间，我并不是文学家。

我拿起笔写小说，只是为了探索，只是在找寻一条救人、救世、也救自己的道路。说救人、救世未免太狂妄，但当时我只有二十三岁，是个不知轻重的"后生小子"，该可以原谅吧。说拯救自己，倒是真话。我有感情无法倾吐，有爱憎无处宣泄，好像落在无边的苦海里找不到岸，一颗心无处安放。倘使不能使我的心平静，我就活不下去。据我所知，日本作家中也有这种情况，但他们是在成名成家之后，因为解决不了思想问题、人生问题而毁掉自己的生命。我没有走上绝路，倒因为我找到了纸和笔，让我的痛苦化成一行一行的字，我心上的疙瘩给解开了，我得到了拯救。

我就是从探索人生出发走上文学道路的。五十多年来我也有放弃探索的时候，但是我从来不曾离开文学。我有时写得多些，写得好些；有时我走上人云亦云的大道，没有写作的渴望，只有写作的任务观念，写出来的大都是只感动自己不感动别人的"豪言壮语"。

今天我还在继续探索，因为我又拿起了笔。停止探索，我就再也写不出作品。

我说我写小说是为了安静自己的心，为了希望对国家、对人民有所贡献，对读者有所帮助，这当然只是我的主观愿望，我的作品也可能产生相反的社会效果。最有发言权的人是读者，一部作品倘使受到读者的抵制，那就起不了作用。但也有些作品受到一部分读者的欢迎，却在这些人中间产生了坏的影响。我今天还不曾给革掉作家的头衔，我的作品还未在世界上绝迹，这应当感谢读者的宽大，不过这也许说明这些作品的社会影响不算太坏。不会有人读了我的作品就聚众闹事或者消极怠工或者贪污盗窃，这一点我很放心。我在多数作品里，也曾给读者指出崇高的理想，歌颂高尚的情操，说崇高、说高尚，也许近于夸大，但至少总不是低下吧。不把自己的幸福建筑在别人的痛苦上；爱祖国、爱人民、爱真理、爱正义；为多数人牺牲自己；人不是单靠吃米活着；人活着也不是为了个人的享受。我在作品中阐述的就是这样的思想。

怎样做人？怎样做一个好人？我几十年来探索的就是这个问题。我的作品便是一份一份的"思想汇报"。它们都是我在生活中找到的答案。我不能说我的答案是正确的，但它们是严肃的。我看到什么，我理解什么，我如实地写了出来。我很少说假话。我从未想过用我的作品教育人，改造人，给人们引路。五十年前我就说过："我不是说教者。"一九三四年我又说："这些小说是不会被列入文学之林的。"我固然希望我的作品产生社会影响，希望给读者带来帮助。可是我也知道一部文学作品，哪怕是艺术性至高无上的作品，也很难牵着读者的鼻子走。能够看书的读者，他们在生活上、在精神上都已经有一些积累，这些积累可以帮助他们在作品中"各取所需"。任何一个读者的脑筋都不是一张白纸，让人在它上面随意写字。不管我们怎样缺乏纸张，书店里今天仍然有很多文学作品出售，图书馆里出借的小说更多，一个人读了几十、几百本书，他究竟听哪一个作者的话？他总得判断嘛。那就是说他的理智在起作用。每个人都有理智，我这样说，大概不会错吧。我从十一二岁起就看小说，一直到现在我还是文学作品的读者，虽然我同时又是作家。那么照有些人的说法，我的脑子里一定摆开了战场，打得我永无宁日，我一字一句地翻译赫尔岑的回忆录，可是我还是我，并没有变成赫尔岑。同样我从四十年代起就翻译屠格涅夫的小说，译来译去，到一九七四年才放手，是不是我就变成了屠格涅夫呢？没有，没有！但是我不能说我不曾受到他们的影响。这是在不知不觉间发生的，即使这就是"潜移默化"，但别人的影响，书本的影响，也还是像食物一样要经过我咀嚼以后消化了才会被接受。不用怕文学作品横冲直闯，它们总得经过三道关口：社会教育、家庭教育和学校教育。只有愚昧无知的人才会随便读到一部作品就全盘接受，因为他头脑空空，装得下许多东西。但这种人是少有的。那么把一切罪名都推到一部作品身上，未免有点不公平吧。

前些时候有人不满意《伤痕》一类的小说，称之为"伤痕文学"，说是这类揭自己疮疤的作品让人看见我们自己的缺点，损害了国家的名誉。杨振宁教授也曾同我谈过这个问题。那天他来访问，我讲起我在第二十三篇《随想》中阐明的那种想法："每个中国人都有责任把祖国建设成人间乐园。"他说，他相信百分之九十五以上的海外华人都热爱祖国。他又说他们从伤痕文学中看到祖国的缺点，有点担心。他的意思很明显，有病就得医治，治好了便是恢复健康。我说未治好的伤痕比所谓伤痕文学更厉害，更可怕，我们必须面对现实，不能讳疾忌医。

但直到现在还有人认为只要掩住伤痕不讲，伤痕便可不医自愈，因此不怪自己生疮，却怪别人乱说乱讲。在他们对着一部作品准备拉弦发箭的时候，忽然把文学的作用提得很高。然而一位写了二十多年小说、接着又编写《中国服装史》二十年的老作家到今天还是老两口共用一张小书桌，连一间工作室也没有，在这里文学的作用又大大地降低了。

为什么呢？在精通文学的人看来，可能非常简单，从来就是这样。但在不懂文学的我却越想越糊涂了。对我来说，文学的路就是探索的路。我还要探索下去。五十几年的探索告诉我：路是人走出来的。

我也用不着因为没有给读者指出一条明确的路感到遗憾了。

2月15日。

第二部分
做
人

再论说真话[1]

　　我的《随想》并不"高明"，而且绝非传世之作。不过我自己很喜欢它们，因为我说了真话，我怎么想，就怎么写出来，说错了，也不赖账。有人告诉我，在某杂志[2]上我的《随想录》（第一集）受到了"围攻"。我愿意听不同的意见，就让人们点起火来烧毁我的《随想》吧！但真话却是烧不掉的。当然，是不是真话，不能由我一个人说了算，它至少总得经受时间的考验。三十年来我写了不少的废品，譬如上次提到的那篇散文，当时的劳动模范忽然当上了大官，很快就走向他的反面；既不"劳动"，又不做"模范"；说假话、搞特权、干坏事倒成了家常便饭。过去我写过多少豪言壮语，我当时是那样欢欣鼓舞，现在才知道我受了骗，把谎言当做了真话。无情的时间对盗名欺世的假话是不会宽容的。

　　奇怪的是今天还有人要求作家歌颂并不存在的"功"、"德"。我见过一些永远正确的人，过去到处都有。他们时而指东，时而指西，让别人不断犯错误，他们自己永远当裁判官。他们今天夸这个人是"大好人"，明天又骂他是"坏分子"。过去辱骂他是"叛徒"，现在又尊敬他为烈士。本人说话从来不算数，别人讲了一句半句就全记在账上，到时候整个没完没了，自己一点也不脸红。他们把自己当做机器，你装上什么唱片，他们唱什么调子；你放上什么录音磁带，他们哼什么歌曲。他们的嘴好像过去外国人屋顶上的信风鸡，风吹向哪里，他们的嘴就朝着哪里。

　　外国朋友向我发过牢骚：他们对中国友好，到中国访问，要求我们介绍真实的情况，他们回去就照我们所说向他们的人民宣传。他们勇敢地站出来做我们的代言人，以为自己讲的全是真话。可是不要多长的时间就发现自

[1]　本篇最初连续发表于一九八〇年十月十一、十二日香港《大公报·大公园》
[2]　香港《开卷》杂志，一九八〇年九月号。

已处在尴尬的境地：前后矛盾、不能自圆其说，变来变去，甚至打自己的耳光。外国人重视信用，不会在思想上跳来跳去、一下子转大弯。你讲了假话就得负责，赖也赖不掉。有些外国朋友就因为贩卖假话失掉信用，至今还被人抓住不肯放。他们吃亏就在于太老实，想不到我们这里有人靠说谎度日。当"四人帮"围攻安东尼奥尼的时候，我在一份意大利"左派"刊物上读到批判安东尼奥尼的文章。当时我还在半靠边，但是可以到邮局报刊门市部选购外文"左派"刊物。我早已不相信"四人帮"那一套鬼话，我看见中国人民越来越穷，而"四人帮"一伙却大吹"向着共产主义迈进"。报纸上的宣传和我在生活中的见闻全然不同，"四人帮"说的和他们做的完全两样。我一天听不到一句真话，偶尔有人来找我谈思想，我也不敢吐露真心。我怜悯那位意大利"左派"的天真，他那么容易受骗。事情过了好几年，我不知道他今天是左还是右，也可能还有人揪住他不放松。这就是不肯独立思考而受到的惩罚吧。

其实我自己也有更加惨痛的教训。一九五八年大刮浮夸风的时候我不但相信各种"豪言壮语"，而且我也跟着别人说谎吹牛。我在一九五六年也曾发表杂文，鼓励人"独立思考"，可是第二年运动一来，几个熟人摔倒在地上，我也弃甲丢盔自己缴了械，一直把那些杂感作为不可赦的罪行；从此就不以说假话为可耻了。当然，这中间也有过反复的时候，我有脑子，我就会思索，有时我也忍不住吐露自己的想法。一九六二年我在上海文艺界的一次会上发表了一篇讲话：《作家的勇气和责任心》。就只有那么一点点"勇气和责任心"！就只有三几十句真话！它们却成了我精神上一个包袱，好些人拿了棍子等着我，姚文元便是其中之一。果然，"文化大革命"开始，我还在北京出席亚非作家紧急会议，上海作家协会的大厅里就贴出了"兴无灭资"的大字报，揭露我那篇"反党"发言。我回到上海便诚惶诚恐地到作家协会学习。大字报一张接着一张，"勒令"我这样，"勒令"我那样，贴不到十张，我的公民权利就给剥夺干净了。

那是一九六六年八九月发生的事。我当时的心境非常奇怪，我后来说，我仿佛受了催眠术，也不一定很恰当。我脑子里好像只有一堆乱麻，我已无法独立思考，我只是感觉到自己背着一个沉重的"罪"的包袱掉在水里，

第二部分
做人

199

我想救自己，可是越陷越深。脑子里没有是非、真假的观念，只知道自己有罪，而且罪名越来越大。最后认为自己是不可救药的了，应当忍受种种灾难、苦刑，只是为了开脱、挽救我的妻子、儿女。造反派在批斗会上揭发、编造我的罪行，无限上纲。我害怕极了。我起初还分辩几句，后来一律默认。那时我信神拜神，也迷信各种符咒。造反派批斗我的时候经常骂一句："休想捞稻草！"我抓住的唯一的"稻草"就是"改造"。我不仅把这个符咒挂在门上，还贴在我的心上。我决心认真地改造自己。我还记得在我小的时候每逢家中有人死亡，为了"超度亡灵"，请了和尚来诵经，在大厅上或者别的地方就挂出了十殿阎罗的图像。在像上有罪的亡魂通过十个殿，受尽了种种酷刑，最后转世为人。这是我儿童时代受到的教育，几十年后它在我身上又起了作用。一九六六年下半年以后的三年中间，我就是这样地理解"改造"的，我准备给"剖腹挖心"，"上刀山、下油锅"，受尽惩罚，最后喝"迷魂汤"、到阳世重新做人。因此我下定决心咬紧牙关坚持到底。虽然中间有过很短时期我曾想到自杀，以为眼睛一闭就毫无知觉，进入安静的永眠的境界，人世的毁誉无损于我。但是想到今后家里人的遭遇，我又不能无动于衷。想了几次我终于认识到自杀是胆小的行为，自己忍受不了就让给亲人忍受，自己种的苦果却叫妻儿吃下，未免太不公道。而且当时有一句流行的话："哪里摔倒就在哪里站起来。"我还痴心妄想在"四人帮"统治下面忍受一切痛苦在摔倒的地方爬起来。

那些时候，那些年我就是在谎言中过日子，听假话，说假话，起初把假话当做真理，后来逐渐认出了虚假；起初为了"改造"自己，后来为了保全自己；起初假话当真话说，后来假话当假话说。十年中间我逐渐看清楚十座阎王殿的图像，一切都是虚假！"迷魂汤"也失掉了效用，我的脑子清醒，我回头看背后的路，还能够分辨这些年我是怎样走过来的。我踏在脚下的是那么多的谎言，用鲜花装饰的谎言！

哪怕是给铺上千万朵鲜花，谎言也不会变成真理。这样一个浅显的道理，我为它却花费了很长的时间，付出了很高的代价。

人只有讲真话，才能够认真地活下去。

10月2日。

没什么可怕的了[1]

这几天，我经常听见人谈起赵丹，当然也谈他在《人民日报》上发表的文章。对他在文章最后写的那句话，各人有各人的看法。赵丹同志说："对我，已经没什么可怕的了。"他的话像一根小小的火棍搅动我的心。我反复地想了几天。我觉得现在我更了解他了。

"文革"期间，我在"牛棚"里听人谈起赵丹，据说他在什么会上讲过，他想要求毛主席发给他一面"免斗牌"。这是人们揭发出来的他的一件"罪行"。我口里不说，心里却在想：说得好。不休止的批斗，就像我们大城市里的噪音，带给人们多大的精神折磨，给文艺事业带来多大的损害。当时对我的"游斗"刚刚开始，我多么希望得到安静，害怕可能出现的精神上的崩溃。今天听说这位作家自杀，明天听说那位作家受辱；今天听说这个朋友挨打，明天听说那个朋友失踪。……人们正在想出种种方法残害同类。为了逃避这一切恐怖，我也曾探索过死的秘密。我能够活到现在，原因很多，可以说我没有勇气，也可以说我很有勇气。那个时候活着的确不是容易的事。一手拿"红宝书"一手拿铜头皮带的红卫兵和背诵"最高指示"动手打人的造反派的"英雄形象"，至今还在我的噩梦中出现。那么只有逼近死亡，我才可以说："没什么可怕的了。"

赵丹说出了我们一些人心里的话，想说而说不出来的话。可能他讲得晚了些，但他仍然是第一个讲话的人。我提倡讲真话，倒是他在病榻上树立了一个榜样。我也在走向死亡，所以在我眼前十年浩劫已经失去它一切残酷和恐怖的力量。我和他不同的是：我的脚步缓慢，我可以在中途徘徊，而且我甚至狂妄地说，我要和死神赛跑。

---

[1] 本篇最初发表于一九八〇年十月二十九日香港《大公报·大公园》

第二部分

做人

　　然而我和他一样，即使在走向死亡的路上也充满对祖国人民的热爱和对文艺事业的信心。工作了几十年，在闭上眼睛之前，我念念不忘的是这样一件事：读者，后代，几十年、几百年后的年轻人将怎样论断我呢？

　　他们决不会容忍一个说假话的骗子。

　　那么让我坦率地承认我同意赵丹同志的遗言："管得太具体，文艺没希望。"

10月14日。

十年一梦[1]

　　我十几岁的时候，读过一部林琴南翻译的英国小说，可能就是《十字军英雄记》吧，书中有一句话，我一直忘记不了："奴在身者，其人可怜；奴在心者，其人可鄙。"话是一位公主向一个武士说的，当时是出于误会，武士也并不是真的奴隶，无论在身或者在心。最后好像是"有情人终成眷属"。

　　使我感到兴趣的并不是这个结局。但是我也万想不到小说中一句话竟然成了十年浩劫中我自己的写照。经过那十年的磨炼，我才懂得"奴隶"这个字眼的意义。在悔恨难堪的时候，我常常想起那一句名言，我用它来跟我当时的处境对照，我看自己比任何时候更清楚。奴隶，过去我总以为自己同这个字眼毫不相干，可是我明明做了十年的奴隶！这十年的奴隶生活也是十分复杂的。我们写小说的人爱说，有生活跟没有生活大不相同，这倒是真话。从前我对"奴在身者"和"奴在心者"这两个词组的理解始终停留在字面上。例如我写《家》的时候，写老黄妈对觉慧谈话，祷告死去的太太保佑这位少爷，我心想这大概就是"奴在心者"；又如我写鸣凤跟觉慧谈话，觉慧说要同她结婚，鸣凤说不行，太太不会答应，她愿做丫头伺候他一辈子。我想这也就是"奴在心者"吧。在"文革"期间我受批斗的时候，我的罪名之一就是"歪曲了劳动人民的形象"。有人举出了老黄妈和鸣凤为例，说她们应当站起来造反，我却把她们写成向"阶级敌人"低头效忠的奴隶。过去我也常常翻阅、修改自己的作品，对鸣凤和黄妈这两个人物的描写不曾看出什么大的问题。忽然听到这样的批判，觉得问题很严重，而且当时只是往牛角尖里钻，完全跟着"造反派"的逻辑绕圈子。我想，我是在官僚地主的家庭

[1]　本篇最初发表于一九八一年七月三十、三十一日香港《大公报·大公园》。

里长大的，受到旧社会、旧家庭各式各样的教育，接触了那么多的旧社会、旧家庭的人，因此我很有可能用封建地主的眼光去看人看事。越想越觉得"造反派"有理，越想越觉得自己有罪。说我是地主阶级的"孝子贤孙"，我承认；说我写《激流》是在为地主阶级树碑立传，我也承认；一九七〇年我们在农村"三秋"劳动，我给揪到田头，同当地地主一起挨斗，我也低头认罪；我想我一直到二十三岁都是靠老家养活，吃饭的钱都是农民的血汗，挨批挨斗有什么不可以！但是一九七〇年的我和一九六七、六八年的我已经不相同了。六六年九月以后在"造反派"的"引导"和威胁之下（或者说用鞭子引导之下），我完全用别人的脑子思考，别人大吼"打倒巴金"！我也高举右手响应。这个举动我现在回想起来，觉得不大好理解。但当时我并不是作假，我真心表示自己愿意让人彻底打倒，以便从头做起，重新做人。我还有通过吃苦完成自我改造的决心。我甚至因为"造反派"不"谅解"我这番用心而感到苦恼。我暗暗对自己说："他们不相信你，不要紧，你必须经得住考验。"每次批斗之后，"造反派"照例要我写《思想汇报》，我当时身心十分疲倦，很想休息。但听说马上要交卷，就打起精神，认真汇报自己的思想，总是承认批判的发言打中了我的要害，批斗真是为了挽救我，"造反派"是我的救星。那一段时期，我就是只按照"造反派"经常高呼的口号和反复宣传的"真理"思考的。我再也没有自己的思想。倘使追问下去，我只能回答说：只求给我一条生路。六九年后我渐渐地发现"造反派"要我相信的"真理"他们自己并不相信，他们口里所讲的并不是他们心里所想的。最奇怪的是六九年五月二十三日学习毛主席的《讲话》我写了《思想汇报》。我们那个班组的头头大加表扬，把《汇报》挂出来，加上按语说我有认罪服罪、向人民靠拢的诚意。但是过两三天上面讲了什么话，他们又把我揪出来批斗，说我假意认罪、骗取同情。谁真谁假，我开始明白了。我仍然按时写《思想汇报》，引用"最高指示"痛骂自己，但是自己的思想暗暗地、慢慢地在进行大转弯。我又有了新的发现：我就是"奴在心者"，而且是死心塌地的精神奴隶。

这个发现使我十分难过！我的心在挣扎，我感觉到奴隶哲学像铁链似的紧紧捆住我全身，我不是我自己。

没有自己的思想，不用自己的脑子思考，别人举手我也举手，别人讲什么我也讲什么，而且做得高高兴兴，——这不是"奴在心者"吗？这和小说里的黄妈不同，和鸣凤不同，她们即使觉悟不"高"，但她们有自己的是非观念，黄妈不愿意"蹚浑水"，鸣凤不肯做冯乐山的小老婆。她们还不是"奴在心者"。固然她们相信"命"，相信"天"，但是她们并不低头屈服，并不按照高老太爷的逻辑思考。她们相信命运，她们又反抗命运。她们决不像一九六七、六八年的我。那个时候我没有反抗的思想，一点也没有。

我没有提一九六六年。我是六六年八月进"牛棚"，九月十日被抄家的，在那些夜晚我都是服了眠尔通才能睡几小时。那几个月里我受了多大的折磨，听见捶门声就浑身发抖。但是我一直抱着希望：不会这样对待我吧，对我会从宽吧；这样对我威胁只是一种形式吧。我常常暗暗地问自己："这是真的吗？"我拼命拖住快要完全失去的希望，我不能不这样想：虽然我"有罪"，但几十年的工作中多少总有一点成绩吧。接着来的是十二月。这可怕的十二月！它对于我是沉重的当头一击，它对于萧珊的病和死亡也起了促进的作用。红卫兵一批一批接连跑到我家里，起初翻墙入内，后来是大摇大摆地敲门进来，凡是不曾贴上封条的东西，他们随意取用。晚上来，白天也来。夜深了，我疲劳不堪，还得低声下气，哀求他们早些离开。不说萧珊挨过他们的铜头皮带！这种时候，这种情况，我还能有什么希望呢？从此我断了念，来一个急转弯，死心塌地做起"奴隶"来。从一九六七年起我的精神面貌完全不同了。我把自己心灵上过去积累起来的东西丢得一干二净。我张开胸膛无条件地接收"造反派"的一切"指示"。我自己后来分析说，我入了迷，中了催眠术。其实我还挖得不深。在那两年中间我虔诚地膜拜神明的时候，我的耳边时时都有一种仁慈的声音：你信神你一家人就有救了。原来我脑子里始终保留着活命哲学。就是在入迷的时候，我还受到活命思想的指导。在一九六九年以后我常常想到黄妈，拿她同我自己比较。她是一个真实的人，姓袁，我们叫她"袁袁"，我和三哥离开成都前几年中间都是她照料我们。她喜欢我们，我们出川后不久，她就辞工回家了，但常常来探问我们的消息，始终关心我们。一九四一年年初我第一次回到成都，她已经死亡。我无法打听到她的坟在什么地方，其实我也不会到她墓前去感谢她的服务和关怀。只有在拿她比较的时候，我才知道我欠了她一笔多么深切的爱。她不是奴隶，更不是"奴在心者"。

我在去年写的一则《随想》中讲起那两年在"牛棚"里我跟王西彦同志的分歧。我当时认为自己有大罪，赎罪之法是认真改造，改造之法是对"造反派"的训话、勒令和决定句句照办。西彦不服，他经常跟监督组的人争论，他认为有些安排不合情理，是有意整人。我却认为磨练越是痛苦，对我们的改造越有好处。今天看来我的想法实在可笑，我用"造反派"的训话思考，却得出了陀思妥耶夫斯基式的结论。对"造反派"来说，陀思妥耶夫斯基是"反动的"作家。可是他们用了各种方法，各种手段逼迫我、也引导我走上陀思妥耶夫斯基的路。这说明大家的思想都很混乱，谁也不正确。我说可笑，其实也很可悲。我自称为知识分子，也被人当做"知识分子"看待，批斗时甘心承认自己是"精神贵族"，实际上我完全是一个"精神奴隶"。

到六九年，我看出一些"破绽"来了：把我们当做奴隶、在我们面前挥舞皮鞭的人其实是空无所有，他们并不知道自己的明天。有人也许奇怪我会有这样的想法，其实这也是容易理解的。我写了几十年的书嘛，总还有那么一点"知识"。我现在完全明白"四人帮"为什么那样仇恨"知识"了。哪怕只有那么一点"知识"，也会看出"我"的"破绽"来。何况是"知识分子"，何况还有文化！"你"有了对付"我"的武器，不行！非缴械不可。其实武器也可以用来为"你"服务嘛。不，不放心！"你"有了武器，"我"就不能安枕。必须把"你"的"知识"消除干净。

六七、六八年两年中间我多么愿意能够把自己那一点点"知识"挖空，挖得干干净净，就像扫除尘土那样。但是这怎么能办到呢？果然从一九六九年起，我那么一点点"知识"就作怪起来了。迷药的效力逐渐减弱。我自己的思想开始活动。除了"造反派"、"革命左派"，还有"工宣队"、"军代表"……他们特别爱讲话！他们的一言一行，我都看在眼里，听在耳里，记在心上。我的思想在变化，尽管变化很慢，但是在变化，内心在变化。这以后我也不再是"奴在心者"了，我开始感觉到做一个"奴在心者"是多么可鄙的事情。

在外表上我没有改变，我仍然低头沉默，"认罪服罪"。可是我无法再用别人的训话思考了。我忽然发现在我周围进行着一场大骗局。我吃惊，我痛苦，我不相信，我感到幻灭。我浪费了多么宝贵的时光啊！但是我更加小心谨慎，因为我害怕。当我向神明的使者虔诚跪拜的时候，我倒有信心。等到我看出了虚伪，我的恐怖增加了，爱说假话的人什么事都做得出来！无论如何我要保全自己。我不再相信通过苦行的自我改造了，在这种场合连陀思妥耶夫斯基的道路也救不了我。我渐渐地脱离了"奴在心者"的精神境界，又回到"奴在身者"了。换句话说，我不是服从"道理"，我只是屈服于权势，在武力之下低头，靠说假话过日子。同样是活命哲学，从前是：只求给我一条生路；如今是：我一定要活下去，看你们怎样收场！我又记起一九六六年我和萧珊用来互相鼓舞的那句话：坚持下去就是胜利。

萧珊逝世，我却看到了"四人帮"的灭亡。

编造假话，用假话骗人，也用假话骗了自己，而终于看到假话给人戳穿，受到全国人民的唾弃，这便是"四人帮"的下场。以"野蛮"征服"文明"、用"无知"战胜"知识"的时代也跟着他们永远地去了。

一九六九年我开始抄录、背诵但丁的《神曲》，因为我怀疑"牛棚"就是"地狱"。这是我摆脱奴隶哲学的开端。没有向导，一个人在摸索，我咬紧牙关忍受一切折磨，不再是为了赎罪，却是想弄清是非。我一步一步艰难地走着，不怕三头怪兽，不怕黑色魔鬼，不怕蛇发女怪，不怕赤热沙地……我经受了几年的考验，拾回来"丢开"了的"希望"[1]，终于走出了"牛棚"。我不一定看清别人，但是我看清了自己。虽然我十分衰老，可是我还能用自己的思想思考。我还能说自己的话，写自己的文章。我不再是"奴在心者"，也不再是"奴在身者"。我是我自己。我回到我自己身上了。

那动乱的十年，多么可怕的一场大梦啊！

6月中旬。

第二部分
做
人

---

[1] 见《神曲·地狱篇》第三曲："你们进来的人，丢开一切的希望吧。"

怀念鲁迅先生[1]

四十五年了，一个声音始终留在我的耳边："忘记我。"声音那样温和，那样恳切，那样熟悉，但它常常又是那样严厉。我不知对自己说了多少次："我决不忘记先生。"可是四十五年中间我究竟记住一些什么事情？！

四十五年前一个秋天的夜晚和一个秋天的清晨，在万国殡仪馆的灵堂里我静静地站在先生灵柩前，透过半截玻璃棺盖，望着先生的慈祥的面颜，紧闭的双眼，浓黑的唇髭，先生好像在安睡。四周都是用鲜花扎的花圈和花篮，没有一点干扰，先生睡在香花丛中。两次我都注视了四五分钟，我的眼睛模糊了，我仿佛看见先生在微笑。我想，要是先生睁开眼睛坐起来又怎么样呢？我多么希望先生活起来啊！

四十五年前的事情仿佛就发生在昨天。不管我忘记还是不忘记，我总觉得先生一直睁着眼睛在望我。

我还记得在乌云盖天的日子，在人兽不分的日子，有人把鲁迅先生奉为神明，有人把他的片语只字当成符咒；他的著作被人断章取义、用来打人，他的名字给新出现的"战友"、"知己"们作为装饰品。在香火烧得很旺、咒语念得很响的时候，我早已被打成"反动权威"，做了先生的"死敌"，连纪念先生的权利也给剥夺了。在作协分会的草地上有一座先生的塑像。我经常在园子里劳动，拔野草，通阴沟。一个窄小的"煤气间"充当我们的"牛棚"，六七名作家挤在一起写"交代"。我有时写不出什么，就放下笔空想。我没有权利拜神，可是我会想到我所接触过的鲁迅先生。在那个秋天的下午我向他告了别。我同七八千群众伴送他到墓地。在暮色苍茫中我看见覆盖着"民族魂"旗子的棺木下沉到墓穴里。在"牛棚"的一个角落，我又

---

[1] 本篇最初发表于一九八一年九月二十五日《收获》第五期。

看见了他，他并没有改变，还是那样一个和蔼可亲的小小老头子，一个没有派头、没有架子、没有官气的普通人。

我想的还是从前的事情，一些很小、很小的事情。

我当时不过是一个青年作家。我第一次编辑一套《文学丛刊》，见到先生向他约稿，他一口答应，过两天就叫人带来口信，让我把他正在写作的短篇集《故事新编》收进去。《丛刊》第一集编成，出版社刊登广告介绍内容，最后附带一句：全书在春节前出齐。先生很快地把稿子送来了，他对人说：他们要赶时间，我不能耽误他们（大意）。其实那只是草写广告的人的一句空话，连我也不曾注意到。这说明先生对任何工作都很认真负责。我不能不想到自己工作的草率和粗心，我下决心要向先生学习，才发现不论是看一份校样，包封一本书刊，校阅一部文稿，编印一本画册，事无大小，不管是自己的事或者别人的事，先生一律认真对待，真正做到一丝不苟。他印书送人，自己设计封面，自己包封投邮，每一个过程都有他的心血。我暗中向他学习，越学越是觉得难学。我通过几位朋友，更加了解先生的一些情况，了解越多我对先生的敬爱越深。我的思想、我的态度也在逐渐变化。我感觉到所谓潜移默化的力量了。

我开始写作的时候，拿起笔并不感到它有多么重，我写只是为了倾吐个人的爱憎。可是走上这个工作岗位，我才逐渐明白：用笔作战不是简单的事情。鲁迅先生给我树立了一个榜样。我仰慕高尔基的英雄"勇士丹柯"，他掏出燃烧的心，给人们带路，我把这幅图画作为写作的最高境界，这也是从先生那里得到启发的。我勉励自己讲真话，卢骚（梭）是我的第一个老师，但是几十年中间用自己的燃烧的心给我照亮道路的还是鲁迅先生。我看得很清楚：在他，写作和生活是一致的，作家和人是一致的，人品和文品是分不开的。他写的全是讲真话的书。他一生探索真理，追求进步。他勇于解剖社会，更勇于解剖自己；他不怕承认错误，更不怕改正错误。他的每篇文章都经得住时间的考验，他的确是把心交给读者的。我第一次看见他，并不感觉到拘束，他的眼光，他的微笑都叫我放心。人们说他的笔像刀一样锋利，但是他对年轻人却怀着无限的好心。一位朋友在先生指导下编辑一份刊物，有一个时期遇到了困难，先生对他说："看见你瘦下去，我很难过。"先生介

第一部分
做人

绍青年作者的稿件，拿出自己的稿费印刷年轻作家的作品。先生长期生活在年轻人中间，同年轻人一起工作，一起战斗，分清是非，分清敌友。先生爱护青年，但是从不迁就青年。先生始终爱憎分明，接触到原则性的问题，他决不妥协。有些人同他接近，后来又离开了他；一些"朋友"或"学生"，变成了他的仇敌。但是他始终不停脚步地向着真理前进。

"忘记我！"这个熟悉的声音又在我的耳边响起来，它有时温和有时严厉。我又想起四十五年前的那个夜晚和那个清晨，还有自己说了多少遍的表示决心的一句话。说是"决不忘记"，事实上我早已忘得干干净净了。但在静寂的灵堂上对着先生的遗体表示的决心却是抹不掉的。我有时感觉到声音温和，仿佛自己受到了鼓励，我有时又感觉到声音严厉，那就是我借用先生的解剖刀来解剖自己的灵魂了。

二十五年前在上海迁葬先生的时候，我做过一个秋夜的梦，梦景至今十分鲜明。我看见先生的燃烧的心，我听见火热的语言：为了真理，敢爱，敢恨，敢说，敢做，敢追求。……但是当先生的言论被利用、形象被歪曲、纪念被垄断的时候，我有没有站出来讲过一句话？当姚文元挥舞棍子的时候，我给关在"牛棚"里除了唯唯诺诺之外，敢于做过什么事情？

十年浩劫中我给"造反派"当成"牛"，自己也以"牛"自居。在"牛棚"里写"检查"、写"交代"混日子已经成为习惯，心安理得。只有近两年来咬紧牙关解剖自己的时候，我才想起先生也曾将自己比做"牛"。但先生"吃的是草，挤出来的是奶和血"。这是多么优美的心灵，多么广大的胸怀！我呢，十年中间我不过是一条含着眼泪等人宰割的"牛"。但即使是任人宰割的牛吧，只要能挣断绳索，它也会突然跑起来的。

"忘记我！"经过四十五年的风风雨雨，我又回到了万国殡仪馆的灵堂。虽然胶州路上殡仪馆已经不存在，但玻璃棺盖下面慈祥的面颜还很鲜明地现在我的眼前，印在我的心上。正因为我又记起先生，我才有勇气活下去。正因为我过去忘记了先生，我才遭遇了那些年的种种的不幸。我会牢牢记住这个教训。

若干年来我听见人们在议论：假如鲁迅先生还活着……当然我们都希望先生活起来。每个人都希望先生成为他心目中的那样。但是先生始终是先生。

　　为了真理，敢爱，敢恨，敢说，敢做，敢追求……

　　如果先生活着，他决不会放下他的"金不换"。他是一位作家，一位人民所爱戴的伟大的作家。

　　　　　　　　　　　　　　　　　　7月底。

第二部分

做人

"鹰的歌"[1]

　　为了配合鲁迅先生诞生一百周年纪念活动,《收获》杂志向我组稿,我写了一篇《怀念鲁迅先生》。文章不长,但讲的都是心里话。我见过鲁迅先生,脑子里还保留着鲜明的印象。回想四十五六年前的情景,仿佛自己就站在先生的面前,先生是怎样的一个人,我有我的看法。我多么希望再有机会听先生谈笑,可是我不相信有所谓"阴间"或"九泉",连我自己也快到"化做灰烬"的年纪了。写这篇短文的时候,我是受到怀念的折磨的。

　　七月底我把写好的《怀念》送到《收获》编辑部,拿到文章的清样后,再寄给《大公报·大公园》副刊的编者,当时他正在北京度假。

　　今年我在瑞士首都伯尔尼过国庆节,在我国驻瑞士的大使馆里听一位同志说,她在香港报上读到我怀念鲁迅先生的文章。回国后我杂事较多,也就忘记翻看自己的发表过的短文。倘使不是一位朋友告诉我有过删节的事,我还不知道我纪念鲁迅先生的文章在香港发表的不是全文,凡是与"文化大革命"有关或者有"牵连"的句子都给删去了,甚至鲁迅先生讲过的他是"一条牛,吃的是草,挤出来的是奶和血"的话也给一笔勾销了,因为"牛"和"牛棚"有关。

　　读完被删削后的自己的文章,我半天讲不出话,我疑心在做梦,又好像让人迎头打了一拳。我的第一部小说同读者见面已经是五十几年前的事了。难道今天我还是一个不能为自己文章负责的小学生?

　　删削当然不会使我沉默。鲁迅先生不是给我们树立了很好的榜样?我还要继续发表我的"随想"。从一九七八年十二月到一九八一年九月将近三年的长时间里,《大公园》连续刊出了我的七十二篇"随想"。我的"无力的

叫喊"给我带来了鼓励和响应，主要依靠读者们的支持。我感谢一切对我表示宽容的人（《大公园》的编者也在其中）。

我的《随想录》好比一只飞鸟。鸟生双翼，就是为了展翅高飞。我还记得高尔基早期小说中的"鹰"，它"胸口受伤，羽毛带血"，不能再上天空，就走到悬崖边缘，"展开翅膀"，滚下海去。高尔基称赞这种飞鸟说："在勇敢、坚强的人的歌声中你永远是一个活的榜样。"

我常常听见"鹰的歌"。

我想，到了不能高飞的时候，我也会"滚下海去"吧。

十一月下旬，未发表。

第二部分
做人

怀念马宗融大哥[1]

罗淑（世弥）逝世后十一年，她的丈夫马宗融也离开了人世。他是按照回族的习惯，举行公葬仪式，埋在回民公墓的。宗融死于一九四九年四月上旬，正是上海解放的前夕，大家都有不少的事情，没有人拉住我写悼念文章。他的两个孩子住在我们家里，有时我同他们谈过话，静下来我的眼前便会出现那位长兄似的友人的高大身影，我忍受不了这分别，我又不能向他的孩子诉说我的痛苦，为了平静我的感情的波涛，我对自己说："写吧，写下你心里的话，你会觉得好受些。"我过去的怀念文章大都是怀着这种心情写成的。但是这一次我却静不下心来，一直没有写，新的繁忙的工作占去了我的大部分时间，事情多了起来，人就顾不得怀旧了。这样地一拖就是几年、甚至几十年。三十三年了！这中间我常有一种负债的感觉，仿佛欠了"马大哥"一笔债。我想还债，但是越拖下去，我越是缺乏拿笔的勇气，因为时间越久，印象越淡，记忆也越模糊，下笔就不那么容易。尽管欠债的感觉还常来折磨我，我已经决定搁笔不写了。

现在是深夜十一点一刻钟，又是今年第一个寒冷的夜，我坐在书桌前手僵脚冻。四周没有一点声音。我不想动，也不想睡，我愿意就这样地坐下去。但是我的脑子动得厉害，它几十年前前后后来回地跑。我分明听见好些熟人讲话的声音，久别了的亡友在我的眼前一一重现。为什么？为什么？……难道我真的走到了生命的尽头、就要参加他们的行列？难道我真的不能再做任何事情必须撒手而去？不，不！我想起来了。在我不少悼念的文章里都有类似这样的话：我不单是埋葬死者，我也是在埋葬我自己的一部分。我不会在亡友的墓前说假话，我背后已经筑起了一座高坟，为了

---

[1] 本篇最初连续发表于一九八二年二月十一至十三日香港《大公报·大公园》。

准备给自己这一生作总结，我在挖这座坟，挖出自己的过去，也挖出了亲友们的遗物。

我又一次看见了马宗融大哥，看见他那非常和蔼的笑容。他说："你好吗？这些年？"他在我背后的沙发上坐下来，接下去又说："我们替你担心啊！"多么亲切的声音。我站起来唤一声"马大哥！"我回过头去，眼前只有一屋子的书刊和信件，连沙发上也凌乱地堆着新书和报纸，房里再没有其他的人，我的想象走得太远了。怎么办呢？关在自己的屋子里，对着四壁的旧书，没有炉火，没有暖气，我不能更甚地薄待自己了，索性放松一点，让我的想象自由地奔跑一会儿吧，反正它（或者它们）冲不出这间屋子。于是我拿起笔写出我"拖"了三十多年的怀念。

我第一次看见马大哥，是在一九二九年春夏之际的一个晚上，当时我已熟悉他的名字，在杂志上读过他翻译的法国短篇小说，也听见几个朋友谈到他的为人：他大方好客，爱书如命，脾气大，爱打不平。我意外地在索非家遇见他，交谈了几句话，我们就成了朋友。他约我到离索非家（我也住在那里）不远的上海大戏院去看德国影片《浮士德》。看完电影他又请我喝咖啡。在咖啡店里，他吐露了他心里的秘密：他正在追求一位朋友的妹妹，一个就要在师范学校毕业的姑娘。她哥哥有意成全他们，他却猜不透姑娘的心思，好些时候没有得到成都的消息，一天前她突然来信托他打听在法国工作的哥哥的近况，而且是一封充满希望的信！他无法掩饰他的兴奋，谈起来就没完没了，不给我插嘴的机会。我要告辞，他说还早，拉住我的膀子要我坐下。他谈了又谈，我们一直坐到客人走光，咖啡店准备"打烊"的时候，他似乎还没有把话说尽。我们真可以说是一见如故，关于我他就只读过我翻译的一本《面包略取》（克鲁泡特金原著）和刚刚在《小说月报》上连载的《灭亡》。

不久听说他回四川去了。我并不盼望他写信来，他是出了名的"写信的懒人"。不过我却在等待好消息，我料想他会得到幸福。等待是不会久的，九月下旬一个傍晚他果然带着那位姑娘到宝光里来了。姑娘相貌端正，举止大方，讲话不多，却常带笑容，她就是七年后的《生人妻》的作者罗淑。分别几月他显得斯文了，客气了，拘束了。他要到里昂中法大学工作，姑娘去法国找寻哥哥，他们明天就上船出发，因此不能在这里多谈。我和朋友索非送他们到门口，我同他握手分别，因为旁边有一位姑娘，我们倒显得生疏了。

我不曾收到一封从法国寄来的信，我也差不多忘记了马大哥。我照常过着我那四海为家的生活，带着一枝自来水笔到处跑，跑累了便回到上海休息。一九三四年初我从北平回上海，又见到了马大哥，这次是他们一家人，他和那位姑娘结了婚，生了女儿。我认识了罗淑，在他们夫妇的身边还看见当时只会讲法国话的小姑娘。

一九三五年下半年文化生活出版社成立后，我在上海定居下来。那个时候他们夫妇住在拉都路（襄阳路）敦和里，我住在狄思威路（溧阳路）麦加里，相隔不近，我们却常有机会见面。我和两三个熟人一个月里总要去他们家过几个夜晚，畅谈文学、生活和我们的理想。马大哥为了一家人的生活，正在给中法文化基金委员会翻译一本法文哲学著作，晚上是他工作的时间，他经常煮一壶咖啡拿上三楼，关在那里一直工作到深夜。有时知道我去，他也破例下楼高兴地参加我们的漫谈，谈人谈事，谈过去也谈未来，当然更多地谈现在。海阔天空，东南西北，宇宙苍蝇，无所不谈，但是讲的全是心里的话，真可以说大家都掏出了自己的心，也没有人担心会给别人听见出去"打小报告"。我和马大哥一家之间的友谊就是这样一种友谊。

这样的生活一直继续到一九三六年第四季度他们一家离开上海的时候。这中间发生过一件事情。我有一个朋友曾经在厦门工会工作，因电灯公司罢工事件坐过牢，后来又到东北参加"义勇军"活动。有时他来上海找不到我，就到开明书店去看索非，他也是索非的友人，最近一次经过上海他还放了一口箱子在索非家中。这件事我并不知道。一九三五年冬季在上海发生了日本水兵中山秀雄给人杀害的事件，接着日本海军陆战队按户搜查一部分虹口区的中国居民。索非的住处也在日本势力范围内，他们夫妇非常担心，太太忽然想起了朋友存放的箱子，说是上次朋友开箱时好像露出了"义勇军"的什么公文。于是他们开箱查看，果然箱内除公文外还有一支手枪和一百粒子弹。没有别的办法，我马上带着箱子坐上人力车，从日本海军陆战队布岗警戒下的虹口来到当时的"法租界"。马大哥给我开了门。他们夫妇起初感到突然，还以为我出了什么事。但是我一开口，他们就明白了一切。箱子在他们家楼上一直存放到他们动身去广西的时候。

在旧社会并没有所谓"铁饭碗"。他拿到半年的聘书去桂林，不知道半年后还能不能在广西大学待下去，也只能作短期的打算。他让我搬到敦和里替他们看家，到暑假他们果然践约归来。他们作好了计划：罗淑留在上海生小孩，马大哥继续去桂林教书，过一段时期他们全家搬去，定居桂林。他们把敦和里的房子让给朋友，另外租了地段比较安静的新居。马大哥按预定计划动身，罗淑定期到医院检查，一切似乎进行得顺利。但是一九三七年"八·一三"的枪声打乱了他们的安排，马大哥由湖南改去四川，罗淑带着女儿离开上海去同他会合。第二年二月他们的儿子在成都诞生，可是不到二十天母亲就患产褥热死在医院里面。三月初我从兄弟的来信中知道这个不幸的消息，好像在做梦，我不愿意相信一个美满的家庭会这么容易地给死亡摧毁。我想起几个月中间他们夫妇几次给我寄信发电报催我早回四川，他们关心我在上海的安全。我想起分别前罗淑有一次讲过的话："这个时候我一定要赶到老马身边，帮助他。他像个大孩子，又像是一团火。"他们结婚后就只有这短时期的分离。她在兵荒马乱中冒着敌机轰炸的危险赶到他面前，没有想到等待她的是死亡，他们重聚的时间竟然这么短。我失去了一位敬爱的朋友，但是我不能不想到罗淑的病逝对马大哥是多么大的一个打击。过去的理想破灭了，计划也成了泡影。《生人妻》的作者留下一大堆残稿，善良而能干的妻子留下一个待教育的女孩和一个吃奶的婴儿，对于过惯书斋生活的马大哥我真不敢想象他的悲痛。我写了信去。信不会有多大用处。谁能扑灭那一团火呢？

不久我离开上海去广州，在轰炸中过日子，也在轰炸中跑了不少地方。两年多以后我到了重庆，在沙坪坝住下来。我去北碚复旦大学看望朋友，在马大哥的家里我们谈到夜深，恨不得把将近三年的事情一晚上谈光。他似乎老了许多，也不像过去那样爱书了，但还是那么热情，那么健谈，讲话没有保留，没有顾忌，他很可能跟我畅谈一个通宵，倘使没有他第二位夫人的劝阻。夫人是罗淑在广西结识的朋友，她是为了照顾罗淑留下的孩子才同宗融结婚的。对那个孩子她的确是一位好母亲，可是我看出来在马大哥的生活里她代替不了罗淑。一谈起罗淑他就眼泪汪汪。

他一家住在学校附近，自己租的农家房屋。当时在大后方知识分子的厄运已经开始。马大哥不是知名学者，著作很少，平时讲话坦率，爱发表议论，得罪过人，因此路越走越窄，生活也不宽裕。他的心情很不舒畅。然而他仍旧常带笑容，并不把困难放在心上，虽然发脾气的时候多了起来。朋友们关心他，有时也议论他，但是大家都喜欢他。他真像一团火，他的到来就仿佛添了一股热流，冷静的气氛也变成了热烈。他同教授们相处并不十分融洽，但在文艺界中却有不少知心朋友。他住在黄桷树，心却在重庆的友人中间，朋友们欢聚总少不了他，替别人办事他最热心。他进城后活动起来常常忘记了家。老舍同志知道他的毛病，经常提醒他，催促他早回家去。

他朋友多，对人真诚，在他的身上我看出了交友之道。我始终记得一九四一年发生的一件事情：他有一位朋友思想进步，同学生接近，也很受欢迎，但是由于校外势力的压迫和内部的排挤给学校解聘，准备去别处就业。朋友动身前学生开会欢送，马大哥在会上毫无顾忌地讲了自己心里的话。在这之前另一位同他相熟的教授到他家串门，谈起被解聘的朋友，教授讲了不少坏话。他越听越不耐烦，终于发了脾气骂起来："你诬蔑我的朋友就是诬蔑我！我不要听！你出去！出去！"他把教授赶走了。他为了朋友不怕得罪任何人。没有想到六年以后在上海他也让这个学校（学校已经搬回了上海了）解了聘，只好带着全家渡海，去台北。我听见他的一位同事谈起解聘的原因：上海学生开展反饥饿运动的时候，他们学校当局竟然纵容当地军警开进校园逮捕同学。马大哥对这种做法十分不满，在校务会议上站出来慷慨直言，拍案怒斥。这是他的本色，他常说，为了维护真理，顾不得个人的安危！

我第一次回到四川，一九四一年初去过成都探亲，不久他也来成都为罗淑扫墓。我们一起到墓地，只有在这里他显得很忧伤，平日他和友人见面总是有说有笑。一丛矮树编成的短篱围着长条的墓地，十分安静，墓前有石碑，墓旁种花种树，我仿佛来到分别了四年的友人的家。我的心平静，觉得死者只是在内屋休息，我们在廊下等待。我小声劝慰马大哥："真是个好地方。世弥在这里安息多么好。"他摇摇头苦恼地说："我忘记不了她啊！"

他拍拍我的肩头，他的手掌还是那么有力。我向他建议将来在这里种一些名花，放些石桌石凳，以后朋友们来扫墓，在小园中坐坐谈谈，仿佛死者就在我们中间。他连声说好。我也把我的想法同别的朋友谈过，准备等抗战胜利后实现这个计划。当时谁也不是存心讲空话，可是抗战胜利后的局面压得人透不过气来，我没有能再到成都，马大哥也被迫远去台北。解放后我两次去成都，都不曾找到罗淑的墓地，今年她的儿子也去那里寻找，才知道已经片瓦无存了。

在台北他住了一年半光景，来过几封信要我去。他在那边生活安定，功课不多。但是他不习惯那种沉闷的空气。新的朋友不多；他关心上海的斗争，又不能回去参加；一肚皮的愤懑无处倾吐，经常借酒消愁。台大中文系主任、友人许寿裳（鲁迅的好友）在自己家中半夜被人杀害后，他精神上的苦闷更大，他去看了所谓凶手的"处决"回来，悲愤更深，经常同一位好友（乔大壮教授）一边喝酒一边议论，酒越喝越多，身体越来越差。他病倒后还吵着要回上海，我去信劝他留在台湾治病，但是他说他"愿意死在上海"。靠了朋友们的帮忙，他终于回来了。如他的女儿所说："他带着我和十岁的弟弟，躺在担架上，让人抬上了民生公司最后一班由基隆返沪的货船。当时的上海正是兵荒马乱，我们只能住在北京路'大教联'的一个联络站内。"

复旦大学的朋友们负责照料他。孩子们同他住在一起。我去看他，他躺在床上，一身浮肿，但仍然满脸笑容。他伸出大手来抓我的手，声音不高地说："我看到你了。你不怪我吧，没有听你的话就回来了。"我说了半句："你回来就好了。"我好不容易忍住了眼泪，没有想到他会病成这样。火在逐渐熄灭，躺在我面前的不是一个"大孩子"，是一位和善的老人。当时我的心情也很复杂，我看：这次的旅行不利于他的病，但是留在台北他就能安心治病吗？

这以后我经常去看他，然而对他的医疗我却毫无办法，也不曾尽过力。他一直躺着，我和萧珊去看他，他还是有说有笑。我暗中为他担心，可是想不到他的结局来得这么快。关于他的最后，他女儿这样地写着：

父亲得不到适当的医治和护理，在上海解放前一个多月就恨恨地去世了。弥留之际，因为夜里戒严，连送医院急救都做不到，昏暗的灯光下，只有两个孤儿束手无策地看着父亲咽气。

那天深夜我接到住在联络站里的复旦友人的电话，告诉我"马大哥去世了"。我天亮后才赶到联络站。孩子们小声地哭着，死者静静地睡在床上，大家在等候殡仪馆的车子，只有寥寥几个朋友向遗体告别。

但是在殡仪馆开吊的时候，到灵前致敬的人却有不少，好客的死者不会感到寂寞。他身边毫无积蓄，从台北只带回几箱图书。有人建议为子女募集教育费，已经草拟了启事并印了出来，但不久战争逼近上海，也就没有人再提这件事情。仪式完毕后遗体由回教协会安葬在回民公墓。孩子们起初不同意，经过说服，一切都顺利解决。我也参加了公葬仪式，我后来也去过公墓。公墓在徐家汇，地方不大。两个孩子健康地成长起来，图书全部捐赠给了学校。一九七二年他的儿子有事情到上海，再去扫父亲的墓，可是找不到墓地在什么地方。

关于马宗融大哥我还可以讲许多事情，但是对于读者，我看也没有多讲的必要了。我们有一个习惯：写纪念文章总喜欢歌功颂德，仿佛人一死就成为圣人，私人的感情常常遮住作者的眼睛。还有人把文章作为应酬的礼品，或者炫耀文学的技巧，信笔书写，可以无中生有，逢凶化吉，夸死者，也夸自己。因此许多理应"盖棺论定"的人和事都不能"盖棺论定"，社会上还流传着种种的小道新闻。

然而关于马宗融大哥，大概可以盖棺论定了吧。三十三年来在多次的运动中未见有人出来揭发他，也不曾为他开过一次批判会。他虽然死亡，但死后并未成为圣人，也不见一篇歌颂他的文章。人们似乎忘记了他。但是我怎么能忘记他呢？他是对我最好的一位朋友，他相信我，要是听见人讲我的坏话，他也会跟人打架。我不想在这里多谈个人的感情。我从来不把他当做圣人。他活着时我常常批评他做得太少，不曾把自己的才智贡献出来。他只留下一本薄薄的散文集《拾荒》，和用文言写的《法国革命史》（也是薄薄的一本）；还有两本翻译小说：屠格涅夫的《春潮》和米尔博的《仓库里的男子》，字数都不多。我知道他的缺点很多，但是他有一个长处，这长处可以掩盖一切的缺点。他说过：为了维护真理顾不得个人的安危，他自己是这样做到了的。我看见中国知识分子的正气在他的身上闪闪发光，可是我不曾学到他的长处，也没有认真地学过。过去有个时期我习惯把长官的话当做真理，又有一个时期我诚心奉行"明哲保身"的古训，今天回想起来，真是愧对亡友。这才是我的欠债中最大的一笔。

现在是还债的时候了。我怎么还得清呢？他真应当替我担心啊。我明白了。那一团火并没有熄灭，火还在燃烧，而且要永远燃烧。

1月29日写完。

第二部分
做人

三论讲真话[1]

　　我昨天读完了谌容的中篇小说《真真假假》[2]。我读到其中某两三段，一个人哈哈地笑了一阵子，这是近十几年来少有的事。这是一篇严肃的作品。小说中反映了一次历时三天的学习、批判会。可笑的地方就在人们的发言中：这次会上的发言和别人转述的以前什么会上的发言。

　　笑过之后，我又感到不好受，好像撞在什么木头上，伤了自己。是啊，我联系到自己的身上，联系到自己的经历了。关于学习、批判会，我没有做过调查研究，但是我也有三十多年的经验。我说不出我头几年参加的会是什么样的内容，总不是表态，不是整人，也不是自己挨整吧。不过以后参加的许多大会小会中整人被整的事就在所难免了。但有一点是可以确定的：表态，说空话，说假话。起初听别人说，后来自己跟着别人说，再后是自己同别人一起说。起初自己还怀疑这可能是假话、那可能是误传，这样说可能不符合事实等等、等等。起初我听见别人说假话，自己还不满意，不肯发言表态。但是一个会接一个会地开下去，我终于感觉到必须甩掉"独立思考"这个包袱，才能"轻装前进"，因为我已经在不知不觉中给改造过来了。于是叫我表态就表态。先讲空话，然后讲假话，反正大家讲一样的话，反正可以照抄报纸，照抄文件。开了几十年的会，到今天我还是怕开会，我有一种感觉，有一种想法，从来不曾对人讲过，在会议的中间，在会场里，我总觉得时光带着叹息在门外跑过，我拉不住时光，却只听见那些没完没了的空话、假话，我心里多烦。我只讲自己的经历，我浪费了多少有用的时间。不止我一个，当时同我在一起的有多少人啊！

　　"大家都在浪费时间"，这种说法可能有人不同意。这个人可能在会上

---

[1]　本篇最初连续发表于一九八二年三月二十至二十二日香港《大公报·大公园》。
[2]　见《收获》双月刊一九八二年第一期。

夸夸其谈、大开无轨电车，也可能照领导的意思、看当时的风向发表言论。每次学习都能做到"要啥有啥"，取得预期的效果。大家都"受到深刻的教育，在认识上提高了一步"。有人说学习批判会是"无上的法宝"。而根据我的经验、我的收获却是"竹篮打水一场空"，我只是在混时间。但是我学会了说空话，说假话。有时我也会为自己的假话红脸，不过我不用为它担心，因为我同时知道谁也不会相信这些假话。至于空话，大家都把它当做护身符，在日常生活里用它揩揩桌子、擦擦门窗。人们想，把屋子打扫干净，就不怕"运动"的大神进来检查卫生。

大家对运动也有看法，不少的人吃够了运动的苦头。喜欢运动的人可能还有，但也不会太多。根据我的回忆，运动总是从学习与批判开始的。运动的规模越大，学习会上越是杀气腾腾。所以我不但害怕运动，也害怕学习和批判（指的是批判别人）。和那样的会比起来，小说里的会倒显得轻松多了。

我还记得一九六五年第四季度我从河内回来，出国三个多月，对国内的某些情况已经有点生疏，不久给找去参加《评新编历史剧〈海瑞罢官〉》的学习会，感到莫名其妙。为什么姚文元一篇文章要大家长期学习呢？我每个星期六下午去文艺会堂学习一次，出席人多，有人抢先发言，轮不到我开口。过了两三个星期，我就看出来，我们都在网里，不过网相当大，我们在网中还有活动余地，是不是要一网打尽，当时还不能肯定。自己有时也在打主意从网里逃出去，但更多的时间里我却这样地安慰自己："听天安命吧，即使是孙悟空，也逃不出如来佛的手掌心。"

回想起那些日子，那些学习会，我今天还感到不寒而栗。我明明觉得罩在我四周的网越收越小、越紧，一个星期比一个星期厉害。一方面想到即将来临的灾难，一方面又存着幸免的心思，外表装得十分平静，好像自己没有问题，实际上内心空虚，甚至惶恐。背着人时我坐立不安，后悔不该写出那么多的作品，惟恐连累家里的人。我终于在会上主动地检查了一九六二年在上海第二次文代会上的发言的错误。我还说我愿意烧掉我的全部作品。这样讲过之后比较安心了，以为自己承认了错误，或者可以"过关"。谁知这次真是一网打尽，在劫难逃。姚文元抢起他所谓的"金棍子"打下来。我出席

第二部分

做人

· 223 ·

了亚非作家紧急会议，送走外宾后，参加作家协会的学习会，几张大字报就定了我的罪，没有什么根据就抄了我的家。随便什么人都可以到我家里来对我训话。可笑的是我竟相信自己犯了滔天大罪，而且恭恭顺顺地当众自报罪行；可笑的是我也认为人权是资产阶级的东西，我们"牛鬼蛇神"没有资格享受它。但当时度日如年，哪有笑的心思？在那段时间里，我常常失眠，做怪梦，游地狱；在"牛棚"里走路不敢抬头，整天忍气吞声，痛骂自己。

十年中间情况有一些变化，我的生活状况也有变化。一反一复，时松时紧。但学习、批判会却是不会少的。还有所谓"游斗"，好些人享受过这种特殊待遇，我也是其中之一。当时只要得到我们单位的同意，别的单位都可以把我带去开会批斗。我起初很害怕给揪到新的单位去、颈项下面挂着牌子接受批判，我不愿意在生人面前出洋相。但是开了一次会，我听见的全是空话和假话，我的胆子自然而然地大了起来，我明白连讲话的人也不相信他们自己的话，何况听众？以后我也就不害怕了。用开会的形式推广空话、假话，不可能把什么人搞臭，只是扩大空话、假话的市场，鼓励人们互相欺骗。好像有个西方的什么宣传家说过：假话讲了多少次就成了真话。根据我国古代的传说，"曾参杀人"，听见第三个人来报信，连他母亲也相信了谣言。有人随意编造谎言，流传出去，后来传到自己耳边，他居然信以为真。

我不想多提十年的浩劫，但是在那段黑暗的时期中我们染上了不少的坏习惯，"不讲真话"就是其中之一。在当时谁敢说这是"坏习惯"？！人们理直气壮地打着"维护真理"的招牌贩卖谎言。我经常有这样的感觉：在街上，在单位里，在会场内，人们全戴着假面具，我也一样。

到"四人帮"下台以后，我实在憋不住了，在《随想》中我大喊：

"人只有讲真话，才能够认真地活下去。"

我喊过了，我写过了两篇论"说真话"的文章。朋友们都鼓励我"说真话"。只有在这之后我才看出来：说真话并不容易，不说假话更加困难。我常常为此感到苦恼。有位朋友是有名的杂文家，他来信说：

对于自己过去信以为真的假话，我是不愿认账的，我劝你也不必为此折磨自己。至于有些违心之论，自己写时也很难过……我在回想，只怪我自己当时没有勇气，应当自劾。……今后谁能保证自己不再写这类文章呢？……我却不敢开支票。

我没有得到同意就引用他信里的话，应当请求原谅。但是我要说像他那样坦率地解剖自己，很值得我学习。我也一样，"当时没有勇气"，是不是今后就会有勇气呢？他坦白地说："不敢开支票。"难道我就开得出支票吗？难道说了这样的老实话，就可以不折磨自己吗？我办不到，我想他也办不到。

任何事情都有始有终。混也好，拖也好，挨也好，总有结束的时候；说空话也好，说假话也好，也总有收场的一天。那么就由自己做起吧。折磨就是折磨嘛，对自己要求严格点，总不会有害处。我想起了吴天湘的一幅手迹。吴天湘是谌容小说中某个外国文学研究室的主任、一个改正的右派，他是唯一的在会上讲真话的人。他在发言的前夕，在一张宣纸上为自己写下两句座右铭：

> 愿听逆耳之言，
> 不作违心之论。

这是极普通的老话。拿它们作为我们奋斗的目标，会不会要求过高呢？我相信那位写杂文的老友会回答我："不高，不高。"

《真真假假》是《人到中年》作者的另一部好作品。她有说真话的勇气。在小说中我看到好些熟人，也看到了我自己。读完小说，我不能不掩卷深思。但是我思考的不是作品，不是文学，而是生活。我在想我们的过去、现在和未来。我想来想去，总离不开上面那两句座右铭。

难道我就开得出支票？我真想和杂文家打一次赌。

3月12日。

第二部分

做人

未来（说真话之五）[1]

客人来访，闲谈中我说明自己的主张："鼓舞人前进的是希望，而不是失望。"客人就说："那么我们是不是把一切不愉快的事情都深深埋葬，多谈谈美满的未来？！"

于是我们畅谈美满的未来，谈了一个晚上。客人告辞，我回到寝室，一进门便看见壁炉架上萧珊的照片，她的骨灰盒在床前五斗柜上面。它们告诉我曾经发生过的那些不愉快的事情。

萧珊逝世整整十年了。说真话，我想到她的时候并不多，但要我忘记我在《怀念萧珊》中讲过的那些事，恐怕也难办到。有人以为做一两次报告，做一点思想工作，就可以使人忘记一些事情，我不大相信。我记得南宋诗人陆游的几首诗，《钗头凤》的故事知道的人很多，诗人在四十年以后"犹吊遗踪一泫然"，而且想起了四十三年前的往事，还要"断肠"。那么我偶尔怀念亡妻写短文说断肠之情，也是可以理解的吧。我不是在散布失望的情绪，我的文章不是"伤痕文学"。也没有人说陆游的诗是"伤痕文学"。陆游不但有伤痕，而且他的伤痕一直在流血，他有一些好诗就是用这血写成的。七百多年以后，我在法国一位学哲学的中国同学那里读了这些诗[2]，过了五十几年还没有忘记，不用翻书就可以默写出来。我默念这些诗，诗人的痛苦和悲伤打动我的心，我难过，我同情，我思索，但是我从未感到绝望或者失望。人们的幸福生活给破坏了，就应当保卫它。看见人们受苦，就会感到助人为乐。生活的安排不合理，就要改变它。看够了人间的苦难，我更加热爱生活，热爱光明。从伤痕里滴下来的血一直是给我点燃希

---

[1] 本篇最初发表于一九八二年四月二十二日香港《大公报·大公园》。

[2] 当时（1927--1928）我和哲学家住在沙多一吉里城，拉·封登中学食堂楼上两间邻接的屋子里，他每晚朗读陆游的诗。我听见他的"吟诵"，遇到自己喜欢的诗，就记在了心里。

望的火种。通过我长期的生活经验和创作实践，我认为即使不写满园春色的美景，也能鼓舞人心；反过来说，纵然成天大做一切都好的美梦，也产生不了良好的效果。

据我看，最好是讲真话。有病治病；无病就不要吃药。

要谈未来，当然可以。谈美满的未来，也可以。把未来设想得十分美满，谁也干涉不了，因为每个人都有未来，而且都可以为自己的未来作各种的努力。未来就像一件有可塑性的东西，可以由自己努力把它塑成不同的形状。当然这也不那么容易。不过努力总会产生效果，好的方面的努力就有可能产生好的效果。产生希望的是努力，是向上、向前的努力，而不是豪言壮语。

客人不同意我这种"说法"。他说："多讲些豪言壮语有什么不好？至少可以鼓舞士气嘛。"

我听过数不清的豪言壮语，我看过数不清的万紫千红的图画。初听初看时我感到精神振奋，可是多了，久了，我也就无动于衷了。我看，别人也是如此。谁也不希罕不兑现的支票。我不久前编自己的选集，翻看了大部分的旧作，使我感到惊奇的是从一九五○到一九六六年十六年中间，我也写了那么多的豪言壮语，我也绘了那么多的美丽图画，可是它们却迎来十年的浩劫，弄得我遍体鳞伤。我更加惊奇的是大家都在豪言壮语和万紫千红中生活过来，怎么那么多的人一夜之间就由人变为兽，抓住自己的同胞"食肉寝皮"。我不明白，但是我想把问题弄清楚。最近遇见几位朋友，谈起来他们都显得惊惶不安，承认"心有余悸"。不能怪他们，给蛇咬伤的人看见绳子会心惊肉跳。难道我就没有恐惧？我在《随想录》中不断地提出问题，发表意见，正因为我有恐惧。不用说大家都不愿意看见十年的悲剧再次上演，但是不弄清楚它的来龙去脉，不把它的来路堵死，单靠念念咒语，签发支票，谁也保证不了已经发生过的事不再发生。难道对于我们的未来中可能存在的这个阴影就可以撒手不管？我既然害怕见到第二次的兽性大发作，那么为什么要把自己的恐惧埋葬在心底？为什么不敢把心里话老实地讲出来？

埋葬！忘记！有一个短时期我的确想忘记十年的悲剧，但是偏偏忘记不了，即使求神念咒，也不管用。于是我又念起陆游的诗。像陆游那样朝夕盼望"王师北定中原"的爱国大诗人，对于奉母命离婚的"凡人小事"一辈子也不曾忘记，那么对于长达十年使几亿人受害的大灾难，谁又能够轻易忘记呢？

不忘记浩劫，不是为了折磨别人，而是为了保护自己，为了保护我们的下一代。保护下一代，人人有责任。保护自己呢，我经不起更大的折腾了。过去我常想保护自己，却不理解"保护"的意义。保护自己并非所谓明哲保身，见风转舵。保护自己应当是严格要求自己，面对现实，认真思考。不要把真话隐藏起来，随风向变来变去，变得连自己的面目也认不清楚，我这个惨痛的教训是够大的了。

十年的灾难，给我留下一身的伤痕。不管我如何衰老，这创伤至今还像一根鞭子鞭策我带着分明的爱憎奔赴未来。纵然是年近八旬的老人，我也还有未来，而且我还有雄心壮志塑造自己的未来。望梅止渴、画饼充饥的年代早已过去，人们要听的是真话。我是一个什么样的人？是不是想说真话？是不是敢说真话？无论如何，我不能躲避读者们的炯炯目光。

4月14日。

解剖自己[1]

　　《随想》第七十一则发表好久了，后来北京的报纸又刊载了一次。几天前一位朋友来看我，坐下来闲谈了一会，他忽然提起我那篇短文，说他那次批斗我是出于不得已，发言稿是三个人在一起讨论写成的，另外二人不肯讲，逼着他上台；又说他当时看见我流泪也很难过。这位朋友是书生气很重的老实人，我在干校劳动的时候，经常听见造反派在背后议论他，摹仿他带外国语法的讲话。他在大学里是一位诗人，到欧洲念书后回来，写一些评论文章。在"文化大革命"中他的地位很尴尬，我有时看见他"靠边"，有时他又得到"解放"或者"半解放"，有时我又听说他要给"结合进领导班子"。总之变动很快，叫人搞不清楚。现在事情早已过去，他变得不多，在我眼前他还是那个带书生气的老好人。

　　他的这些话是我完全不曾料到的。我记起来了：我曾在一则《随想》里提过一九六七年十月在上海杂技场里召开的批斗大会，但也只有短短的一句话，并没有描述大会的经过情形，更不曾讲出谁登台发言，谁带头高呼口号。而且不但在过去，就是现在坐在朋友的对面，我也想不起他批判我的事情，一点印象也没有。我就老实地告诉他：用不着为这种事抱歉。我还说，我当时虽然非常狼狈，讲话吞吞吐吐，但是我并没有流过眼泪。

　　他比我年轻，记忆力也比我好，很可能他不相信我的说法，因此他继续解释了一番。我理解他的心情。为了使他安心，我讲了不少的话，尽可能多多回忆当时的情况，我到杂技场参加批斗会的次数不少，其中两次是以我为主的，一次是第一次全市性的批斗大会，另一次是电视大会，各个有关单位同时收看，一些靠边的对象给罚站在每台电视机的两旁。那位朋友究竟在哪

---

[1]　本篇最初发表于一九八二年五月五日香港《大公报·大公园》。

第二部分　做人

一次会上发言，我至今说不出来，这说明我当时就不曾把他的话记在心上。我是一个"身经百斗"的"牛鬼"，谁都有权揪住我批斗，我也无法将每次会、每个人的"训话"一一记牢。但是那两次大会我还不曾轻易忘记，因为对我来说它们都是头一次，我毫无经验，十分紧张。

杂技场的舞台是圆形的，人站在那里挨斗，好像四面八方高举的拳头都对着你，你找不到一个藏身的地方，相当可怕。每次我给揪出场之前，主持人宣布大会开始，场内奏起了《东方红》乐曲。这乐曲是我听惯了的，而且是我喜欢的。可是在那些时候我听见它就浑身战栗，乐曲奏完，我总是让几名大汉拖进会场，一连几年都是如此。初次挨斗我既紧张又很小心，带着圆珠笔和笔记本上台，虽然低头弯腰，但是不曾忘记记下每人发言的要点，准备"接受批判改正错误"。那次大会的一位主持人看见我有时停笔不写，他就训话："你为什么不记下去？！"于是我又拿笔续记。我这样摘录批判发言不止一次，可是不到一年，造反派搜查牛棚，没收了这些笔记本，还根据它们在某一次会上批斗我准备"反攻倒算"，那时我已经被提升为"无产阶级专政的死敌"了。

我第一次接受全市"革命群众"批斗的时候，两个参加我的专案组的复旦大学学生把我从江湾（当时我给揪到复旦大学去了）押赴斗场，进场前其中一个再三警告我：不准在台上替自己辩护，而且对强加给我的任何罪名都必须承认。我本来就很紧张，现在又背上这样一个包袱，只想做出好的表现，又怕承认了罪名将来洗刷不清。埋着头给拖进斗场，我头昏眼花，思想混乱，一片"打倒巴金"的喊声叫人胆战心惊。我站在那里，心想这两三个小时的确很难过去，但我下定决心要重新做人，按照批判我的论点改造自己。

两次杂技场的大会在我的心上打下了深的烙印。电视大会召开时，为了造舆论、造声势，从作家协会上海分会到杂技场，沿途贴了不少很大的大字标语，我看见那么多的"打倒"字样，我的心凉了。要不是为了萧珊，为了孩子们，这一次我恐怕不容易支持下去。在那两次会上我都是一直站着受批，我还记得电视大会上批判结束，主持人命令把我押下去时，我一下子提不起脚来，造反派却骂我"装假"。以后参加批斗会，只要台上有板凳，我就争取坐下，我已经渐渐地习惯了，也取得一点经验了。我开始明白我所期待的那种"改造"是并不存在的。

朋友的一番话鼓舞我做了一次长途旅行，我从一个批斗会走到另一个，走完了数不清的不同的会场，我没有看见一张相熟的面孔。不是说没有一位熟人登台发言，我想说那些发言并未给我带来损害，我当时就不曾把它们放在心上，事后也就忘记得一干二净。

回顾过去，我觉得自己这样做也合情合理。我的肚皮究竟有多大？哪里容得下许许多多芝麻大的个人恩怨！在那个时期我不曾登台批判别人，只是因为我没有得到机会，倘使我能够上台亮相，我会看做莫大的幸运。我常常这样想，也常常这样说，万一在"早请示、晚汇报"搞得最起劲的时期，我得到了解放和重用，那么我也会做出不少的蠢事，甚至不少的坏事。当时大家都以"紧跟"为荣，我因为没有"效忠"的资格，参加运动不久就被勒令靠边站，才容易保持了个人的清白。使我感到可怕的是那个时候自己的精神状态和思想情况，没有掉进深渊，确实是万幸，清夜扪心自问，还有点毛骨悚然。

解剖自己的习惯是我多次接受批斗的收获。了解了自己就容易了解别人。要求别人不应当比要求自己更严。听着打着红旗传下来的"一句顶一万句"的"最高指示"，谁能保持清醒的头脑？谁又能经得起考验？做一位事后诸葛亮已经迟了。但幸运的是我找回了失去多年的"独立思考"。有了它我不会再走过去走的老路，也不会再忍受那些年忍受过的一切。十年的噩梦醒了，它带走了说不尽、数不清的个人恩怨，它告诉我们过去的事决不能再来。

"该忘记的就忘掉吧，不要拿那些小事折磨自己了，我们的未来还是在自己的手里。"我紧握着客人的手，把他送到门外。

4月24日病中在杭州。

第二部分 做人

思路[1]

一

　　人到了行路、写字都感到困难的年龄才懂得"老"的意义。我现在也说不清楚什么时候开始感觉到身上的一切都在老化，我很后悔以前不曾注意这个问题，总以为"精神一到，何事不成"！忽然发觉自己手脚不灵便、动作迟缓，而且越来越困难，平时不注意，临时想不通，就认为"老化"是突然发生的。

　　根据我的经验，要是不多动脑筋思考，那么突然发生、突然变化的事情就太多了！可是仔细想想，连千变万化的思想也是沿着一条"思路"前进的，不管它们是飞，是跳，是走。我见过一种人：他们每天换一个立场，每天发一样言论，好像很奇怪，其实我注意观察，认真分析，就发现他们的种种变化也有一条道路。变化快的原因在于有外来的推动力量，例如风，风一吹风车就不能不动。我并不想讽刺别人，有一个时期我自己也是如此，所以我读到吉诃德先生跟风车作战的小说时，另有一种感觉。

　　我不能不承认这个令人感到不愉快的事实：自己在衰老的路上奔跑。其实这是每个人的必经之路，到最后松开手，眼睛一闭，就得到舒适的安眠，把地位让给别人。肉体的衰老常常伴随着思想的衰老、精神的衰老。动作迟钝，思想僵化，这样密切配合，可以帮助人顺利地甚至愉快地度过晚年。我发现自己的思想和精神状态同衰老的身体不能适应，更谈不上"密切配合"，因此产生了矛盾。我不能消除矛盾，却反而促成自己跟自己不休止地斗争。我明知这斗争会逼使自己提前接近死亡，但是我没有别的路可走。几十年来我一直顺着一条思路往前进。我幼稚，但是真诚；我犯过错误，但是

---

[1]　本篇最初发表于一九八二年五月十三日香港《大公报·大公园》。

我没有欺骗自己。后来我甘心做了风车，随着风转动，甚至不敢拿起自己的笔。倘使那十年中间我能够像我的妻子萧珊那样撒手而去，那么事情就简单多了。然而我偏偏不死，思想离开了风车，又走上自己的轨道，又顺着思路走去，于是产生了这几年中发表的各种文章，引起了各样的议论。这些文章的读者和评论者不会想到它们都是一个老人每天两三百字地用发僵的手拼凑起来的。我称它们为真话，说它们是"善言"，并非自我吹嘘，虚名对我已经没有用处。说实话，我深爱在我四周勤奋地生活、工作的人们，我深爱在我身后将在中国生活、工作的年轻的一代，两代以至于无数代……那么写一点报告情况的"内参"（内部参考）留给他们吧。

我的这种解释当然也有人不同意，他们说："你为什么不来个主动的配合，使你的思想、精神同身体相适应？写字困难就索性不写，行动不便就索性不动。少消耗，多享受，安安静静地度过余年，岂不更好？！"

这番话似乎很有道理，我愿意试一试。然而我一动脑筋思考，思想顺着思路缓缓前进，自己也无法使它们中途停下。我想起来了，在那不寻常的十年中间，我也曾随意摆弄自己的思想使它们适应种种的环境，当时好像很有成效，可是时间一长，才发现思想仍然在原地，你控制不了它们，它们又顺着老路向前了。那许多次"勒令"，那多次批斗都不曾改变它们。这使我更加相信：

人是要动脑筋思考的，思想的活动是顺着思路前进的。你可以引导别人的思想进入另外的一条路，但是你不能把别人的思想改变成见风转动的风车。

那十年中间我自己也宣传了多少"歪理"啊！什么是歪理？没有思路的思想就是歪理。

"四人帮"垮台以后我同一位外宾谈话，他不能理解为什么"四个人"会有那样大的"能量"，我吞吞吐吐始终讲不清楚。他为了礼貌，也不往下追问。我回答外国朋友的问题，在这里总要碰到难关，几次受窘之后终于悟出了道理，脱离了思路，我的想法就不容易说服人了。

第二部分 做人

• 233 •

二

十天前我瞻仰了岳王坟。看到长跪在铁栏杆内的秦太师，我又想起了风波亭的冤狱。从十几岁读《说岳全传》时起我就有一个需要解答的问题：秦桧怎么有那样大的权力？我想了几十年，年轻的心是不怕鬼神的。我在思路上遇着了种种的障碍，但是顺着思路前进，我终于得到了解答。现在这样的解答已经是人所共知的了。我这次在杭州看到介绍西湖风景的电视片，解说人介绍岳庙提到风波狱的罪人时，在秦桧的前面加了宋高宗的名字。这就是正确的回答。

这一次我在廊上见到了刻着明代诗人兼画家文征明的满江红词的石碑，碑立在很显著的地方，是诗人亲笔书写的。我一眼就看到最后的一句："笑区区一桧亦何能，逢其欲。"这个解答非常明确，四百五十二年前的诗人会有这样的胆识，的确了不起！但我看这也是很自然、很寻常的事，顺着思路思考，越过了种种的障碍，当然会得到应有的结论。

我读书不多，文征明的词我还是在我曾祖李璠的《醉墨山房诗话》中第一次读到的，那也是六十多年前的事了。书还在我的手边，不曾让人抄走、毁掉，我把最后一则诗话抄录在下面：

予在成都时，有以岳少保所书"忠孝节义"四大字求售者，价需三百金，亦不能定其真伪，然笔法遒劲，亦非俗手所能。又尝见王所作满江红词，悲壮激烈，凛凛有生气，其词曰（原词略）。明文征明和之曰：

拂拭残碑，敕飞字依稀堪读。

慨当时倚飞何重，后来何酷！

果是功成身合死，可怜事去言难说（赎）。

最无辜，堪恨更堪怜，风波狱。

岂不惜（念），中原蹙？

岂不念（惜），徽钦辱？

但徽钦既返，此身何属？

千古休谈（夸）南渡错，当时只（自）怕中原复。

笑区区一桧亦何能，逢其欲！

诛心之论，痛快淋漓，使高宗读之，亦当汗下。

　　我只知道李璠活了五十五岁，一八七八年葬在成都郊外，已经过了一百零四年了，诗话写成的时间当然还要早一些。诗话中并无惊人之处，但我今天读起来仍然感到亲切。我曾祖不过是一百多年前一个封建小官僚，可是在大家叩头高呼"臣罪当诛"、"天王圣明"的时候，他却理解、而且赞赏文征明的"诛心之论"，这很不简单！他怎么能做到这样呢？我的解释是：

　　用自己的脑子思考，越过种种的障碍，顺着自己的思路前进，很自然地得到了应有的结论。

5月6日。

第二部分

做人

愿化泥土[1]

　　最近听到一首歌，我听见人唱了两次：《那就是我》。歌声像湖上的微风吹过我的心上，我的心随着它回到了我的童年，回到了我的家乡。近年来我非常想念家乡，大概是到了叶落归根的时候吧。有一件事深深地印在我的脑子里，三年半了。我访问巴黎，在一位新认识的朋友家中吃晚饭。朋友是法籍华人，同法国小姐结了婚，家庭生活很幸福。他本人有成就，有名望，也有很高的地位。我们在他家谈得畅快，过得愉快。可是告辞出门，坐在车上，我却摆脱不了这样一种想法：长期住在国外是不幸的事。一直到今天我还是这样想。我也知道这种想法不一定对，甚至不对。但这是我的真实思想。几十年来有一根绳子牢牢地拴住我的心。一九二七年一月在上海上船去法国的时候，我在《海行杂记》中写道："再见吧，我不幸的乡土哟！"一九七九年四月再访巴黎，住在凯旋门附近一家四星旅馆的四楼，早饭前我静静地坐在窗前扶手椅上，透过白纱窗帷看窗下安静的小巷，在这里我看到的不是巴黎的街景，却是北京的长安街和上海的淮海路、杭州的西湖和广东的乡村，还有成都的街口有双眼井的那条小街……到八点钟有人来敲门，我站起来，我又离开了"亲爱的祖国和人民"。每天早晨都是这样，好像我每天回国一次去寻求养料。这是很自然的事，我仿佛仍然生活在我的同胞中间，在想象中我重见那些景象，我觉得有一种力量在支持我。于是我感到精神充实，心情舒畅，全身暖和。

　　我经常提到人民，他们是我所熟悉的数不清的平凡而善良的人。我就是在这些人中间成长的。我的正义、公道、平等的观念也是在门房和马房里培养起来的。我从许多被生活亏待了的人那里学到热爱生活、懂得生命的意

---

[1]　本篇最初发表于一九八三年七月三日香港《大公报·大公园》。

义。越是不宽裕的人越慷慨，越是富足的人越吝啬。然而人类正是靠这种连续不断的慷慨的贡献而存在、而发展的。

近来我常常怀念六七十年前的往事。成都老公馆里马房和门房的景象，时时在我眼前出现。一盏烟灯，一床破席，讲不完的被损害、受侮辱的生活故事，忘不了的永远不变的结论："人要忠心"。住在马房里的轿夫向着我这个地主的少爷打开了他们的心。老周感慨地说过："我不光是抬轿子。只要对人有好处，就让大家踏着我走过去。"我躲在这个阴湿的没有马的马房里度过多少个夏日的夜晚和秋天的黄昏。

门房里听差的生活可能比轿夫的好一些，但好得也有限。在他们中间我感到舒畅、自然。后来回想，我接触到通过受苦而净化了的心灵就是从门房和马房里开始的。只有在十年动乱的"文革"期间，我才懂得了通过受苦净化心灵的意义。我的心常常回到门房里爱"清水"恨"浑水"的赵大爷和老文、马房里轿夫老周和老任的身边。人已经不存在了，房屋也拆干净了。可是过去的发过光的东西，仍然在我心里发光。我看见人们受苦，看见人们怎样通过受苦来消除私心杂念。在"文革"期间我想得多，回忆得多。有个时期我也想用受苦来"赎罪"，努力干活。我只是为了自己，盼望早日得到解放。私心杂念不曾消除，因此心灵没有得到净化。

现在我明白了。受苦是考验，是磨炼，是咬紧牙关挖掉自己心灵上的污点。它不是形式，不是装模作样。主要的是严肃地、认真地接受痛苦。"让一切都来吧，我能够忍受。"

我没有想到自己还要经受一次考验。我摔断了左腿，又受到所谓"最保守、最保险"方法的治疗。考验并未结束，我也没有能好好地过关。在病床上，在噩梦中，我一直为私心杂念所苦恼。以后怎样活下去？我不能回答这个问题。

漫长的不眠之夜仿佛一片茫茫的雾海，我多么想抓住一块木板浮到岸边。忽然我看见了透过浓雾射出来的亮光：那就是我回到了老公馆的马房和门房，我又看到了老周的黄瘦脸和赵大爷的大胡子。我发觉自己是在私心杂念的包围中，无法净化我的心灵。门房里的瓦油灯和马房里的烟灯救了我，使我的心没有在雾海中沉下去。我终于记起来，那些"老师"教我的正是去掉私心和忘掉自己。被生活薄待的人会那样地热爱生活，跟他们比起来，我算得什么呢？我几百万字的著作还不及轿夫老周的四个字"人要忠心"。（有一次他们煮饭做菜，我帮忙烧火，火不旺，他教我"人要忠心，火要空心"。）想到在马房里过的那些黄昏，想到在门房里过的那些夜晚，我仿佛回到了自己的童年。

我多么想再见到我童年时期的脚迹！我多么想回到我出生的故乡、摸一下我念念不忘的马房的泥土。可是我像一只给剪掉了翅膀的鸟，失去了飞翔的希望。我的脚不能动，我的心不能飞。我的思想……但是我的思想会冲破一切的阻碍，会闯过一切难关，会到我怀念的一切地方，它们会像一股烈火把我的心烧成灰，使我的私心杂念化成灰烬。

我家乡的泥土，我祖国的土地，我永远同你们在一起接受阳光雨露，与花树、禾苗一同生长。

我唯一的心愿是：化做泥土，留在人们温暖的脚印里。

1983年6月29日。

掏一把出来[1]

　　《随想九十九》是在七月十八日写成的。在文章的结尾我引用了朋友汝龙（翻译家）来信中的话。发表私人通信，没有事先征求本人同意，我应当向写信人道歉。在某一个长时期，私人信件常常成为个人的罪证。我有一位有才华、有见识的朋友，他喜欢写长信发议论。反右期间一个朋友把他的信件交给上级，他终于成了"右派"。后来他的"右派"帽子给摘掉了。过了几年发生了文化大革命，他的另一个做教授的朋友给抄了家，拿走了他的一叠信，造反派学生根据信件又抄了他的家，并促成他的死亡。所以到今天，还有人不愿写信，不愿保留信件。

　　但是那样的日子是不会再来的了。今天人们可以随意讲心里的话。汝龙也不愿意在我面前把心遮掩起来。那么让我再从他的信中抄录几句：

　　　　我知道他死讯的那天晚上通宵没睡，眼前总像看见他那张苍白的脸，他那充满焦虑的目光，他那很旧的黑色提包，他那用手绢包着的钱，我甚至觉得我再活下去也没意思了。……

　　汝龙是少见的真挚的人，他一定没有忘记那十年中间种种奇怪的遭遇。我也忘记不了许多事情，许多嘴脸，许多人的变化。像李健吾那样的形象，我却很少看见。读了汝龙的信，我很激动。那十年中间我很少想到别人，见着熟人也故意躲开，说是怕连累别人，其实是害怕牵连自己。一方面自卑，另一方面怕事，我不会像健吾那样在那种时候不顾自己去帮助人。

　　我变了！我熟悉自己在"文革"期间的精神状态，我明白这就是我的所

---

[1]　本篇最初发表于一九八三年八月二日香港《大公报·大公园》。

第一部分　做人

谓"改造"。我参加"运动"还不算太多，但一个运动接一个运动，把一个"怕"字深深刻印在我的心上。结果一切都为保护自己，今天说东，明天说西，这算是什么作家呢？当然写不出东西来。想起健吾，想起汝龙信中描绘的形象，我觉得有一根鞭子在我的背上抽着，一下！一下！

汝龙不是悲观主义者。他可能因为看见好人的死亡而感到绝望。这绝望只能是暂时的，不然他怎么能长期伏案勤勤恳恳地翻译契诃夫和陀思妥耶夫斯基的作品呢？在这一点上我和他有不同的看法。他认为一个好人死了，自己活下去也没有意思了。我却认为一个好人死了，我们更有责任、更有意思"再活下去"，因为可以做的事、应该做的事更多了。尽管十年"文革"至今还给我带来血淋淋的噩梦，但长时期的折磨却使我更加懂得生活的意义，使我更加热爱生活。

想到健吾，我更明白：人活着不是为了"捞一把进去"，而是为了"掏一把出来"。

好人？坏人？各人有各人的解释，但是我们国家目前需要的正是"掏一把出来"的人。

7月23日。

怀念一位教育家[1]

有一天，科学家匡达人同志对我谈起她的父亲，我说我打算写一篇怀念互生先生的文章，她等待着。一年过去了，我一个字也没有写出来。其实不是在一年以前，而是在五十年前，在一九三三年，我就想写这篇文章。那时我刚从广州回上海，匡互生先生已经逝世，我匆忙地在一篇散文（《南国的梦》）里加了这样的一段话：

> 对于这个我所敬爱的人的死，我不知道应该用什么话来表示我的悲痛。他的最后是很可怕的。他在医生的绝望的宣告下面，躺在医院里等死，竟然过了一个月以上的时间，许多人的眼泪都不能够挽救他。

《南国的梦》收在我一九三三年的游记《旅途随笔》里面，是我初到广州时写成的。这年春天我离开上海前曾经去医院探病，互生先生住在一家私人医院，我到了那间单人病房，连谈话的机会也没有，他似乎在昏睡，病已沉重，说是肠癌，动过手术，效果不好。和我同去的朋友在揩眼泪，我不敢多看他那张带着痛苦表情的瘦脸，我知道这是最后的一次了，我咬着嘴唇，轻轻地拉一下朋友的衣袖，我们走出了医院。

在广州我得到了互生先生的噩耗。我什么表示也没有，只是空下来和一位广东朋友在一起，我们总要谈互生先生的事情。

我和互生先生并不熟，我同他见面较晚也较少。可是我有不少朋友是他的学生或崇拜者，他们常常用敬爱的语气谈起"匡先生"的一些事情。我

[1] 本篇最初发表于一九八三年九月七日香港《大公报·大公园》。

第二部分

做人

最初只知道他是五四运动中"火烧赵家楼"的英雄，后来才了解他是一位把毕生精力贡献给青年教育的好教师，一位有理想、有干劲、为国为民的教育家。他只活了四十二岁，是为了他和朋友们创办的立达学园献出自己生命的。我没有在立达学园待过，但我当时正住在那位广东朋友创办的"乡村师范"里，跟教师和同学们一起生活。学校设在小山脚下三座并排的旧祠堂内，像一个和睦的家庭，大家在一起学习，一起劳动，一起作息，用自己的手创造出四周美丽的环境，用年轻的歌声增添了快乐的气氛。我作为客人住了五天，始终忘记不了在这里见到的献身的精神、真诚的友情、坚定的信仰和乐观的态度，我和广东朋友谈起，说了几句赞美的话。他说："我是匡先生的学生，不过照他培养人、教育人的思想办事。"我说："要是他来看一看多好！"广东朋友叹息说："不可能了。不过他的思想会鼓励我们。"他含着眼泪加一句："我们一定要把学校办好。"

我相信他的决心。我想到在上海医院里等待死亡的匡互生先生，我忽然兴奋起来："只要思想活着，开花结果，生命就不会结束。"我却没有料到两年后，这个师范学校由于省教育当局的干涉停办了。

互生先生生活简朴。他的家我去过一次，是一个安徽朋友带我去的。房里陈设简单。学生们常来找他谈话。他对他们讲话，亲切、详细。我在旁边也感觉到这是一位好心的教师，又像是一位和蔼的长兄。那两天我刚刚听到关于他对待小偷的故事，学校厨房捉到偷煤的贼，送到他那里，他对小偷谈了一阵，给了两块钱，放走了，劝"他"拿这笔钱去做小生意。又有一回学生宿舍捉住一个穿西装的贼，他让贼坐下来，同"他"长谈，了解"他"的生活情况，好好地开导"他"，后来还给"他"介绍工作。他常说："不要紧，他们会改好的。"我和几个朋友都赞成他这种做法，但是我们佩服他的改造人们灵魂的决心和信心。他从不讲空话，总是以身作则开导别人。

立达学园不是他一个人创办的，可是他一个人守着岗位坚持到底。有一个学期他为学校经费到处奔走。我去过他的家不多久，那里就被日本侵略军的炮火毁掉了，学校也只剩了一个空架子。这是一九三二年"一·二八"战争中的事。停战后我有一次和他同去江湾看立达学园的旧址，屋顶没有了，在一间屋子里斜立着一颗未爆炸的二百五十磅的炸弹，在另一处我看见一只被狗吃剩了的人腿。我这次到江湾是来找寻侵略战争的遗迹；互生先生却是来准备落实重建学园的计划。

学校重建起来，可是互生先生的心血已经熬尽。学园七月恢复，互生先生年底就因患肠癌进医院动手术，他起初不肯就医，把病给耽误了。开刀后，效果也不好。他是这样的一个人，不愿在自己身上多花一文钱。我还记得在上海开明书店发行的《中学生》月刊（大概是一九三二年的吧）上读到一篇赞美互生先生的短评，说他为学校筹款奔走，一天早晨在马路上被车（人力车吧）撞倒，给送进医院诊治。医生要他每天喝点白兰地。他离开医院后，到咖啡店喝了一杯白兰地，花去八角。他说："我哪里有钱吃这样贵重的东西？钱是学校需要的。"他以后就不再去喝白兰地了。

手边没有《中学生》，我只记得短文的大意。但我忘不了他那为公忘私的精神。我把他当做照亮我前进道路的一盏灯。灯灭了，我感到损失，我感到悲痛。

还有一件事情。"一·二八"战争爆发后，我从南京回到上海，我的家在战区，只好在两位留日归来的朋友的住处借宿。后来我在环龙路一家公寓里租到一间屋子，那两位朋友也准备搬家。没有想到过两天那位姓黄的朋友忽然来说，姓伍的朋友让法租界巡捕房抓走了。我弄清楚了情况，原来伍到他友人林的住处去洗澡，刚巧法国巡捕因"共产党嫌疑"来逮捕林的朋友郑，结果把三个人都捉走了。朋友们到处打听，托人设法，毫无用处，我们拿不出钱行贿。有个朋友提起匡互生，我们就去找他。他一口答应，他认识国民党"元老"李石曾，马上找李写了一封保证无罪的信，李石曾在法租界工部局有影响。一天大清早有人来叩我的房门，原来是互生先生。他进了房，从公文包里掏出李的信，拿给我看，一面说："信里只有两个名字，对姓郑的不利。是不是把他的名字也写进去。那么我把信拿去找李改一下。"第二天一早他就把改了的信送来。不用说，被捕的人都给保释出来了。朋友伍今天还在北京工作，他一定没有忘记五十年前的这件事情。

8月22日。

第三部分
做人

243

保持自己的本来面目 [1]

　　陈仲贤先生把他写的访问记的剪报寄给我，我读了两遍，想起了一些事情。"编译室"楼上的学习，北京某招待所楼下的长谈，我都还记得。我不把他看做一个记者，在我眼前他是一位朋友，读他的文章，我感到亲切。不过他同我接触不够多，有些事情可能不太清楚。我随便谈一两件，例如我和其他几位作家被"安排"到上海人民出版社去，只是为了实现"四人帮""砸烂作家协会"的阴谋；另一方面又做给人们看：对我这个人他们也落实政策，让我有工作做。这是一九七五年八月的事，这之前我们在巨鹿路作家协会旧址学习。作协的名称已经取消，合并到"文化系统四连"里，当时常有小道消息说要把一批人送到出版社去，但我想也许会放我回家，因为我已年过七十，"文革"以前我并不在作协上班，也未拿过工资，我又无一技之长，只有一点虚名，"文革"期间连名字也搞臭了，正如造反派所说我是一只"死老虎"，毫无用处。没有想到，一天上午我到巨鹿路学习，那位工宣队出身的四连党支部书记在门口看见我，叫我跟他到楼下东厅里去。两年前也是在这里，他向我宣布"市的领导"决定，将我的问题"做人民内部处理，不戴帽子"。这是"四人帮"的语言，说"不戴帽子"，就是戴一顶你自己看不见的帽子。没有文件，他只是翻开一个笔记本念出几句话。我没有抗议，也没有质问，当时我仍然听话，我想到"文革"前开了头的《处女地》的改译本，就说了一句："我可以自己做点翻译工作吧。"支部书记不曾回答，但是过两天他在学习会上向群众宣布关于我的决定时，就加了一句："做翻译工作。"我想："也好。"从此只要我有空便拿出《处女地》躲在楼上小屋里工作。全书译完了，支部书记也没有查问过一句。这次到东

---

[1]　本篇最初发表于一九八三年九月二十四日香港《大公报·大公园》。

厅他坐下，仍然没有文件，连笔记本也不拿出来，只是口头宣布把我"分配"到人民出版社工作，叫我自己去报到。我仍然没有抗议，不过我要求单位写封介绍信说明我年老多病的情况。他写了一封短信给我。我第二天上午就去出版社组织处报到，又给派去"编译室"，"编译室"是出版翻译图书的，当时也由人民出版社管理，从作协分配出去的人大都留在文艺编辑室，我一个人却给派到"编译室"，这意味着把我赶出了文艺界。

拿着组织处的通知回到家里，我躺在藤椅上休息了一天，我在思考，我也回忆了过去几年间的事情。对"四人帮"及其招牌口号除了害怕外，我已毫不相信。过去那些年的自己的形象又回到我的眼前。我怎么会是那样的人？！我放弃了人的尊严和做人的权利，低头哈腰甘心受侮辱，把接连不断的抄家当做自己应得的惩罚。想通过苦行改造自己，也只是为了讨别人的欢心。……我越想越后悔，越想越瞧不起自己。我下了决心：不再把自己的命运完全交给别人。

第二天我去"编译室"报到。第一把手不在上海，接见我的是一位管业务的负责人。我便向他说明我身体虚弱不能工作，只参加学习，一个星期来两个半天。他起初想说服我参加工作，我坚持有病，他终于让步。我就这样进了"编译室"。和在"文化四连"一样，我每星期二、六上午去单位参加学习，坐在办公室的角落里听同志们"开无轨电车"，海阔天空，无所不谈。到了必须表态的时候我也会鼓起勇气讲几句话，或者照抄报上言论，或者骂骂自己。但在这里我发言的机会不多。不像在作协或者文化干校"牛棚"，每次学习几乎每"人"都得开口，我拙于言辞，有时全场冷静，主持学习的人要我讲话，我讲了一段，就受到了围攻，几个小时的学习便很容易地"混"过去了。换一个人开头发言也一样受围攻，只要容易"混"过学习时间，大家似乎都高兴。到了"编译室"，学习时间里气氛不太紧张，发言也比较随便，但是我已经明白这样耗费时间是多么可悲的事情。

我和陈仲贤先生就是在学习会上认识的，他到"编译室"比我迟几个月，他经常发言，容易引起人注意，当然也有违心之论，但我觉得他是个不甘心讲假话的忠厚人。即使是这样，我也不曾同他交谈，当时多认识一个人，可能多一些麻烦，说不定旁边有人打小报告，也有可能对方就会把你出

第二部分 做人

卖。多说一句话，也许会添一个罪名，增加别人揭发的材料。还有一些人小心谨慎，街上遇见熟人不是转身躲开，就是视若无睹。陈仲贤先生说我"寓悲愤于沉默，从未说'四人帮'一句好话"。其实我那时还是一个孤零零的"牛鬼"。别人害怕同我接触，我也怕见别人。几年的批斗使我习惯于"沉默"。起初我只有崇拜和迷信，后来对偶像逐渐幻灭，看够了"军代表"、"工宣队"和造反派的表演，我认识陈仲贤先生的时候，的确有些悲愤。但甚至在那个时候，我也讲过"四人帮"的好话，不过不是当做真话讲的；至于"文革"初期由于个人崇拜，我更是心悦诚服地拜倒在"四人帮"的脚下，习惯于责骂自己、歌颂别人。即使这是当时普遍的现象，今天对人谈起"十年"的经历，我仍然无法掩盖自己的污点。花言巧语给谁也增添不了光彩。过去的事是改变不了的。良心的责备比什么都痛苦。想忘记却永远忘不了。只有把心上的伤疤露出来，我才有可能得到一点安慰。所以我应当承认，我提倡讲真话还是为了自己。

最近接到友人萧乾寄赠的《培尔·金特》，这是他翻译的易卜生的名剧。这名著我几十年前翻读过，毫无印象。这次看了电视录像，又匆匆地翻读了译本，感受却大不相同。我不想在这里谈剧本，我只说，我喜欢剧中的一句台词："人—— 要保持自己的本来面目。"说真话，也就是"保持自己的本来面目"吧。

我和陈仲贤先生都离开了"编译室"，我说不清谁先谁后，只记得"砸烂"的作协分会复活，我也甩掉背上的包袱可以接受记者采访的时候，他先后来采访过几次，他又回到本行做记者了。我们谈得很融洽，并无顾忌，不必掩饰自己的本来面目。他很健谈，但读他的报道又嫌他下笔谨慎。他多次表示要把三十年采访的经验写出来，我一再给他鼓励，我相信讲真话的书会受到读者的欢迎。

9月7日。

"再认识托尔斯泰"？[1]

在今年一月出版的《读者良友》（二卷一期）上我看到题做《再认识托尔斯泰》的文章。"再认识"托尔斯泰，谈何容易！世界上有多少人崇拜托尔斯泰，有多少人咒骂托尔斯泰，有多少人研究托尔斯泰，但谁能说自己"认识"托尔斯泰？抓一把污泥抹在伟大死者的脸上，这不是什么"私生活揭秘"，关于托尔斯泰的私生活已经有了那么多的资料，本人的、家属的、亲友的、医生的日记、书信、回忆等等，还有警察的报告和政府的秘密文件，更不必说数不清的用各种文字编写的托尔斯泰的传记了。在他的晚年，这位隐居在雅斯纳雅·波良纳的老人成了政府和东正教教会迫害的对象，各种反动势力进行阴谋，威逼托尔斯泰承认错误，收回对教会的攻击，老人始终不曾屈服。他八十二岁离家出走，病死在阿斯达波沃车站上，据说"在他与世长辞的那所屋子周围，拥满了警察、间谍、新闻记者与电影摄影师……"[2]这说明一直到死，他都没有得到安宁，对他的诬蔑和诽谤也始终不曾停止。他活着就没有能保持什么私生活的秘密，他也不想保持这样的秘密。他是世界上最真诚的人。他从未隐瞒自己的过去。他出身显贵，又当过军官，年轻时候确实过着放荡的贵族生活。但是作为作家，他严肃地探索人生、追求真理，不休止地跟自己的各种欲念做斗争。他找到了基督教福音书，他宣传他所理解的教义。他力求做到言行一致，照他所宣传的去行动，按照他的主张生活。为了这个目标，他奋斗了几十年，这是有目共睹的事实。他的一生充满了矛盾，为了消除矛盾，他甚至否定艺术，相信"艺术是一种罪恶"。他离开书斋把精力花费在种地、修炉灶、做木工、做皮靴等等上面。他捐赠稿费，让遭受政府迫害的他的信徒"灵魂战士"们去加拿大移

[1]　本篇最初发表于一九八五年四月二十二五日香港《大公报·大公园》

[2]　借用傅雷的译文，见《托尔斯泰传》（罗曼·罗兰著）。

第二部分 做人

民。他还放弃自己著作的版权……这一切都是他的妻子所不理解的，因此他们夫妇间的隔膜越来越深，分歧越来越大。老人又受到各式各样自称为"托尔斯泰主义者"的"寄生虫"[1]的包围，他们对他过分的要求[2]促使他的偏执越来越厉害，他竟然写了一本书证明莎士比亚"不是一个艺术家"。在逝世前最后几天里他还写过这样的话："我深深感觉到写作的诱惑与罪恶……"他走到这样的极端，并不能消除自己思想上的矛盾，减轻精神上的痛苦，也不能使他的"弟子和信徒们"完全满意，却增加了索菲雅夫人的误解和担心。那个替丈夫抄写《战争与和平》多到七遍的女人，当然不愿意他走上否定艺术的道路，因此对那些她认为是把托尔斯泰引上或者促使他走上这条道路的所谓"托尔斯泰主义者"有很大的反感，她同他们的斗争越来越激烈。她热爱艺术家的托尔斯泰，维护他的荣誉，做他的忠实的妻子，为他献出她一生的精力；她却不能忍受作为人生教师的托尔斯泰，也就是"说教人"的托尔斯泰，她这种不断的歇斯底里的争吵，反而给老人增加精神上的痛苦，把老人推向他那些"门徒"，促使老人终于离家出走。他留给妻子的告别信还是一八九七年写好的，一直锁在他的抽屉里面。这说明十三年前他就有离家的心思，他的内心战斗持续了这么久。只有小女儿亚历山德拉知道他出走的计划，她陪他坐火车，中途他病倒在阿斯达波沃车站，就死在那里。

亚历山德拉后来写过一本回忆录[3]，书中有这样的话："我父亲死后，母亲大大地改变了。……她常常在一张大的扶手椅上迷迷糊糊地睡几个钟头，只有在别人提起父亲的名字时，她才醒过来。她叹息，并且说她多么后悔曾经使他痛苦过。'我真以为我那个时候疯了'，她这样说。……一九一九年她患肺炎去世。姐姐达尼亚和我看护了她十一天……到了她明白自己快要死的时候，她把我姐姐和我叫到床前。她说'我要告诉你们'，她呼吸困难，讲话常常被咳嗽打断，'我知道我是你父亲的死亡的原因。我非常后悔。可是我爱他，整整爱了他一辈子，我始终是他的忠实的妻子。'我姐姐和我说不出一句话。我们两个都哭着。我们知道母亲对我们讲的是真话。"

---

[1] 寄生虫：引用高尔基的话，见《文学写照》。

[2] 他们责怪他不能按照自己的信仰生活，即言行不一致。

[3] 回忆录：即《托尔斯泰的悲剧》。

这就是托尔斯泰的家庭纠纷，这就是他的生活的悲剧。亚历山德拉是他最喜欢的女儿，曾被称为"他的亲切的合作者"，难道她不是最可靠的见证人？！

谁也想不到几十年后的今天会有人根据什么"有充分的可靠性值得信赖"的"研究材料"撰写文章，说托尔斯泰是"俄罗斯的西门庆"，说他的"道德"、"文章""应该身首异处、一分为二"，甚至说他"一向就是个酒色财气三及第的浪子……他这样的生活作风，由于家庭出身与社会沾染形成，变为了他牢不可改的性格本质。"[1]这哪里是研究？这样的腔调，这样的论断，有一个时期我很熟悉，那就是十年浩劫中我给关进"牛棚"的时候。我奇怪，难道又在开托尔斯泰的批斗会吗？

当然每个人都有权喜欢或者讨厌托尔斯泰，称赞他或者批判他，但是他们总应该多少了解他，总应该根据一点点事实讲话。托尔斯泰的生活经历是那么丰富，有那么多的材料，而这些材料又是不难找到的，我也用不着在这里引经据典来证明托尔斯泰是一个什么样的人。我只从一本传记中引用一节话说明我的看法：

> 每件细小事情似乎都加深托尔斯泰由于他的生活环境和他所愿望过的生活两者之间的差异而感到的痛苦不满。有一天他喝茶的时候，皱着眉头抱怨生活是一种负担。
>
> 索菲雅问他："生活怎么会是你的负担？人人都爱你！"
>
> 他答道："是，它是负担。为什么不是呢？只是因为这儿的饮食好吗？"
>
> "为什么不是呢？我不过说大家都爱你。"
>
> "我以为每个人都在想：那个该死的老家伙说的是一回事，做的是另一回事；现在你应该死掉，免得做一个完全的伪君子！这很对。我经常收到这样的信，连我的朋友也写这类的话。他们说得不错。我每天出去，路上总看见五个衣服破烂的叫化子，我呢，骑着马，后面跟着一个马车夫。"

---

[1] 见《再认识托尔斯泰》，《读者良友》一月号。

在一九一〇年头几个月的日记里，经常记着托尔斯泰因为这个问题所感受到的敏锐的精神上痛苦和羞愧。四月十二日他写道："我没有用餐。我痛苦地意识到我过的是罪恶的生活，我四周的劳动人民和他们的家人都是饥寒交迫、朝不保夕。……我很难过，十分不好意思。……"[1]

够了。这些话就可以说明伟大作家最后几十年的内心斗争和家庭悲剧的实质了。托尔斯泰所追求的就是言行的一致。在他，要达到这个目标是多么困难，为了它他甚至献出了自己的生命。他最后在病榻上不愿意见他的妻子，一是决心不返回家中；二是想平静地离开人世。一个八十二岁的老人，跟什么"小白脸男妾"、什么"大男人主义"怎么能拉扯在一起？！传播这种流言蜚语的人难道自己不感到恶心？

我不是托尔斯泰的信徒，也不赞成他的无抵抗主义，更没有按照基督教福音书的教义生活下去的打算。他是十九世纪世界文学的高峰。他是十九世纪全世界的良心。他和我有天渊之隔，然而我也在追求他后半生全力追求的目标：说真话，做到言行一致。我知道即使在今天这也还是一条荆棘丛生的羊肠小道。但路总是人走出来的，有人走了，就有了路。托尔斯泰虽然走得很苦，而且付出那样高昂的代价，他却实现了自己多年的心愿。我觉得好像他在路旁树枝上挂起了一盏灯，给我照路，鼓励我向前走，一直走下去。

我想，人不能靠说大话、说空话、说假话、说套话过一辈子。还是把托尔斯泰当做一面镜子来照照自己吧。

3月30日。

---

[1] 引自埃·西蒙斯的《托尔斯泰》（一九四六年）。

再说知识分子[1]

一

近年来到处都在议论"知识分子"，好像人们意外地发现了什么新奇的东西似的。不少人替知识分子讲好话，也有人对他们仍然不满。但总的说来，过去所谓的"臭老九"似乎一下子又吃香了。总之，一片"尊重知识"声。不过向来瞧不起知识分子的人多数还是坚持己见，"翘尾巴"论就是从他们嘴里嚷出来的。"知识分子政策"到今天还不能完全"落实"，也就是由于这类人从中作梗。他们说："为什么要这样尊重知识分子？我想不通。"但我看道理也很简单，"要使用知识分子嘛"。我要你替我卖命，就得对你客气点，做个笑脸，说两句好话，让你心甘情愿，鞠躬尽瘁，死而后已。不是有好些先进的知识分子、优秀的科学家在困难条件下辛勤工作，患了病不休息，反而加倍努力，宁愿早日献出生命，成为我们大家学习的榜样吗？这样的知识分子在别的国家中也很少见，你要他们出力卖命，为什么不该尊重他们？但是"翘尾巴"论者却又有不同的看法："要他们卖命还不容易！拿根鞭子在背后抽嘛！""四人帮"就是这样做的。结果呢，肯卖命的人都给折磨死了。不要知识，不要科学，大家只好在苦中作乐，以穷为光荣。自己不懂，也不让别人懂，指手画脚，乱发指示，坚持外行领导内行，无非要大家都变成外行。威风凛凛，杀气腾腾，整了别人，也整到自己。这样一来，知识真的成了罪恶。运动一个接着一个，矛头都是对准知识分子。"文革"期间批斗难熬，我感到前途茫茫的时候，也曾多次想起秦始皇的焚书坑儒，清朝皇帝的文字大狱，希特勒"元首"的个人迷信等等，等等……这不都是拿知识分子做枪靶子吗？那些人就是害怕知识分子的这一点点"知

[1] 本篇最初连续发表于一九八五年十月、七日香港《大公报·大公园》

识",担心他们不听话,惟恐他们兴妖作怪,总是挖空心思对付他们,而且一代比一代厉害。奇怪的是到了我的身上,我还把知识当做草原上的草一样想用野火烧尽它们。人们这样说,我也这样相信,哪怕只有那么一点点"知识",我也必须把属于知识分子的这些"毒草"烧尽铲绝,才能得到改造,做一个有用的人。几十年中间,我的时间和精力完全消耗在血和火的考验上,最后差一点死在"四人帮"的毒手上。当时我真愿意早一天脱胎换骨,完成改造的大业,摘去知识分子的小帽。我本来"知识"有限,一身瘦骨在一次又一次的运动大油锅里熬来熬去,什么"知识"都熬光了,可是却给我换上一顶"反革命"的大帽,让我做了整整十年的"人下人"、任人随意打骂的"人下人"。罪名仍然是:我有那么一点点"知识"。

　　我还在痴心妄想通过苦行改造自己,我还在等待从一个大运动中受到"洗心革面"的再教育。我有时甚至希望做一个不会醒来的大梦。但是我终于明白,把那么一大段时间花费在戴帽、摘帽上面,实在是很可悲的事情。光阴似箭,我绕了数不清的大弯,然后又好像回到了原处。可是我也用不着再为这顶知识分子的帽子麻烦了。我就只有在油锅里熬剩下来的那一点点油渣,你用鞭子抽也好,开会批判也好,用大道理指引也好,用好听的话鼓励也好,我总要交出它们,我总要走完我的路。我生长在中国,我的一切都属于中国人民。为自己,这样生活下去,我已经心安理得了。

二

　　我长期生活在知识分子中间,我写过不少作品替知识分子讲话,为他们鸣冤叫屈,写他们的艰苦生活,写他们的善良心灵,写他们的悲惨命运。我不是写一本书,写一篇文章,我写了几十年,我写"斯文扫地"的社会,在其中知识分子受罪,知识受到践踏,金钱是唯一发光的宝物。在那个社会里,"秦始皇"、"清朝皇帝"、"希特勒"一类的鬼魂经常出现,知识分子是给踏在他们脚下的贱民。谁不曾胆战心惊地度过那些漫长的、可怕的"寒夜"!黑暗过去,新中国成立,知识分子用多么欢快的心情迎接灿烂的黎明,这是可以想象得到的。新的生活开始了。三十几年来他们的欢乐和愁苦也是有目共睹的。大家都知道现在有了好的政策，更盼望认真落实，痛痛快快，不打折扣，也不拖泥带水，更不必留下什么尾巴，不让人有使用鞭子的机会。拿鞭子抽人不是新社会的现象，我们的社会也不会有甘愿挨打的"人下人"了。

知识分子也是新中国的公民，把他们当做平等的公民看待，这才是公平合理。国家属于全体公民，有知识或者没有知识，同样有一份义务和一份权利，谁也不能把别人当做待价而沽的货物，谁也不是命运给捏在别人手里的奴隶。我读过屠格涅夫的《猎人笔记》，我也读过《汤姆叔叔的小屋》。倘使有人把某一个时期我们知识分子的生活如实地写出来，一定会引起无数读者同情的眼泪，唤起他们愤怒的抗议吧。但是这样的时期早已一去不复返了。根据知识划分公民的等级，并不是聪明的事。用恩赐的优惠待遇也收买不了人心。我们说肝胆相照，应该是互相尊重，平等相待。我为你创造并保证工作和生活的条件，你毫无保留地献出自己的聪明才智，都是为了我们的国家和人民，大家同样地心情舒畅，什么事都好办了。谁也用不着再为香臭的问题操心了。

9月10日，病中。

第二部分
做人

怀念从文[1]

一

　　今年五月十日从文离开人世，我得到他夫人张兆和的电报后想起许多事情，总觉得他还同我在一起，或者聊天，或者辩论。他那温和的笑容一直在我眼前。隔一天我才发出回电："病中惊悉从文逝世，十分悲痛。文艺界失去一位杰出的作家，我失去一位正直善良的朋友，他留下的精神财富不会消失。我们三十、四十年代相聚的情景还历历在目。小林因事赴京，她将代我在亡友灵前敬献花圈，表达我感激之情。我永远忘不了你们一家。请保重。"都是些极普通的话。没有一滴眼泪，悲痛却在我的心里，我也在埋葬自己的一部分。那些充满信心的欢聚的日子，那些奋笔和辩论的日子，都不会回来了。这些年我们先后遭逢了不同的灾祸，在泥泞中挣扎，他改了行，在长时间的沉默中，取得卓越的成就。我东西奔跑，唯唯诺诺，羡慕枝头欢叫的喜鹊，只想早日走尽自我改造的道路，得到的却是十年一梦，床头多了一盒骨灰，现在大梦初醒，却仿佛用尽全身力气，不得不躺倒休息，白白地望着远方灯火，我仍然想奔赴光明，奔赴希望。我还想求助于一些朋友，从文也是其中的一位，我真想有机会同他畅谈！这个时候突然得到他逝世的噩耗，我才明白过去那一段生活已经和亡友一起远去了。我的唁电表达的就是一个老友的真实感情。

　　一连几天我翻看上海和北京的报纸，我很想知道一点从文最后的情况。可是日报上我找不到这个敬爱的名字。后来才读到新华社郭玲春同志简短的报导，提到女儿小林代我献的花篮，我认识郭玲春，却不理解她为什么这样吝惜自己的笔墨，难道不知道这位热爱人民的善良作家的最后牵动着全世界

[1]　本篇原收入一九八九年四月湖南文艺出版社版《长河不尽流》，系该书之"代序"。

多少读者的心？可是连这短短的报导多数报刊也没有采用。小道消息开始在知识界中流传。这个人究竟是好是病，是死是活，他不可能像轻烟散去，未必我得到噩耗是在梦中？！一个来探病的朋友批评我："你错怪了郭玲春，她的报导没有受到重视，可能因为领导不曾表态，人们不知道用什么规格发表讣告、刊载消息。不然大陆以外的华文报纸刊出不少悼念文章，惋惜中国文坛巨大的损失，而我们的编辑怎么能安心酣睡，仿佛不曾发生任何事情！？"

我并不信服这样的论断，可是对我谈论规格学的熟人不止他一个，我必须寻找论据答覆他们。这个时候小林回来了，她告诉我她从未参加过这样感动人的告别仪式，她说没有达官贵人，告别的只是些亲朋好友，厅子里播放死者生前喜爱的乐曲。老人躺在那里，十分平静，仿佛在沉睡，四周几篮鲜花，几盆绿树，每个人手中拿一朵月季，走到老人跟前，行了礼，将花放在他身边过去子。没有哭泣，没有呼唤，也没有噪音惊醒他，人们就这样安静地跟他告别，他就这样坦然地远去。小林说不出这是一种什么规格的告别仪式，她只感觉到庄严和真诚。我说正是这样，他走得没有牵挂、没有遗憾，从容地消失在鲜花和绿树丛中。

二

一百多天过去了。我一直在想从文的事情。

我和从文见面在一九三二年。那时我住在环龙路我舅父家中。南京《创作月刊》的主编汪曼铎来上海组稿，一天中午请我在一家俄国西菜社吃中饭，除了我还有一位客人，就是从青岛来的沈从文。我去法国之前读过他的小说，一九二八年下半年在巴黎我几次听见胡愈之称赞他的文章，他已经发表了不少的作品。我们见面谈了些什么，我现在毫无印象，只记得谈得很融洽。他住在西藏路上的一品香旅社，我同他去那里坐了一会，他身边有一部短篇小说集的手稿，想找个出版的地方，也需要用它换点稿费。我陪他到闸北新中国书局，见到了我认识的那位出版家，稿子卖出去了，书局马上付了稿费，小说过四五个月印了出来，就是那本《虎雏》。他当天晚上去南京，我同他在书局门口分手时，他要我到青岛去玩，说是可以住在学校的宿舍里，我本来要去北平，就推迟了行期，九月初先去青岛，只是在动身前写封短信通知他。我在他那里过得很愉快，我随便，他也随便，好像我们有几十年的交往一样。他的妹妹在山东大学念书，有时也和我们一起出去走走、看看。他对妹妹很友爱，很体贴，我早就听说，他是自学出身，因此很想在妹妹的教育上多下功夫，希望她熟悉他自己想知道却并不很了解的一些知识和事情。

在青岛他把他那间屋子让给我，我可以安静地写文章、写信，也可以毫无拘束地在樱花林中散步。他有空就来找我，我们有话就交谈，无话便沉默。他比我讲得多些，他听说我不喜欢在公开场合讲话，便告诉我他第一次在大学讲课，课堂里坐满了学生，他走上讲台，那么多年轻的眼睛望着他，他红着脸，一句话也讲不出来，只好在黑板上写了五个字："请等五分钟。"他就是这样开始教课的。他还告诉我在这之前他每个月要卖一部稿子养家，徐志摩常常给他帮忙，后来，他写多了，卖稿有困难了，徐志摩便介绍他到大学教书，起初到上海中国公学，以后才到山东大学。在当时山大的校长是小说《玉君》的作者杨振声，后来他到北平工作，还是和从文在一起。

在青岛我住了一个星期。离开的时候他知道我要去北平，就给我写了两个人的地址，他说，到北平可以去看这两个朋友，不用介绍只提他的名字，他们就会接待我。

在北平我认识的人不多。我也去看望了从文介绍的两个人，一位姓程，一位姓夏；一位在城里工作，业余搞点翻译。一位在燕京大学教书。一年后我再到北平，还去燕大夏云的宿舍里住了十几天，写完了中篇小说《电》。我只说是从文介绍，他们待我十分亲切。我们谈文学，谈得更多的是从文的事情，他们对他非常关心。以后我接触到更多的从文的朋友，我注意到他们对他都有一种深的感情。

在青岛我就知道他在恋爱。第二年我去南方旅行，回到上海得到从文和张兆和在北平结婚的消息，我发去贺电，祝他们"幸福无量"。从文来信，要我到他的新家作客。在上海我没有事情，决定到北方去看看。我先去天津南开中学，同我哥哥李尧林一起生活了几天，便搭车去北平。

我坐人力车去府右街达子营，门牌号数记不起来了，总之，顺利地到了沈家。我只提了一个藤包，里面一件西装上衣、两三本书和一些小东西。从文带笑地紧紧握着我的手，说："你来了"，就把我接进客厅。又介绍我认识他的新婚夫人，他的妹妹也在这里。

客厅连接一间屋子，房内有一张书桌和一张床，显然是主人的书房。他把我安顿在这里。

院子小，客厅小，书房也小，然而非常安静，我住得很舒适。正房只有小小的三间，中间那间又是饭厅，我每天去三次就餐，同桌还有别的客人，却让我坐上位，因此感到一点拘束。但是除了这个，我在这里完全自由活动，写文章看书，没有干扰，除非来了客人。

我初来时从文的客人不算少，一部分是教授、学者，另一部分是作家和学生。他不在大学教书了。杨振声到北平主持一个编教科书的机构，从文就在这机构里工作，每天照常上、下班，我只知道朱自清同他在一起。这个时期他还为天津《大公报》编辑《文艺》副刊，为了写稿和副刊的一些事情，经常有人来同他商谈。这些已经够他忙了，可是他还有一件重要的工作：天津《国闻周报》上的连载，《记丁玲》。

根据我当时的印象，不少人焦急地等待着每一周的《国闻周报》，这连载是受到欢迎，得到重视的，一方面人们敬爱丁玲，另一方面从文的文章有独特的风格，作者用真挚的感情讲出读者心里的话。丁玲几个月前被捕，我从上海动身时，《良友文学丛书》的编者赵家璧委托我向从文组稿，他愿意出高价得到这部"好书"，希望我帮忙，不让别人把稿子拿走。我办到了。可是出版界的形势越来越恶化，赵家璧拿到全稿，已无法编入丛书排印，过一两年他花几百元买下一位图书审查委员的书稿，算是行贿，《记丁玲》才有机会作为"良友文学丛书"见到天日。可是删削太多，尤其是后半部，那么多的××!以后也没有能重版，更说不上恢复原貌了。

五十五年过去了，从文在达子营写连载的事，我还不曾忘记，写到结尾他有些紧张，他不愿辜负读者的期待，又关心朋友的安危，交稿期到他常常写作通宵。他爱他的老友，他不仅为她呼吁，同时也在为她的自由奔走。也

第二部分 做人

许这呼吁、这奔走没有多大用处，但是他尽了全力。

最近我意外地找到一九四四年十二月十四日写给从文的信，里面有这样的话："前两个月我和家宝常见面，我们谈起你，觉得在朋友中待人最好、最热心帮忙人的只有你，至少你是第一个。这是真话。"

我记不起我是在什么情形里写下这一段话，但这的确是真话。在一九三四年也是这样，在一九八五年我最后一次看见他，他在家养病，假牙未装上，讲话不清楚。几年不见他，有一肚皮的话要说，首先就是一九四四年十二月信上那几句。但是望着病人的浮肿的脸，坐在堆满书的小房间里，我觉得有什么东西堵塞了咽喉，我仿佛回到了一九三四年、三三年。多少人在等待《国闻周报》上的连载。他那样勤奋工作，那样热情写作。《记丁玲》之后又是《边城》，他心爱的家乡的风景和他关心的小人物的命运，这部中篇经过几十年并未失去它的魅力，还鼓舞美国的学者长途跋涉，到美丽的湘西寻找作家当年的脚迹。

我说过我在从文家作客的时候，他编辑的《大公报·文艺》副刊和读者见面了。单是为这个副刊，他就要做三方面工作：写稿、组稿、看稿。我也想得到他的忙碌，但从未听见他诉苦。我为《文艺》写过一篇散文，发表后我拿回原稿。这手稿我后来捐赠北京图书馆了。我的钢笔字很差，墨水浅淡，只能说是勉强可读，从文却用毛笔填写得清清楚楚。我真想谢谢他，可是我知道他从来就是这样工作，他为多少年轻人看稿、改稿，并设法介绍出去。他还花钱刊印一个青年诗人的第二本诗集并为它作序。不是听说，我亲眼见到那本诗集。

从文就是这样一个人。他不喜欢表现自己。可是我和他接触较多，就看出他身上有不少发光的东西。不仅有很高的才华，他还有一颗金子般的心。他工作多，事业发展，自己并不曾得到什么报酬，反而引起不少的吱吱喳喳。那些吱吱喳喳加上多少年的小道消息，发展为今天所谓的争议，这争议曾经一度把他赶出文坛，不让他给写进文学史。但他还是默默地做他的工作（分派给他的新的工作），在极端困难的条件下，一样地做出出色的成绩。我接到从香港寄来的那本关于中国服装史的大书，一方面为老友新的成就感到兴奋，一方面又痛惜自己浪费掉的几十年的光阴。我想起来了，就是在他那个新家的客厅里，他对我不止讲过一次这样的话："不要浪费时间。"后来他在上海对我、对靳以、对萧乾也讲过类似的话。我当时并不同意，不过我相信他是出于好心。

我在达子营沈家究竟住了两个月或三个月，现在讲不清楚了。这说明我的病（帕金森氏综合症）在发展，不少的事逐渐走向遗忘。所以有必要记下不曾忘记的那些事情。不久靳以为文学季刊社在三座门大街十四号租了房子，要我同他一起搬过去，我便离开了从文家。在靳以那里一直住到第二年七月。

北京图书馆和北海公园都在附近，我们经常去这两处。从文非常忙，但在同一座城里，我们常有机会见面，从文还定期为《文艺》副刊宴请作者，我经常出席。他仍然劝我不要浪费时间，我发表的文章他似乎全读过，有时也坦率地提些意见，我知道他对我很关心，对他们夫妇我只有好感，我常常开玩笑地说我是他们家的"食客"，今天回想起来我还感到温暖。一九三四年《文学季刊》创刊，兆和为创刊号写稿，她的第一篇小说《湖畔》受到读者欢迎。她唯一的短篇集[1]后来就收在我主编的《文学丛刊》里。

三

我提到坦率，提到真诚，因为我们不把话藏在心里，我们之间自然会出现分歧，我们对不少的问题都有不同的看法。可是我要承认我们有过辩论，却不曾有争论。我们辩是非，并不争胜负。

在从文和萧乾的书信集《废邮存底》中还保存着一封他给我的长信《给某作家》（一九三七）。我一九三五年在日本横滨编写的《点滴》里也有一篇散文《沉落》是写给他的。从这两封信就可以看出我们间的分歧在什么地方。

一九三四年我从北平回上海，小住一个时期，动身去日本前为《文学》杂志写了一个短篇《沉落》。小说发表时我已到了横滨，从文读了《沉落》非常生气，写信来质问我："写文章难道是为着泄气!?"我也动了感情，马上写了回答。我承认"我写文章没有一次不是为着泄气。"

[1] 短篇集：指《湖畔》，署叔文著。一九四一年六月文化生活出版社出版。

他为什么这样生气？因为我批评了周作人一类的知识分子。周作人当时是《文艺》副刊的一位主要撰稿人，从文常常用尊敬的口气谈起他。其实我也崇拜过这个人，我至今还喜欢读他的一部分文章，从前他思想开明，对我国新文学的发展有过大的贡献。可是当时我批判的、我担心的并不是他的著作，而是他的生活，他的行为。从文认为我不理解周，我看倒是从文不理解他。可能我们两人对周都不理解，但事实是：他终于做了为侵略者服务的汉奸。

回国以后我还和从文通过几封长信，继续我们这次的辩论，因为我又发表过文章，针对另外一些熟人，譬如对朱光潜的批评，后来我也承认自己有偏见有错误。从文着急起来，他劝我不要"那么爱理会小处"，"莫把感情火气过分糟蹋到这上面"。他责备我："什么米米大的小事如×××之类的闲言小语也使你动火，把小东小西也当成敌人，"还说："我觉得你感情的浪费真极可惜"。

我记不起我怎样回答他，因为我那封留底的长信在"文革"中丢失了，造反派抄走了它，就没有退回来。但我记得我想向他说明我还有理性，不会变成狂吠的疯狗。我写信，时而非常激动，时而停笔发笑，我想他有可能担心我会发精神病！我不曾告诉他，他的话对我是连声的警钟，我知道我需要克制，我也懂得，他所说的"在一堆沉默日子里讨生活"的重要。我称他为"敬爱的畏友"，我衷心地感谢他。当然我并不放弃我的主张，我也想通过辩论说服他。

我回国那年年底又去北平，靳以回天津照料母亲的病，我到三座门大街结束《文学季刊》的事情，给房子退租。我去了达子营从文家，见到从文伉俪，非常亲热。他说："这一年你过得不错嘛。"他不再主编《文艺》副刊，把它交给了萧乾，他自己只编辑《大公报》的《星期文艺》，每周出一个整版。他向我组稿，我一口答应，就在十四号的北屋里，每晚写到深夜。外面是严寒和静寂。北平显得十分陌生，大片乌云笼罩在城市的上空，许多熟人都去了南方。我的笔拉不回两年前同朋友们欢聚的日子，屋子里只有一炉火，我心里也在燃烧，我写，我要在暗夜里叫号。我重复着小说中人物的话："我不怕……因为我有信仰。"

文章发表的那天下午我动身回上海，从文、兆和到前门车站送行。"你还再来吗？"从文微微一笑，紧紧握着我的手。

我张开口吐出一个"我"字，声音就哑了，我多么不愿意在这个时候离开他们！我心里想："有你们在，我一定会再来。"

我不曾失信，不过我再来时已是十四年之后，在一个炎热的夏天，城市充满阳光，北平解放了。

四

抗战期间萧珊在西南联大念书，一九四〇年我从上海去昆明看望她，四一年我又从重庆去昆明，在昆明过了两个暑假。从文在联大教书，为了躲避敌机轰炸，他把家迁往呈贡，兆和同孩子们都住在乡下。我们也乘火车去过呈贡看望他们。那个时候没有教师节，教书老师普遍受到轻视，连大学教授也难使一家人温饱，我曾经说过两句话："钱可以赚到更多的钱。书常常给人带来不幸。"这就是那个社会的特点。他的文章写得少了，因为出书困难；生活水平降低了，吃的、用的东西都在涨价。他不叫苦，脸上始终露出温和的微笑。我还记得在昆明一家小饮食店里几次同他相遇，一两碗米线作为晚餐，有西红柿，还有鸡蛋，我们就满足了。

在昆明我们见面的机会不多，但是我们不再辩论了，我们珍惜在一起的每时每刻，我们同游过西山龙门，也一路跑过警报，看见炸弹落下后的浓烟，也看到血淋淋的尸体。过去一段时期他常常责备我："你总说你有信仰，你也得让别人感觉到你的信仰在哪里。"现在我也感觉到他的信仰在什么地方。只要看到他脸上的笑容或者眼里的闪光，我觉得心里更踏实。离开昆明后三年中，我每年都要写信求他不要放下笔，希望他多写小说。我说："我相信我们这个民族的潜在力量"；又说："我极赞成你那埋头做事的主张。"没有能再去昆明，我更想念他。

他并不曾搁笔，可是作品写得少。他过去的作品早已绝版，读到的人不多。开明书店愿意重印他的全部小说，他陆续将修订稿寄去。可是一部分底稿在中途遗失，他叹息地告诉我，丢失的稿子偏偏是描写社会疾苦的那一部分，出版的几册却都是关于男女事情的。"这样别人更不了解我了。"

最后一句不是原话，他也不仅说一句，但大意是如此。抗战前他在上海《大公报》发表过批评海派的文章引起强烈的反感。在昆明他的某些文章又得罪了不少的人。因此常有对他不友好的文章和议论出现。他可能感到一点寂寞，偶尔也发发牢骚，但主要还是对那种越来越重视金钱、轻视知识的社会风气。在这一点，我倒理解他，我在写作生涯中挨过的骂可能比他多，我不能说我就不感到寂寞。但是我并没有让人骂死。我也看见他倒了又站起来，一直勤奋地工作。最后他被迫离开了文艺界。

五

那是一九四九年的事。最初北平和平解放，然后上海解放。六月我和靳以、辛笛、健吾、唐弢、赵家璧他们去北平，出席首次全国文代会，见到从各地来的许多熟人和分别多年的老友，还有更多的为国家和人民的前途献出自己的青春和心血的文艺战士。我很感动，我很兴奋。

但是从文没有露面，他不是大会的代表。我们几个人到他的家去，见到了他和兆和，他们早已不住在达子营了，不过我现在也说不出他们是不是住在东堂子胡同，因为一晃就是四十年，我的记忆模糊了。这几十年中间我没有看见他住过宽敞的房屋。最后他得到一个舒适的住处，却已经疾病缠身，只能让人搀扶着在屋里走走。我至今未见到他这个新居，一九八五年五月后我就未去过北京。不是我不想去，但我越来越举步艰难了。

首届文代会期间我们几个人去从文家不止一次，表面上看不出他有情绪，他脸上仍然露出微笑。他向我们打听文艺界朋友的近况，他关心每一个熟人。然而文艺界似乎忘记了他。不给他出席文代会，以后还把他分配到历史博物馆做讲解员，据说郑振铎到那里参观一个什么展览，见过他，但这是以后的事了。这年九月我第二次来北平出席全国政协会议，接着中华人民共和国成立，北京又成为首都，这次我大约住了三个星期，我几次看望从文，交谈的机会较多，我才了解一些真实情况。北平解放前后当地报纸上刊载了一些批判他的署名文章，有的还是在香港报上发表过的，十分尖锐。他在围城里，已经感到很孤寂，对形势和政策也不理解，只希望有一两个文艺界熟人见见他，同他谈谈。他当时战战兢兢，如履薄冰，仿佛就要掉进水里，多么需要人来拉他一把。可是他的期望落了空。他只好到华北革大去了，反正知识分子应当进行思想改造。

不用说，他受到了不公平的对待，不仅在今天，在当时我就有这样的看法，可是我并没有站出来替他讲过话，我不敢，我总觉得自己头上有一把达摩克利斯的宝剑。从文一定感到委屈，可是他不声不响、认真地干他的工作。政协会议以后，第二年我去北京开会，休会的日子我去看望过从文，他似乎很平静，仍旧关心地问到一些熟人的近况。我每次赴京，总要去看看他。他已经安定下来了。对磁器、对民间工艺、对古代服装他都有兴趣，谈起来头头是道。我暗中想，我外表忙忙碌碌，有说有笑，心里却十分紧张，为什么不能坐下来，埋头译书，默默地工作几年，也许可以做出一点成绩。然而我办不到，即使由我自己作主，我也不愿放下笔，还想换一支新的来歌颂新社会。我下决心深入生活，却始终深不下去，我参加各种活动，也始终浮在面上，经过北京我没有忘记去看他，总是在晚上去，两三间小屋，书架上放满了线装书，他正在工作，带着笑容欢迎我，问我一家人的近况，问一些熟人的近况。兆和也在，她在《人民文学》编辑部工作，偶尔谈几句杂志的事。有时还有他一个小女儿（侄女），他们很喜欢她，两个儿子不同他们住在一起。

我大约每年去一次，坐一个多小时，谈话他谈得多一些，我也讲我的事，但总是他问我答。我觉得他心里更加踏实了。我讲话好像只是在替自己辩护。我明白我四处奔跑，却什么都抓不住。心里空虚得很。我总疑心他在问我：你这样跑来跑去，有什么用处？不过我不会老实地对他讲出来。他的情况也逐渐好转，他参加了人民政协，在报刊上发表诗文。

"文革"前我最后一次去他家，是在一九六五年七月，我就要动身去越南采访。是在晚上，天气热，房里没有灯光，砖地上铺一床席子，兆和睡在地上。从文说："三姐生病，我们外面坐。"我和他各人一把椅子在院子里坐了一会，不知怎样我们两个人讲话都没有劲头，不多久我就告辞走了。当时我绝没有想到不出一年就会发生"文化大革命"，但是我有一种感觉，我头上那把利剑，正在缓缓地往下坠。"四人帮"后来批判的"四条汉子"已

第一部分

做人

经揭露出三个，我在这年元旦听过周扬一次谈话，我明白人人自危，他已经在保护自己了。

旅馆离这里不远，我慢慢地走回去。我想起过去我们的辩论，想起他劝我不要浪费时间，而我却什么也搞不出来。十几年过去了，我不过给添了一些罪名。我的脚步很沉重，仿佛前面张开一个大网，我不知道会不会投进网里。但无论如何一个可怕的、摧毁一切的、大的运动就要来了。我怎么能够躲开它？

回到旅馆，我感到精疲力尽，第二天早晨我就去机场，飞向南方。

六

在越南我进行了三个多月的采访，回到上海，等待我的是姚文元的《评新编历史剧〈海瑞罢官〉》。每周开会讨论一次，人人表态，看得出来，有人慢慢地在收网，"文化大革命"就要开场了。我有种种的罪名，不但我紧张，朋友们也替我紧张，后来我找到机会在会上作了检查，自以为卸掉了包袱。六月初到北京开会（亚非作家紧急会议），在机场接我的同志小心嘱咐我"不要出去找任何熟人"。我一方面认为自己已经过关，感到轻松，另一方面因为运动打击面广，又感到恐怖。我在这种奇怪的心境之下忙了一个多月，我的确没"出去找任何熟人"，无论是从文、健吾或者冰心。

但是会议结束，我回到机关参加学习，才知道自己仍在网里，真是在劫难逃了。进了"牛棚"，仿佛落入深渊，别人都把我看作罪人，我自己也认为有罪，表现得十分恭顺。绝没有想到这个所谓"触及灵魂"的"革命"会持续十年。在灵魂受到熬煎的漫漫长夜里，我偶尔也想到几个老朋友，希望从友情那里得到一点安慰。可是关于他们，一点消息也没有。我想到了从文，他的温和的笑容明明在我眼前。我对他讲过的那句话："我不怕……我有信仰，"像铁锤在我的头上敲打。我哪里有信仰？我只有害怕。我还有脸去见他？这种想法在当时也是很古怪的，一会儿就过去了。过些日子它又在我脑子里闪亮一下，然后又熄灭了。我一直没有从文的消息，也不见人来外调他的事情。

六年过去了，我在奉贤县文化系统五·七干校里学习和劳动，在那里劳动的有好几个单位的干部，许多人我都不认识。有一次我给揪回上海接受批判，批判后第二天一早到巨鹿路作协分会旧址学习，我刚刚在指定的屋子里坐好，一位年轻姑娘走进来，问我是不是某人，她是从文家的亲戚，从文很想知道我是否住在原处。她是音乐学院附中的学生，我在干校见过。从文一家平安，这是很好的消息，可是我只答了一句：我仍住在原处，她就走了。回到干校，过了一些日子，我又遇见她，她说从文把我的地址遗失了，要我写一个交给她转去。我不敢背着工宣队"进行串连"，我怕得很。考虑了好几天，我才把写好的地址交给她。经过几年的改造，我变成了另外一个人，我遵守的信条是：多一事不如少一事。我并不希望从文来信。但是出乎我的意外，他很快就寄了信来。我回家休假，萧珊已经病倒，得到北京寄来的长信，她拿着五张信纸反复地看，含着眼泪地说："还有人记得我们啊!"这对她是多大的安慰!

他的信是这样开始的："多年来家中搬动太大，把你们家的地址遗失了，问别人忌讳又多，所以直到今天得到熟人一信相告，才知道你们住处。大致家中变化还不太多。"

五页信纸上写了不少朋友的近况，最后说："熟人统在念中。便中也希望告知你们生活种种，我们都十分想知道。"

他还是像在三十年代那样关心我。可是我没有寄去片纸只字的回答。萧珊患了不治之症，不到两个月便离开人世。我还是审查对象，没有通信自由，甚至不敢去信通知萧珊病逝。

我为什么如此缺乏勇气，回想起来今天还感到惭愧。尽管我不敢表示自己并未忘记故友，从文却一直惦记着我。他委托一位亲戚来看望，了解我的情况。七四年他来上海，一个下午到我家探望，我女儿进医院待产，儿子在安徽农村插队落户，家中冷冷清清，我们把藤椅搬到走廊上，没有拘束，谈得很畅快。我也忘了自己的"结论"已经下来：一个不戴帽子的反革命。

第二部分

做人

七

等到这个"结论"推翻，我失去的自由逐渐恢复，我又忙起来了。多次去北京开会，却只到过他的家两次。头一次他不在家，我见着兆和，急匆匆不曾坐下吃一杯茶。屋子里连写字桌也没有，只放得下一张小茶桌，夫妻二人轮流使用。第二次他已经搬家，可是房间还是很小，四壁图书，两三幅大幅近照，我们坐在当中，两把椅子靠得很近，使我想起一九六五年那个晚上，可是压在我们背上的包袱已经给甩掉了，代替它的是老和病。他行动不便，我比他好不了多少。我们不容易交谈，只好请兆和作翻译，谈了些彼此的近况。

我大约坐了不到一个小时吧，告别时我高高兴兴，没有想到这是我们最后的一面，我以后就不曾再去北京。当时我感到内疚，暗暗地责备自己为什么不早来看望他。后来在上海听说他搬了家，换了宽敞的住处，不用下楼，可以让人搀扶着在屋子里散步，也曾替他高兴一阵子。

最近因为怀念老友，想记下一点什么，找出了从文的几封旧信，一九八〇年二月信中有一段话我一直不能忘记："因住处只一张桌子，目前为我赶校那两份选集，上午她三点即起床，六点出门上街取牛奶，把桌子让我工作。下午我睡，桌子再让她使用到下午六点，她做饭，再让我使用书桌。这样下去，那能支持多久！"

这事实应当大书特书，让人们知道中国一位大作家，一位高级知识分子就是在这种条件下工作。尽管他说"那能支持多久"，可是他在信中谈起他的工作，劲头还是很大。他是能够支持下去的。近几个月我常常想：这个问题要是能早解决，那有多好！可惜来得太迟了。不过有人说迟来总比不来好。

那么他的讣告是不是也来迟了呢？人们究竟在等待什么？我始终想不明白。难道是首长没有表态，记者不知道报导应当用什么规格？有人说："可能是文学史上的地位没有排定，找不到适当的头衔和职称吧。"又有人说："现在需要搞活经济，谁关心一个作家的生死存亡？你的笔就能把生产搞上去？！"

我无法回答。

又过了一个多月，我动笔更困难，思想更迟钝，讲话声音更低，我感觉到自己身体的一部分逐渐在老死。我和老友见面的时候不远了。……

倘使真的和从文见面，我将对他讲些什么呢？

我还记得兆和说过："火化前他像熟睡一般，非常平静，看样子他明白自己一生在大风大浪中已尽了应尽的责任，清清白白，无愧于心。"他的确是这样。

我多么羡慕他!可是我却不能走得像他那样平静，那样从容，因为我并未尽了自己的责任，还欠下一身债。我不可能不惊动任何人静悄悄离开人世。那么就让我的心长久燃烧，一直到还清我的欠债。

有什么办法呢？中国知识分子的悲剧我是躲避不了的。

1988年9月30日。

第三部分

做人